ハヤカワ・ミステリ

MICHAEL Z. LEWIN

眼を開く

EYE OPENER

マイクル・Z・リューイン
石田善彦訳

TOKYO HAYAKAWA BOOKS

A HAYAKAWA
POCKET MYSTERY BOOK

EYE OPENER
by
MICHAEL Z. LEWIN

Translated by
YOSHIHIKO ISHIDA
First published 2006 in Japan by
HAYAKAWA PUBLISHING, INC.
This book is published in Japan by
arrangement with
THE WALLACE LITERARY AGENCY, INC.
through TUTTLE-MORI AGENCY, INC., TOKYO.

愛すべき姉、ジュリーへ

眼を開く

装幀　勝呂　忠

登場人物

アルバート・サムスン……………私立探偵
サム………………………………アルバートの娘
ポジー……………………………アルバートの母
ジェリー・ミラー…………………警部
ジェイニー…………………………ジェリーの妻
ヘレン……………………………ジェリーとジェイニーの娘
ホーマー・プロフィット…………警部補
メアリー・コントラリー…………ネオンサイン業者
ロニー・ウィリガー………………連続殺人事件の容疑者
カーロ・サドラー…………………情報提供者
クリストファー・ホロウェイ……パーキンズ・ベイカー・ピンカス＆レスターヴィック法律事務所の弁護士
カール・ベントン…………………同共同経営者
トム・トーマス……………………エイムズ・ケント・ハーディック法律事務所の弁護士
ボリス……………………………ポジーの友人
フォンテーン………………………同
ローシェル…………………………同
ジミー・ウィルスン………………近所の住人
ジョー・エリスン…………………同
ティモシー・バトル………………司祭
コール……………………………署長
ノーマン・タブス…………………コック
アデル……………………………アルバートの元ガールフレンド
リーロイ・パウダー………………警部補

0

バーテンダーは、二十代のずんぐりした体つきの若者だった。最初の一杯は店の奢りだといったので、わたしもなにかのまないかと勧めた。

「ありがとう、お客さん《サー》。ビールをいただきます」

「ここにくるのは、〝サー〟と呼ばれるのが好きだからだ」

「そうですか」若者は笑いかけた。ほかには客はいなかったので、彼はわたしの前からはなれなかった。

「この店は長いのかい？」

「そうですね……もう、二年になります」そういってから、彼はつけくわえた。「お客さん《サー》」

「これからも、同じようにしてくれ」わたしはグラスをあげた。

「〝サー〟といったことですか？　それとも、バーボンのことですか？」

「両方だ」わたしはチェイサーに口をつけた。

彼はバーボンをついだ。「お会いするのははじめてですね、サー？」

「きみが働きはじめたころから、バーに行くことがなくなったんだ。今日は特別の日なんだ」

バーテンダーがよくするように、問うような眼で彼はわたしを見た。「誕生日ですか？」

わたしは首をふった。「道を歩いていて、犬を連れた友人と会った男の話を知っているか？」

「知りません、サー」

「〝おまえの犬は嚙みつくのか？〟とそいつがたずねると、友人がこたえた、〝いや〟その男が身をかがめて犬の頭をなでると、犬はその男に嚙みついた」

若いバーテンダーの顔がほころんだ。

「〝この犬は噛みつかないといったろう〟その男がいうと、友人がこたえた。〝こいつはおれの犬じゃない〟」

若者は含み笑いし、ビリヤードをしている男が相手のショットに敬意をあらわすように、カウンターをたたいた。

「すぐに、もどってきます」彼は、店の奥の暗いテーブルに近づいた。テーブルのそばには、赤毛の女と一緒にいた男が、空になったふたつのグラスをもって立っていた。

若者にとっては、いいタイミングだったかもしれない。わたしは、このジョークがわたしの人生を象徴していると いいたかったのだ。私立探偵というわたしの仕事――あるいは、かつての仕事――に必要なのは安易な結論に飛びついてはならないということだけではない。それだけでなく、友人と考えている人間でも、ひとを信じるのは危険だといいたかったのだ。

たとえ、それが親友だったとしても。わたしはグラスを空けた。

最近は、バーにくることもなくなった。しばらくはバー通いをしていたこともあったが、最後にひとりで酒をのんだとき、失敗をしてしまった。ガールフレンドとのあいだに、深刻な事態が起きてしまったのだ。その関係は悲しい結末を迎えた。

若いバーテンダーがもどってきた。「グラスが空ですよ、サー」

「どうすればいいか、わかっているだろう」

彼はバーボンをついだ。

わたしはいった。「きみの名前はなんというんだね？」

「カイルです、サー。カイル・クーパーです」

「わたしはアルバート・サムスンだ、カイル。少なくとも、昔はそういう名前だった」

彼は考えるように眼を細め、質問したが、それはわたしを驚かせた。「この先で〈バッドのダッグアウト〉をやっている、ポジー・サムスンと関係があるんですか？　サー」

「母もここにのみにくるのかい。あれだけいろいろなことに手を出しているのに、バーにまで出入りしているとは思わなかった」

「いえ、酒をのみにきたことはありません。でも、このあたりの人間はだれでも、ポジー・サムスンを知っています。この地域、それに近所の問題でも活動的ですから」

「たしかに、カウンターで働くのを辞めてから、忙しくしているようだな」厳密にいえば、〝忙しい〟という言葉は適切なものではなかった。射撃場で標的を撃っていないときには、コンピューターの前にすわっているか、親しい老人たちと集まって話し合っている。どこにあれだけのエネルギーがひそんでいるのだろうか？

「〈バッド〉を閉めるわけじゃないんでしょう、サー？」

「どうするか母が考えているあいだ、娘が店をやっている」

「うまくいくといいですね」

「ありがとう、カイル。もう一杯奢ろう」

「ありがとうございます。これをのみ終えたら、もう一杯ビールをいただきます」

「じゃあ、母のために乾杯しよう」わたしはグラスをあげた。「母のために」

「あなたのお母さんのために」

わたしたちはグラスをふれあわせ、乾杯した。わたしはいった。「じゃあ、もう一杯ついでもらって、有名なジェリー・ミラーのために乾杯しよう」

「ジェリー・ミラー……？」バーボンをつぎながら、カイルはいった。「知りません……どこでプレイしている選手ですか？」

これが冗談なのか、それとも壁に貼りめぐらされているコルツ、ペイサーズ、それにインディ500のポスターからわかるように、彼の頭にはプロスポーツのことしかないのかわからなかった。「ジェリー・ミラーは今、この街で話題の男なんだぞ、カイル。本当にこの名前を聞いたことがないのか？」

「はい、サー。正直にいいますが、聞いたことはありません」

「おまえ、友人を失ったことはあるか？」

「それは……死んだということですか？」

「つまり、それまでずっと親友だと思っていた男が、突然そうではないとわかったということだ」

「たとえば、あなたの奥さんに手を出したというような？」

「むしろ、危険な犬なら注意してくれるはずの男が、なにもいわなかったといったほうがいいな。自分のことを気づかってくれるはずの男が？」

「ありませんね。幸い、まだそんな経験はありません。そんなことが起きなければいいんですが」彼は拳でカウンターをたたいた。「でも、それはあなたの体験のようですね？」

「ああ、そうだ。きみには友人はいるかね、カイル？　親友のようなものが？」

「そうですね。ええ、いると思います」

「だが、あまり信じすぎてはいけないぞ。そいつに頼って、失ってはならないようなものまでなくすることがないように。大きな打撃を受けた男の忠告は聞いておくものだ。たとえ親友でも、さっきの犬のようなこともある。想像もしていなかったときに、裏切られることも」


「わかりました」カイルがこたえたとき、大声で騒ぎたてながら、ユニフォームのトラックスーツを着た若者の一団が店にはいってきた。なにかのチームだろう。

「いいか、覚えておけよ、カイル。今の話を忘れるな」

「わかりました」

「きみに見せたいものがある」わたしは、上着のポケットから今朝の《スター》紙をとりだした。

「ちょっと失礼します」彼は若者たちの一団に顎をしゃくり、彼らの注文を聞きにいった。

「ああ、わかった」そういって、わたしは新聞を広げた。

新聞には、大きな見出しが踊っていた。〈トランク詰め殺人犯逮捕――解決までの長い道のり！〉

それにつづく《スター》の一面の記事は、九月十一日以降絶えてなかったほど長大なものだった。トランク詰め殺人についてのニュースは、インディアナポリスを震撼させるものだった。記事の内容よりも、わたしの眼をとらえたのはその見出しの大きさだった。

最初にトランクに押しこまれた死体を発見したのは、犬を散歩させていた男だった。飼い犬が駐車された車の後部からはなれないことに気づいたためだった。それから三年以上が経過し、そのあいだに四人の女性が殺害された。五人は、全員レイプされたあと、絞殺され、死体は被害者の車のトランクに隠されていた。現在では、最初の被害者の発見より前の二年間のあいだに、ほかにも四人の女性が同じ男にレイプされていたことが判明していた。被害者はすべて、犯人に襲われたとき、車のなか、あるいはその近くにいた。インディアナポリスでは、常識をそなえた女性ならだれでも、車のキーを抜くときに危険を感じるようになっていた。

新たな被害者が発見されるたびに、一刻も早く犯人を逮捕せよという声が高まった。多くの有能な警官が捜査責任者の地位につき、つぎつぎに交替した。この街で、こんなに長く殺人鬼が野放しになっているのはかつてないことだった。

そのうちに、この街の実業家たちが身を乗りだし、事件の解決に協力することになった——すべて、車を運転する妻、娘、祖母、愛人そしてガールフレンドをもっているものたちだった。彼らは十一万ドルの報奨金を集めた。これは、それまでインディアナポリスで犯人の逮捕のためにかけられたもののなかでも最高の額の報奨金であり、《スター》の記事によれば、犯人が逮捕されることになったのもこの高額の報奨金のためだった。三十五歳の白人で、無職で独身のロニー・ウィリガーが逮捕されたのは、彼を密告する匿名の電話が〈クライム・ストッパーズ〉（犯罪についての情報を集め、報奨金を提供する、全米的民間組織）にかかってきたためだった。

IPDのコール署長は犯人の逮捕を発表する記者会見で、ウィリガーの名は容疑者リストの上位にあがっていたが、〈クライム・ストッパーズ〉からの通報によって犯人の逮捕の時期が早まったことを認めた。コール署長は、この長期間にわたる捜査の結果、インディアナポリスの女性市民が大きな危険から解放されたことを力説した。

だが、わたしにとって《スター》紙の記事が重要だったのは、警察がついに犯人を逮捕したことだけではなかった。もちろん、わたしには車を運転する娘と母がいる。もう、ガールフレンドはいなくなってしまったが。

わたしにとって重要なのは、捜査の指揮をとった警官だった。ほかの人間たちが失敗した事件を解決した指揮官。ナップタウン（インディアナポリスの俗称）をつつんだ恐怖を解決し、ただの危険な街にもどした男。ジェラルド・ミラー警部。

ミラーの写真は新聞の一面を飾っていた。インディアナポリス市警でもっとも地位の高い、アフリカ系アメリカ人警官と紹介されていた。インディアナポリス生まれで、この街で育ち、二十代はじめに市警の一員となった。四人の子どもをもち、家族を大切にする男。余暇には釣りを楽しんでいる、と《スター》は書いていた。

写真のなかにいるのは、屈強で、ハンサムな中年の男だった。髪は豊かで、口ひげは灰色で、快活な笑みを浮かべていた。

だが、この写真も文章も、このジェリー・ミラーの真実をつたえるものではなかった。

現実には、彼はつねに同僚との折り合いが悪かった。彼は十代の少年のころ、サウスサイドからやってきた白人の少年と出会った。この少年も、のちに警官となる男と同じように自分を地域のアウトサイダーだと考えていた。孤立したふたりの少年は行動をともにするようになり、危険と地域でつかわれる言葉を学び、ともに成長した。

わたしにとってこの《スター》の記事について重要なこと——なによりも重要なこと——は、インディアナポリスで一躍名をあげたこの英雄が、わたしの私立探偵の免許を没収した人間だということだった。

ミラーのこの行為は、許しがたい最悪の裏切りだった。ミラーにとって警官であることがそうであるように、私立探偵という職業が現在のわたしをつくりあげた。わたしの免許を奪ったことで、この親友はわたしの生計を奪った。わたしの生きる理由までも。そして、わたしのガールフレンドも——彼女は免許を失ったわたしに耐えられなくなった。

わたしは免許をとりかえすために戦った。当然のことだ。今も、戦いつづけている。わたしの依頼した熱心な弁護士は、免許は必ずもどってくるといった。だが、それからもう数年経過してしまった。ここ数年のあいだ、彼はずっと断言しつづけている。「もうすぐだ」最後に会ったとき、彼はそういった。それは、一年ほど前のことだった。

わたしの弁護士はよい人間だ。わたしは、よい弁護士などいないとは思わない。基本的には、わたしは弁護士の話し方と思考法が好きだ。これは悪いことではない。私立探偵の仕事の多くは、彼らのために働くことだ。いつかまた、彼らのために働く日がくるはずだ。わたしはその日のために、綿密な計画を立てている。電話がかかってきたときにそなえて、万全の用意をしている。その〝もうすぐ〟がいつになろうと。

今、わたしは心の葛藤に悩まされていた。

現在、ミラーはインディアナポリスの英雄になっている。トランク詰め殺人鬼逮捕を報道する《スター》を手にとったとき、わたしはこんな事態を予期していなかった。もちろん、彼の成功を喜ばなかったわけではない。

彼の成功はうれしいことだった。

彼は、このような華々しい成功にふさわしい男だった。彼はさまざまな苦難と闘ったすえ、インディアナポリス市警の要職に登りつめた。黒人であるだけでなく、彼はとても廉直な男だった。これにもうひとつくわわれば、三振だ。

よし、カイル、バーの向こう側でやかましく騒ぎたてている連中のところからもどってきたら、インディアナポリスのために乾杯しよう。グラスを満たし、それぞれが素晴らしいと思う人間に乾杯しよう。その後は、おたがいの友情のためにグラスをあげよう。

そして、ジェリー、おまえのためにも。

乾杯。そうだ、これでまたいい関係にもどれるかもしれない。

カイルの姿を見失った。

どすんという音が聞こえた。だが、なにも見えなかった。周囲は真っ暗だった。眼をあけても、真っ暗なままだった。「しっかりしろよ、おまえ」男の声が聞こえた。聞き覚えのない声だった。この男はだれだ？　手で眼をこすろうとしたが、手は動かなかった。手にケガをしたのだろうか？　なぜこの男は手を体の横に押さえつけ、わたしをつかまえているのだろう？　一体どういうことだろう？

「すぐに、だれかくる」同じ声がいった。「さあ、立ってみろ」

　こいつはだれだ……ここはどこだ……なぜ……？　だが、言葉にはならなかった。

　このとき、明かりが見えた。眼をこすることはできなかったが、光が見えた。

　ドアが開いた。「どうしたの？」眠そうな女の声。聞き覚えのある声だった。

「ミセス・サムスンですね」さっきの男がいった。「〈ピットストップ〉のバーテンダーから電話がきて――」

「ああ、アルバート」母の声だった。その声には落胆の響きが混じっていた。

「知っているんですね」

「ええ、もちろん」

「あんたが考えているようなことじゃないんだ、母さん」

　ようやく、口からこれだけの言葉が出てきた。

　さっきの男がいった。「少しのみすぎただけですよ。バーテンダーがタクシー――つまり、わたしです――を呼んだのですが、着く前にスツールから落ちたようです」

「迷惑をかけて、ごめんなさい」母がいった。

「どこまではこびましょう？」

「ドアの内側のところでいいわ。床に寝かせてくれる？」

「ケガはしていないようですが、眼をはなさないほうがいいですね」

　体がもちあげられた。天国に行くのだろうか？　「天国に行くのか？」必死に、それだけいった。だれも笑わなかった。

　母の声が聞こえた。「もう、こんなやり方で問題を解決することはなくなったと思っていたのに。また、酒に溺れてしまったようだね」

「特別の日だったんだ」なんとか、言葉が出てきた。

「なにかいったわね」母がいった。「なんといったか、わかった？」

「いいえ」タクシーの運転手がこたえた。「この壁のそばでいいですか?」

「ええ、ありがとう。すぐに、枕と毛布をもってきますから」

体が床に寝かされた。これまで、何度もたおれたことはあるが、そのたびにすぐに起きあがった。「特別の日だったんだ」わたしは、ろれつのまわらない声でいった。

「ありがとう。ハンドバッグをとりにいくまで待って」

「そんな必要はありませんよ、ミセス・サムスン。この近所の人間はみな、あなたのしていることはわかっていますから」

「じゃあ、なにか食べ物はいかが? おいしいパイはどう? それとも、サンドイッチをつくってあげましょうか?」

「けっこうです、ミセス・サムスン。もう、行かなくては」その男はいった。「そうだ、彼はこれをもっていました。バーテンダーの話では、このなかの記事を読んで、興奮していたようです」

「今日の朝刊ね?」

「そのようですね」

「横の床においてちょうだい。気がついたら、なにか読みたくなるかもしれないから」

「それはいい」わたしはいった。「いらないんだ」

「いらないといっているようですね」運転手はいった「新聞のことでしょうか?」

「今どう思っていようと、あとで考えが変わるかもしれないでしょ」母がいった。

1

その電話がかかってきたのは、それから二週間ほどたった木曜の朝だった。そのとき、わたしは呼び出し音をオフにして、まだ寝ているところだった。酒をのみすぎたわけではない。ほかにも、遅くまで寝ている理由はある。たとえば、電話を待っているといったような。

弁護士からのメッセージがのこされていた。「ドン・キャノンだ、アルバート。三十分前に、ダーリン判事が免許の再発行を認めた。私立探偵にもどったんだ――正式な決定だ。おめでとう」

やっと眼が覚め、ベッドに寝そべったまま、メッセージを再生した。それから、ヴォリュームをあげてもう一度くりかえした。

長いこと待ち望んでいた電話だった。〝もうすぐ〟ではなくなった。〝今こそ〟そのときがきた。

とうとう、その日がやってきた。最初にこのメッセージを聞いたときには、生まれ変わったと思うこともなく、これが意味することも充分に理解できず、自分が復活したと思うこともなかった。だが、この短いメッセージを聞くうちに、仕事に復帰した喜びだけでなく、生きかえり、失われた名誉をとりもどし、たぶん蘇生したような気持ちを味わっていた。しかし、エネルギーがあふれだしたことははっきりと覚えている。

だが、そんなことはどうでもいい。とうとう〝そのとき〟がきたのだから。新たな人生を踏みだすために考えていたプランを、実行に移すときがきた。そのための準備はできている。もう、二度と過ちを犯すことはないように準備し、すべてはととのっている。万全の準備が。とにかく、このベッドから出れば。

階下に降りていくと、サムはキャッシュレジスターの前にいた。「パパ、少し前にミスター・キャノンから電話があって、二階の電話に応答がないといっていたわ。メッセージを調べたほうがいいわ」

店には母もいて、テーブルで三人の老人とコーヒーをのんでいた。「サム、彼はメッセージを聞いているはずよ」

「そうかしら?」

「背すじがのびているでしょ。ミスター・キャノンからの電話はいい知らせだったにちがいないわ」

サムは、不審そうな眼をわたしに向けた。「パパ」

シャンペンのコルクを飛ばさずにゆっくり開けるように、少し間をおいてからこたえようかとも考えたが、こみあげる笑いをおさえることはできなかった。「嘘はつけないな」わたしはいった。

「はじめて聞いたぜ」皮肉めかしていったのは、ここで働いている片腕のコック、ノーマンだった。彼はわたしに好意をもっていなかった。

「あんたは黙ってて、ノーマン・タブス」母がいった。

「長いこと、みんなこの知らせを待っていたんだから。今日はサムスン一家にとって素晴らしい日なのよ」

サムはわたしを抱きしめた。「おめでとう、パパ！　本当にうれしいわ」

「ああ、わたしもうれしい」わたしはいった。

「どうやってお祝いする?」

「また、のんだくれるか?」ノーマンがいった。

わたしは彼を無視した。「なにかする前に、ネオンサインのスイッチをいれなくては」

「本当?」サムは笑いだし、拍手した。ほんの一瞬、母親に連れられて地球の半分を移動しているあいだ想像していた、若く屈託のない娘のような表情をのぞかせた。もともと、このネオンサインをプレゼントしてくれたのはサムだった。

「仕事に復帰したことを、世間に知らせる必要があるんだ。そうだろう?」

「そうね」

「お祖母さんとふたりで、外で見ていてくれ。わたしはオフィスに行って、スイッチをいれる」

わたしのオフィスは、〈バッドのダッグアウト〉のある建物の二階の、寝室のとなりにある。何年ものあいだ、もっとみすぼらしい場所を転々としたあと、母との特別契約によって、この生まれ育った家にもどってきた。わたしの収入を復帰するはずの仕事のために貯えるためだった。それまでのあいだ、テクニカル・ファウルをとられて、退場することのないようにするためだ。

だが、とうとうわたしは仕事にもどった。

ネオンのスイッチをいれ、外の通りから登れる階段の上の、鉄づくりのポーチに出た。外の通りには、サムと母、母の老いた友人数人が集まっていた。

だが、彼らは拍手してはいなかった。「どうしたんだ?」わたしは声をかけた。

数人が同時になにかいい、指さした。声は聞こえなかったが、ネオンを指さしていた。

ネオンサインは、〈アルバート・サムスン私立探偵事務所〉となっているはずだった。だが、だれかがネオンの一部を破壊したにちがいない。いつこんなことをしたのか、わからない。気づいたのは、これがはじめてだった。ネオンサインののこりの部分は、〈アルバート……私立探偵《ゲイター》〉。だけだった。

見事な手ぎわだ。

「大丈夫よ、必ず直せるわ、パパ」ランチョネットにもどると、サムがいった。

「ああ、必ず直すさ」わたしはいった。「これまでも、もっと大きな苦境を乗り越えてきたんだから」

「その意気ごみで頑張って、アルバート」母がいった。「だが、その前に朝食をとらなくては」

ノーマンが嫌味たっぷりな笑みを浮かべた。

「ひとが朝食をとるのに不満があるんなら、おまえは仕事をまちがえたな」

「よして、アルバート」母がいった。なぜかわからないが、母はノーマンに好意をもっている。そして、コックとして働かせるだけでなく、二階の奥の小さな部屋に住まわせている。彼は昔から片腕ではなかった。わたしが私立探偵の免許を停止されて仕事ができなかったあいだに、ノーマンはオートバイ事故で重傷を負った。だが〈バッド〉で働くようになる前から、根性のねじ曲がった男だった。

サムが朝食を用意しているあいだに、わたしは母がダイナーの隅に移動したピンボール・マシンに近づき、反射神経と勘を試してみることにした。母は店の奥にもどった。電話のベルの音が聞こえたが、サムが声をかけるまで、わたしにかかってきたとは思わなかった。

これが別の日だったら、ゲームが終わるまで伝言を聞いておいてくれとサムにいっていただろう。だが、今日はマシンのなかではねまわっている最後の銀色のボールから眼をはなし、電話に出ることにした。電話に近づくあいだ、わたしは考えた。ひょっとしたら、ジェリー・ミラーが免許のことを聞き、これまでのことは許してくれ、和解しようといってくるかもしれない。彼はきっと、必死に謝ってくるだろう。わたしはその態度に満足し、鷹揚に対応するつもりだった。「私立探偵のアルバート・サムスンです」

「はじめまして、ミスター・サムスン」女の声だった。「わたしは、《ヌーヴォー》の記者、フロッシー・マッカードルです」

「はじめまして」《ヌーヴォー》のことはよく知っていた――インディアナポリスでもっとも人気のある反体制派の新聞だった。だが、フロッシー・マッカードルという名を聞くのははじめてだった。それに、フロッシーという名前の人間に会うのも。

「弁護士のミスター・キャノンからEメールがはいり、あなたが免許をとりもどし、生活の手段を奪われたことで市と警察を訴えるという新聞発表を行なうことを知らせてきました。おうかがいして、仕事にもどったこと、これまでどうしていたのかお聞きしたいのです。二時ではいかがでしょう?」

キャノンが訴訟についての新聞発表をすることは聞いていなかった。長い法的な争いをおえた今、また新たな訴訟をするのは気が進まなかったが、再出発にあたってテレビ・コマーシャルをしたり、飛行機で空中文字を書くつもりはなかったから、《ヌーヴォー》に免許をとりもどしたという記事が出るのは悪い話ではない。「では二時にお会いしましょう。そのときまた」

これまで、インディアナポリスの激しい競争のなかで、私立探偵としてどのように再出発しようかと考えつづけていた。もしも……そのときがきたら……だが、弁護士や以前の依頼人など知り合い全員に電話する以外にはなにも思いつかなかった。電話番号のリストは、オフィスのデスクの上にある。依頼人用の椅子とともに、ずっと埃をはらってきた。

「二時にひとと会うのね、パパ？」電話を切ると、サムがたずねた。

「今日はひとりじゃないんだろう？」市立探偵の免許を奪われたあいだ、いろいろな仕事をしたが、人手が足りないときにはランチョネットの仕事を手伝っていた。

「マーサはもう、奥で靴をはきかえているわ」昼のいちばん忙しいときには、わたしのひとり娘、心の灯でもあるサムがカウンターとレジの仕事をしているあいだ、マーサがウェートレスをしてくれる。

サムはヨーロッパで育ったが、彫刻家である夫が最低の男であることを知ると――多くの女性のように――南仏を飛びだして、インディアナポリスにやってきた。彼女がここにいる理由はわからない。わたしもたずねたことがない。娘と一緒に暮らすという魔法のような出来事を無にしたくなかったからだ。

コーヒーをのみ、ベーグルをつまみ、ジュースをのみ、二杯目のコーヒーをのんでから食器をカウンターにもっていき、サムに声をかけた。「少し外に出てくるが、二時前にはもどる」

「わかったわ、パパ」

「依頼人と会うのか？」ノーマンがいった。「そうか、忘れていた。いつも、この時間は公園でバスケットをするんだったな」

なにも知らない人間には、昼日中に公園でバスケットボールをするのは、現実逃避のように思われるかもしれない。だがこれは、不安に悩まされながら待ちつづける日々を切り抜けるためにとても大切なことだった。健康な肉体は、健康な精神を支えてくれる。血液中の酸素が多ければ、脳は活性化し、感覚も鋭敏になる。サムスンのフェイクは完璧だ。左手のドリブルもうまい。それに、クロスオーバー・ドリブル（軸足に対してリードフットが交差するステップ）も破壊力がある、絶好調だ！　シュートも的確だ！　とうとう、仕事にもどる日はやってきた！

ここ数年なかったほど、体調もよかった。体もひき締まっている。闘志にあふれていた。ようやく、待ち望んでいた仕事にもどることができたのだから。

ストレッチをして体をほぐしてから、ボールに手が慣れるのを待って、ゴールの下から左右の手をつかってシュートした。もっと〝高度な〟プレイにはいろうとしたとき、三十歳くらいの男が、どこからともなく姿をあらわし、ゴールの近くのベンチに腰をおろした。見られていることを知ると、わたしのジャンプショットはいつもより一、二センチ高くなった。これは自然な反応だった。

ボールがゴールに吸いこまれると、わたしはその男に声をかけた。「あんたもやるかい？」

「昼飯の金は大切にしときな、おっさん」

わたしはただボールを貸してやろうかというつもりだったが、この生意気ないい方を聞くと闘争心をかきたてた。調子のいいときには、わたしはフリースローがよく決まる。だが、またその男を見たとき、見覚えがあるような気がした。「あんたと会ったことがあったっけ？」

「そうだな。おれの家族がこの近くに越してきて、あんたの知り合いがボイルド・チキンをもってきてパーティをしたとき、会っているかもしれないな」

「前から、この公園でバスケットをやっていたのか？　子どものころから？」

少し考えてから、その男はこたえた。「ああ、ずっと前からやっていた」

「一度一緒にやったことがあるような気がするんだが」

「そんなことがあったっけ」

「ずっと昔のことだが、ワン・オン・ワンをやったことがあると思う。まだ、おれの膝くらいまでしかなかったころだが」

「あんたが今よりもっとうまくなかったら、その白いケツをひんむいてやっただろうな」

こいつが考えたとおりの人間だったら、たしかにそうだっただろう。「あのときは、まだケガが治っていなかったんだ」

「今日は、どんな理由をつけるんだい？」彼は立ちあがり、上着を脱いだ。

二時に記者と会う前に、手早くシャワーを浴びる時間があるだろうと考えながら、ランチョネットにもどった。カウンターの前で、サムに手をあげた。「降りてくるのが遅れたら、殺人事件で忙しいとフロッシーにいってくれないか？」

「自分でいったら、パパ」

サムの前のカウンターにすわった娘が、スツールにすわったまままわたしに顔を向け、手をさしのべた。「フロッシー・マッカードルです、ミスター・サムスン。お会いできてうれしいわ」

まるで八歳の子どものように見えた。「学校にいなくてもいいのかい？」

「わたしは二十三歳です、ミスター・サムスン。でも、上手ではないけど、お世辞として聞いておくわ」

「そうか。ありがとう」

「あなたが遅れたんじゃなくて、わたしが予定より早くきたの。娘さんからランチョネットで会うと聞いて、それならお会いする前に昼食をとろうと思って」

好きなようにするといい。「いい考えだね。シャワーを浴びているあいだ、レストラン案内のメモでもとるといい」

彼女は無表情にこたえた。「それもいいかもしれないわね」

このフロッシー・マッカードルという女には好感がもてなかった。だれでも、どこかの家にはいって、落ちつかない気持ちになることがあるだろう。もちろん、フロッシー・マッカードルの頭のなかにはいる気はなかった。だが、彼女を前にして話し合うことを考えるとなぜか不安になった。

　まあ、いいだろう。

　これまで、ふたつのことがうまくいった――ひとつは免許、それに公園のコートでジョー・エリスンを負かしたことだ。一日にひとりの人間にいくついいことがつづくものだろう？

　正直にいうと、わたしが勝てたのは、ジョーが何度か背を向けてフリースローをしたこともあった。「おい、本当に目隠ししなくてもいいのか？」もちろん、これはジョークだった。

　ジョーはわたしが覚えていたことを喜んでいた。「若いころは、かなりのものだったんだぞ」最初のゴールを決めて、三対一になったとき、彼はいった。「だが、そのあと背がのびなかったんだ」

　彼は身長は六フィートくらいで、大学やセミプロなら充分通用しそうだったから、これは事実ではないかもしれない。よくあることだ。わたしは、つぎのシュートをミスした。

「いろいろなところで半端な仕事をしている」といった。スコアが五対三から六対五になったところで、彼はいった。

「今後のことを考えているところなんだ」といった。そして、九対五になったときにはこういった。「そろそろ、落ちつかなくてはな」

　この裏には、言葉以上の深い意味が隠されているようだった。

　わたしが十一対八で勝ち、ヴィクトリーランを終えると、彼はいった。「昼間バスケットをしているなんて、あんたどんな仕事をしてるんだい、アル？」

「私立探偵だ」

「それなら、おれはマイケル・ジョーダンだ」

　わたしは肩をすくめた。

「免許を見せてくれ」

　ああ。「おかしな話と思うだろうが、免許はまだ……」

「まず、基本的な問題からはじめましょう」依頼人用の椅子にすわると、フロッシーは切りだした。靴が床にとどいていなかった。彼女を見ているうちに、この椅子にすわった過去の依頼人のことがよみがえってきた。若い依頼人。老いた依頼人。悩みをかかえた依頼人たち。仮面をつけた依頼人。真実を語った数少ない依頼人も。

このフロッシーも、プロの探偵にしか解決できない問題をかかえているのかもしれない。行方不明の親類、あるいは不実なボーイフレンド、あるいは——「もっとも重要なのは、助力を求めているひとたちのためにまた働けるようになって、心から喜んでいるということです」

「なるほど」フロッシーはノートをひらいた。この単純な動作ひとつで、それまでの子どものような記者は、経験を積んだベテランのように見えた。「まず最初に、お聞きします」彼女はいった。「サムスンというのは本名ですか?」

「どういうことでしょう?」

「それとも、この職業のためにえらんだ名前でしょうか? たとえば、実力があるだけでなく、同時にデリカシーに富んでいるという印象を依頼人にあたえるために?」

なにがいいたいんだ? 「本気で聞いているのかね?」

生真面目な表情を見て、ジョークではないことがわかった。

「本名だ」

わたしが見守る前で、彼女はノートにメモした。

「あなたがシャワーを浴びるのを待っているあいだ、階下でシェフからいろいろと話をお聞きしました。あなたがきびしい状況に追いこまれたとき、お母さんが支援をあたえたと話してくれました——励ましだけでなく、住む場所と食事、ときにはポケットマネーまであたえられたと」

「ときどき、母のために仕事を手伝うこともあった。だが——」

「それを聞いて、こう考えたのです。この記事の決め手になるはずだと! わかるでしょう? どんなに歳をとっても、あなたは可愛い息子なのです。ところで、あなたは今何歳ですか、ミスター・サムスン?」

二時半少しすぎに、フロッシーは帰っていった。すぐに、わたしは電話をかけることにした。

《ヌーヴォー》紙の社屋はブロード・リップル街にあり、市のノースサイドを中心に読者をもっている。わたしの家はサウスサイドにある。フロッシーの記事がわたしに大きな害をあたえることはないだろう。それに過去の経験からわかっているのは、仕事にもどるためには、可能なかぎりの電話をかけるしかないということだった。

鍵になるのは、この街にある法律事務所だろう――私立探偵にパンとバターをあたえてくれるのは、弁護士たちだ。「私立探偵のアルバート・サムスンです……」ネオンサインよりもうまく説明できれば、いい結果が待っているはずだ。

2

金曜日の午前中に、市内のすべての法律事務所に電話をする仕事を終えた。わたしは売り込みに向いた性格ではなかったから、この仕事が終わったら、自分に褒美をあたえることにしていた。警察に電話することだ。市の英雄ジェリー・ミラーに電話して、仕事にもどったことを告げたら、どんなにいい気分だろう。免許を失っていたあいだ、彼に話したいことはたくさんあった。だが、今電話をかけたら……気分がすっきりするにちがいない。

彼はデスクにいた――わたしの乏しい経験から考えたかぎりでも、インディアナポリス市警の警部はデスクについていることが多い。「ミラーだ」

「まだ、直通電話の番号は変わっていないようだな」わたしはいった。「昇進したときには、新しいオフィスに前の電話をもっていくことになっているのか?」

ミラーはこたえなかった。わたしの声がわからないのだろうか? 「アルバートだ、ジェリー」

まだ、沈黙がつづいた。認識能力が衰えてしまったのだろうか? 一緒に車を盗んだ旧友を忘れてしまったのか? 結婚前から彼の妻を知っている人間を? かぞえきれないほど昼食をともにし、仕事と家族についての不満を聞かせた友人までも?

「おい、ジェイニーがよく、なんといってもこたえないことがあるとこぼしていたことがあった。それと同じか? いい考えがある。離婚しようといえよ。そして、腕のいい私立探偵――それも、道理をわきまえた――を紹介するといってやれ。その探偵は、とうとう免許をとりもどしたと!」

「わかっている」ミラーはいった。「その話は聞いた」

「もちろん、知っているはずだ。今日電話したのは、昨日とどいたお祝いの花束と、それに今朝のフルーツ・バスケットをとどけたのがおまえかどうか知りたかっただけだ。あるいは、その両方か――いや、そうにちがいない。両方ともおまえなんだろう。感謝している、ジェリー」

「すまん……おまえの力にはなれないんだ、アル」

「なにかおまえに頼んだか?」

「もう、ここには電話しないでくれ」彼は電話を切った。

この長いこと待っていたミラーへの電話に対して、いろいろな反応を予測していた。だが、こんな冷たい態度は予想外のものだった。

まるでそれがなにかの役に立つというように、わたしは首をふった。ミラーはわたしが免許を失ったことに責任を感じて、無視すべき人間と考えたのかもしれない。罪の意識は、人間に想像しがたい苦しみをあたえることもある。

この推測の唯一の――そして、大きな――問題点はミラーが罪の意識など感じるような人間ではないことだ。

「ここには電話しないでくれ」ことというのは、インディアナポリス市警の直通電話のことだろう。現在、この番号はなにか特別の目的だけにつかわれているのだろうか? 新たな〈英雄に電話して、市を救おう〉キャンペーンでも計画されているのか？

どう考えても、理解できなかった。

こんなことは考えたくなかったが……そして、深い失望をこらえ、ミラーはなにか問題をかかえているのか、それともきびしい状況に追いこまれているのだろうか？

英雄となった警部が、どんな問題をかかえているというのだろう？

わたしにわかるはずがない。彼と話したのは、数年ぶりのことだ。

また、何本か電話をかけた。今度の相手は弁護士ではなく過去の依頼人で、〈わたしの仕事にとても満足した〉、〈満足した〉、〈ある程度満足した〉といった人間たちだった。

昼食時間が近づくと、ミラーの石のような沈黙について少し考えが浮かんできた。わたしはソーシャルワーク・エージェンシーに電話して、ミセス・プロフィットと話したいと告げた。彼女が出ると、わたしはいった。「私立探偵のサムスンです。警察に関係する問題で、お話ししたいことがあるのですが」

「アルバート？」

「そうです」

「ひさしぶりね」

この指摘は正しかった。わたしはいった。「とうとう、免許がもどってきたんだ」

「あなたにとってどんなに素晴らしいことか、理解できるわ」

「だが、電話したのは別の問題なんだ」

「どんなこと？」

「今朝ジェリー・ミラーと話したんだが、なにか問題をかかえているようだった」

「同情するわ。どんな問題？」

「そのことで、力を貸してほしいんだ」

「わたしが？」

「彼は突然英雄になったから、署内でも噂のタネになっているはずだ。なにか知っているかどうか、プロフィット警部補に聞いてほしいんだ」

かなり長いあいだ、彼女は沈黙した。「ジェリー・ミラーのことを、ホーマーに聞いてくれというの？」

「そうだ」また長い沈黙がつづいた。この質問にはわたしの言葉の意味を確認する以上の意味がこめられているのだろうか？　わたしの気持ちをつたえるために、わたしはつけくわえた。「免許の問題があって、ここしばらく警察部内の人間とは接触がないんだ」

「ひとつ聞いていい、アルバート？」

「ああ、わたしにこたえられることなら」

「なぜホーマーに電話しないで、わたしにかけてきたの？」

「ホーマーが便宜をはかってくれるとは思えない」

「わたしのほうが望みがあるということ？」

「ああ、そうだ」彼女の言葉に、冷ややかな響きが混じっていることに気づいた。

「こんなやり方は受けいれられないわ、アルバート」

「それなら断わればいい」

「ひさしぶりの電話だというのに、こんなつまらない用件で電話してくることよ。どういうつもりなのか、しばらく頭を悩ますことになるわ」

「考えることなんてないさ。今朝のジェリーの電話の応対が気になっただけさ。奥さんには嫌われているから、電話はできない。今どんなガールフレンドとつきあっているのかわからないから、電話することもできない。電話した理由はそれだけだ」

「では、まわりくどいやり方で、免許をとりもどしたことを知らせようというんじゃないのね？」

「電話した理由は、さっきいったとおりだ。これが礼儀に反するというなら、謝罪する。ではまた」わたしは受話器をおいた。

だが、すぐに立ちあがって、昼食をとるために階下に降りていくことはできなかった——人生には、いいときも悪いときもある。ミセス・プロフィットの電話での応対はわたしの怒りをかきたてた。これは少なくとも、彼女がかつてわたしのガールフレンドだったからだけではない。この電話をしたのは免許のことを知らせるためで、心のうちを簡単に見透かされたことが不快だったからでもない。

階段の下まで降りて、ランチョネットと建物のほかの部分を区切ったカーテンを開けると、あの不快な男ノーマンが立っていた。ゴミをいれたビニール袋をもっていた。

「そのゴミ袋をもってやろう」わたしは声をかけた。「そのほうが出やすいだろう」

「あんたの母さんは、友人と一緒だ」彼はいった。「だから、レジの金をかすめるようなことはよしたほうがいい」

わたしたちは、少し体をふれあわせながらすれちがい、ノーマンはあやうくゴミ袋を落としかけた。わたしは笑いをこらえた。こいつには、心を見透かされても気にはならない。

ランチョネットでは、テーブルとカウンターの席のほとんどはいっぱいだった。サムとマーサは駆けまわり、ランチどきのラッシュに対応していたので、わたしはピークがすぎるまで皿洗いを手伝い、コーヒーのおかわりをついだ。

状況がもっときびしく、さまざまなはんぱ仕事で食いつないでいたときには、もっと真剣にこのファミリービジネスを手伝ってほしいと母からいわれたこともあった。〈バッドのダッグアウト〉を引き継いでほしいといったこともあった。「もう、毎日働きつづける《グラインド》のはつらくなったよ」母はそういったが、これは体の状態のことで、ハンバーガーやミートローフのための肉を挽く《グラインド》ことではなかった。

「料理はできないよ」わたしはこたえた。

「料理とは別のことでいいんだよ。店のやり方を見直すとか、新しいメニューの名を考えるとか」

「〝バッドバーガー〟とか？」

「ピンボールの大会をしてもいいだろう。おまえのセンスを見せとくれ。料理はノーマンがやってくれるから」

「店を引き継いだら、まっ先にノーマンのやつをクビにしてやる」

「それだけは認められないね」

ここまでで、話は終わった。

だが、仕事を手伝っているうちに、たくさんの客と顔見知りになった。「やあ」、「どうしていた?」、「元気そうだね」といった挨拶をかわす程度に。

　混雑はおさまり、マーサはフライの皿を片づけ、カウンターのスツールに大きな体をのせていた。占領していたという言葉がぴったりだった。マーサのお尻は、それほど大きかった。

　サムとならんで立っていたとき、ひとりの女がはいってきた。その女は入口で足をとめ、だれかを探すように店のなかを見まわした。この女の顔と名前はわかっていたので――イヴォンヌという名前だった――わたしは彼女が昼間にあらわれたことに驚いた。ふだん、彼女が店にくるのは仕事を終えたあとだった。いつもパイとコーヒーを注文し、十五分ほどかかえている問題について悩みを訴えていく。

　彼女の直面する問題は特別なものではない。特に、再開発業者がファウンテン・スクエアに眼をつけるようになっている現在の状況では。イヴォンヌは借家に三人の子どもと暮らし、女手ひとつで生活を支えている。今、家主は大金をつかむチャンスを前にして、家を売る計画を進めていた。イヴォンヌの家賃の支払いがとどこおることも多く、彼女が本来もっているはずの権利も危ういものとなっている。別れた夫には援助する力はない。そして、十代になったばかりの不良少年の長男にも。「明るい面を見たほうがいい」といってやろうかと考えたこともある。「もうすぐ、ローリーは少年院にはいって、もっと狭い家に移れるかもしれない」もちろん、そんなことは口には出さなかった――どんなに鈍感で愚かな人間でも、そんなことがいえるわけがない。

　だが、この日イヴォンヌは食べ物を注文しようとはしなかった。彼女は、母がしわだらけのふたりの仲間と一緒にすわっている窓ぎわのテーブルに近づいた。母はすわったままふりかえり、この新しい客を見た。だが、こんにちは、どうしてた、元気そうねともいわずに、イヴォンヌはひざまずき、母の手をとって、キスした。

　ほんの一瞬の出来事だった。イヴォンヌは立ちあがり、空いた椅子にすわり、母と仲間たちはそれまでの会話をつづけた。

サムは釣り銭をそろえていた。わたしはいった。「今のを見たか?」

「なんのこと?」彼女は、ときどきやってくる、迷彩色の寝袋をもったホームレスに手をふった。

「あの女が母さんの手にキスしたんだ」

「だれのこと?」サムは窓の方に眼を走らせた。「ああ、イヴォンヌね」

「ああ。なぜあんな真似をするんだ?」

「そうね……ゲームのようなものなんでしょ」

また、わたしはテーブルを見た。だれの態度にも、変わったところはなかった。おかしいのはわたしだけかもしれない。だが……「ゲームにしても、おかしなゲームだな」

「ピンボールでもやってきたら?」金を払いにきた女が近づき、サムの視線はわたしからそれた。

金を受けとり、サムがわたしのところにもどってくると、わたしはいった。「いつからあんなゲームをやってるんだ?」

「なんですって?」

「お祖母さんのゲームのことだ」

「知らないわ」

「なぜ、今まで見たことがなかったんだろう」

「パパ」サムがいった。「これがはじめてなら、そのときいなかったか、見ていなかったのよ。そんなこと、どうでもいいでしょ」

「だが、今日気がついた。そのゲームのルールを教えてくれ。いつも法王みたいに手にキスするのか、それとも足にキスすることもあるのか」

「たしか、芝居の稽古のときからはじまったはずよ」

「芝居?」

「忘れたの、パパ?」

昨年のハロウィーンに、母が芝居を計画したことを思い出した。たしか、吸血鬼が出てくる芝居で、上演されたのは買い手が見つかるまで地域に行事でつかわれている営業を中止した映画館だった。だが、これはもう半年も前のことで、公演が行なわれたとき、わたしはずっとこの街にはいなかった。このとき、わたしは州外貨物運送の仕事についていて、今からいえばさまざまな短期間の臨時の仕事をしていたときだった——とうとう、そういえる日がやってきた。

だが、吸血鬼の物語に手にキスする場面などあっただろうか？　わたしは母のすわったテーブルに視線を向けた。母とイヴォンヌとふたりの老人は話をつづけていた。

「パパ？」

「なんだい？」

「仕事のあとで、オフィスに行ってもいいかしら」

「いいとも。なにか用があるのか？」

「仕事を頼みたいの」

「仕事？」

だが、サムは手をふって制した。「あとで説明するわ」

サムは勘定を払うために近づいたふたりの客に顔を向けた。

二階にもどると、また数本電話をかけた。このとき、聞きなれない音が聞こえてきた。金属製の階段を登ってくる足音。だれだ……依頼人だろうか？　胸が高ぶったのが、自分でもはっきりわかった。

こんなとき、以前ならどうしていただろう？　のんびりとくつろいで、デスクに足をのせていただろうか？　デスクに身をかがめて、メモをとっていただろうか？　ドアのベルが鳴った。わたしは受話器をとって、声をかけた。

「どうぞ！」

依頼人かもしれないその相手はドアのノブをまわした。だが、ドアには鍵がかかっていた。ああ、鍵がかかっていたか。

受話器をデスクに起き、急ぎ足でドアに近づいた。ドアの前には、小柄で、腹の突きだした、中年の男が立っていた。黒っぽい、しわだらけのシャツを着て、ネクタイはつけていなかった。「あなたのネオンを見たんだが」

「さあ、どうぞ。おすわりください。今、電話していたところです」

「わかった」彼は人差し指を唇にあて、部屋にはいってきた。彼は、依頼人用の椅子に腰をおろした。

わたしは受話器をとって、デスクにすわった。「失礼しました。どこまで話していましたっけ？」受話器からは、うながすような発信音が流れた。「なるほど」わたしは二度そういったが、依頼人となるかもしれない相手は真剣にわたしを見つめていた。

突然、電話から受話器がはずれていることを警告する甲高い音が流れだした。その音はわたしの神経をかき乱した。わたしは、なにもいわずに受話器をおいた。「ミスター・リリー、わたしの報酬は安くはありませんが、お力になれると思います」この決まり文句もなしに。

この依頼人となるかもしれない男に耳があり、靴ひもを結ぶだけの頭があれば、これが冗談であることはわかるはずだ。だが、わたしは演技をつづけた。メモ帳に少しペンを走らせてから、顔をあげた。「さて。ネオンを見たということでしたね」

「ええ。文字がいくつか切れている。気がついていたかね？」

無言のまま彼を見つめる視線は、兎を射すくめるヘッドライトよりも鋭かっただろう。

だが、この男はわたしの視線など気にとめた様子もなかった。「ネオンの一部が切れているんだが」

のこったのは、〈アルバート……ゲイター〉という文字だけだ。昨日から、スイッチはいれたままだった。「わかっています」

「あれではなんの役にも立たない」

「わかりました。あなたはネオンの修理業者ですか？」

「わたしが？　なぜ？　わたしがネオンの修理業者のように見えるかね？　どうだい？　こんな体型で？」

「では、なぜいらっしゃったのですか？　仕事の依頼ですか」

「仕事？」

「わたしは私立探偵です」

「ああ、そういう意味だったのか。〈アルバート私立探偵事務所〉だったんだな」

「ええ。正確にいえば、アルバート・サムスンか。ポジー・サムスンですが」

「そうか、あなたがミスター・サムスンと一緒の建物に住んでいるから、あるいはと思っていたんだが」

「母の知り合いですか?」

「ええ。いや、知っているとはいえないね。でも、話してみたいと思っている。素晴らしい女性だという評判だから」

「いいですか、ミスター……」

「ジミー・ウィルスンだ」

「ミスター・ウィルスン……」

「ジミーと呼んでくれ」

「ジミー……ここにきたのはわたしの母と会いたいからですか? それとも、ネオンのためですか?」

「いや、わたしはお母さんがいることも知らなかった。ここにきたのは、あの〝アルバート・ゲイター〟というネオンのためだ。文字が切れていたから。わたしは毎日、よくこのヴァージニア街を車で走っている——なぜかは聞かないでくれ。とにかく、いつもここを走っているんだ。ところが突然、それまでなにもなかったところに、ネオンがついていることに気づいた。〝こんなものは、これまで見たことがない。それに、これでは、意味が通じない〟わたしはそう考えた」

「あなたの気づかいはムダではありませんよ、ジミー。早急に、修理業者を探しましょう。これから、イエローページをとりだして、電話することにします。きてくださって、ありがとう」

「どういたしまして。お役に立てて光栄だ」

だが、彼は椅子から立ちあがろうとはしなかった。わたしはいった。「コーヒーでもいかがですか?」

「ああ、いただこう。ありがとう」

「ランチョネットの入口はわかりますね。なかにはいって、わたしのツケでコーヒーをお出しするようにといわれてきた、とカウンターにいる可愛い娘にいってください。ポジー・サムスンがいたら、紹介してくれといえばいいでしょう。いかがですか?」

ジミー・ウィルスンは、少し当惑したような笑みを浮かべた。「あんたは行かないのか?」

「ネオン修理の手配をしますから」

ジミーが出ていくとすぐに、わたしは電話をかけた。電話帳で調べた業者の男は、月曜の朝いちばんにネオンを見にいくといった。

3

午後四時をすぎるころから、電話のリストのなかの人間は外出していることが多くなった。彼らがいるはずのバーに電話するのはやめて——時刻は金曜の午後になっていた——今日の仕事を打ち切ることにした。そこで話し合われている話題の中心は、わたしが仕事にもどったというニュースだろう。下手にあがくのはやめて、アルバート・ゲイターにまかせたほうがいい。

まだ、少しバスケットボールで体をほぐす時間があるかもしれないと考えながら、階下に降りた。あるいは、ピンボールでタイミングと反射神経のトレーニングをしてもいい。あるいは、その両方でも。この仕事のために準備し、技術を磨き、体を鍛えた人間。それがわたしだ。

だが、階段の下まで降りて、ランチョネットにはいろうとしたとき、なかに警官がいることに気づいた。その警官はサムの前に立っていた。「パパ」サムがいった。「このひとは――」

「その男は知っている」わたしはいった。

「前に会ってからかなりになるな、アルバート・サムスン」

「まだ、その田舎臭いしゃべり方をやめないのか、ホーマー？」ホーマー・プロフィットの口調には、まだ強いインディアナ州南部のなまりがのこっていた。州都インディアナポリスに異動してからかなりになるにもかかわらず、まだ田舎なまりを守りつづけているようだ。

わたしはサムに向かっていった。「わたしのツケで、警部補にオートミールでも出してやってくれ」

「どうしましょう、警部補？」サムはたずねた。

「ただの冗談さ、お嬢さん」プロフィットはこたえた。

「無視すればいい」

「じゃあ、なぜここにきたんだ、ホーマー？」

「いや、たまたま近くにきたから。この地域では、危険な事件と悪質な損壊事件が頻発していて――」

「最近では、警部補がそんな事件の捜査をしているのか？」

「近くにきたから、別の問題についてあんたと話そうと思ってな」

「どんなことだ？」

「おれに話したいことがあると、妻にいったそうだな」

わたしはミラーについての情報を知りたいとつたえた。アデルはわたしの頼みを聞いてくれたようだ。わたしは彼女に感謝した。「そのとおりだ」

「ふたりきりで話したほうがいいようだな、アルバート。時間があればだが」

いつもなら、警官と話すときにはだれかが一緒のほうがいいが、これはミラーの問題だったから、プロフィットとともに二階にあがることにした。内密の話になったときには、だれにも聞かれないほうがいい。

「我らの英雄に、なにか問題でも起きたのか？」オフィスにはいると、わたしはたずねた。わたしはデスクにすわり、依頼人用の椅子に向かって手をふった。

だが、プロフィットはすわろうとはしなかった。彼は、わたしの前に立っていた。

「どうしたんだ」わたしはいった。

「長くはいられないんだ、アルバート。それに、ミラーについて話すこともない」

「だが、アデルに伝言したように――」

「いいか。よく聞け。おれはあんたの情報源ではないし、これからも情報を漏らすつもりはない」

「わたしはただ――」

「とにかく、二度とアデルに電話しないでくれ」

「そのために、ここにきたのか？　元のガールフレンドに電話するなというために？」

「アデルはおれの妻だ。おまえのところにもどることはない」

「そんなことは考えてもいない――」

「諦めろ」プロフィットは人差し指をふった。「よく覚えておけ。この問題でおれの言葉を無視するのは、賢いことではない」

「ああ、覚えておこう、ホーマー。絶対に忘れない。それに免許をとりもどしたあと、おれを脅した最初の警官だということも」

「脅されたと思うのは、あんたの勝手だ」うまくやりかえす言葉を思いつかないうちに、彼はわたしをにらみつけ、きびすをかえし、オフィスから出ていった。あるいは、テープを再生して、いつものセリフを聞かせてやる前に。正直にいえば、ショックのためなにもいえなかった。なぜあの男の態度がわたしを怯えさせるのだろう？

「こんなつらい思いをするのははじめて」とアデルがいったとき、わたしはプロフィットのどこがいいんだとたずね、彼女の怒りはつのった。「おい、あいつは警官だぞ。わたしより若くて、ハンサムで、野心に燃えていることは確かだ。だが、それと年金を除けば、あんな野暮な田舎者のどこがいいんだ？」

階下に降りると、ランチョネットにいるのはサムひとりだった。さかさにした椅子をテーブルにのせているところだった「あのひと、どんな用件だったの？」

「たいしたことじゃない。人を脅して歩きまわっているあいだ、暇ができただけだ」

「考えていたんだけど。あのひとアデルのご主人でしょう？」

「そうだ」

「それで？」

「それでとは？」

「パパ、なにも話してくれないのね」

「話すことなんかない。ジェリー・ミラーの様子がおかしいんで、ほんの少しだけ時間を割いて、なにがあったのか教えてほしいといった。だが、力にはなれないといわれた。だが、そのかわりに妻に電話するのはやめてくれといっていった」

「アデルに電話したの？」

「今日、ホーマーに伝言してくれと頼んだんだ。配偶者なんだから、そのくらい頼んでもいいだろう。わたしが結婚していたのは遠い昔だが……」

「プロフィットは、パパがアデルをとりもどそうとしていると思っているの？」

「あいつの考えなんか、わかるもんか。論理的に推測すればそうなんだろう」

「アデルをとりもどしたいの？」

「いや」

「本当？」

「もちろんだ。なぜそんなことを聞くんだ？」

疑うような表情で、サムは肩をすくめた。少し考えてから、彼女はいった。「正直にいうけど、アデルと別れてから、あなたはひとが変わったわ」

「ひとが変わった？　どんなところが？」

「怒りっぽくなったわ」

「それだけの理由はあった。まず、生活の手段を奪われた。それから、ガールフレンドに捨てられた。大声でどなって、留置場にも放りこまれた」

「わずか数日のことだし、それもずいぶん前のことでしょう、パパ」

「昨日のことのようだ」

「それだけじゃないわ。ひとりで考えこむことも多くなったし。以前より、ひとの悪口をいうようになったわ。他人の性格に寛容なのは、あなたの美点のひとつだったのに」

特別な理由がある人間以外には、他人に対して狭量だったとは思っていなかった。たとえば、プロフィットのような人間には。それに彼の妻にも。この問題を真剣に考えてみようと思ったとき、サムがいった。「たとえば、ノーマンのことよ」

「サム、ノーマンの性格に美点を見つけられないのは、ずっと前からのことだ」わたしは周囲を見まわした。「性格といえば、あいつはどこにいる？　なぜ椅子を片づけるのを手伝わないんだ？」

「おばあちゃまと一緒よ。スクラッブルをしているはずよ」

「母さんはとうとう、あいつにラックにいれる文字の上下を教えこんだのか？」

サムの顔には、不満の色があらわれた。

「いや、すまん。いわれたことを、考えてみるよ。悪いところは直さなくてはな」

「パパ、そんなにプロフィット警部補が嫌いなら、ジェリーおじさんのことを調べるのに、なぜ彼に聞いたの？」

「彼しか思いつかなかったからだ」

「でも、ほかにも知り合いの警官がいるでしょ？」

「だれのことだ？」だが、そういったとき、だれのことかわかった。もうひとり、知っている警官がいた。ただし彼と比べれば、ホーマー・プロフィットはシュークリームのようなものだ。「ああ、リーロイ・パウダーのことか」

「彼ならジェリーおじさんのことを知っているかもしれないでしょ？」

パウダーはプロフィットのように冷水機の前で噂話をするようなタイプではないが、ミラーになにかあったとすれば知っているだろう。だが、パウダーのような嫌味な男に会うのは気が進まなかった。

「パパ？」

パウダーに会いたくないということは、アデルへの電話は免許のことを知らせるための口実だったのだろうか？　心の底では、彼女をとりもどしたいと考えているのだろうか？

「パパ？」

いや、ちがう。絶対に。ガールフレンドをもつのは素晴らしいことだが、アデルを求める気持ちはない。「パウダーには聞きたくない」わたしはこたえた。

「パパ、気分でも悪いの？」

「いや、快調だ」とうとう、免許をとりもどしたのだから！

「では、仕事が終わったあと、オフィスに行ってビジネスの話をしてもいいわね」

椅子を片づけるのを手伝ってから、少し仕事ののこっているサムをおいて二階にあがった。そして、着替えをした。サムの〝ビジネス〟の話が長くかからなければ、まだ少しバスケットボールをする時間があるかもしれない。午後の遅い時刻にはコートの中央にはひとがいるだろうが、その上手な連中からはなれて少し汗をかけるだろう。

すばやく着替えを済ませ、すわって待つことにした。留守番電話にメッセージがのこされているのに気づいた。メッセージ……ひょっとしたら……依頼人だろうか……？

公園でワン・オン・ワンをしたジョー・エリスンだった。わたしの録音した声のあとに、彼のメッセージがのこされていた。「やあ、あんた本当に私立探偵らしいな」

彼の用件は、知り合いの人間のことだった。「近所に知り合いがいるんだ——司祭だ。彼の教会で問題が起きている。破壊行為だ。教会に忍びこんで、傷つけ、破壊しているやつがいるんだ。数日前には、煉瓦の壁をハンマーでたたき壊した。考えていたとおり、警察は打つ手はないといった。それで、あんたがそこに行って、あのコートでやったように勘をとりもどしたければ、司祭から話を聞いてほしいんだ。金を払ってくれなければ、教会の破壊行為なんかに関わる気はない。そういうなら、それでもいい。あんたにも生活ってものがあるだろうからな。おれも、苦しいときはあった。だが、ダメでもともとだからな」彼は、教会の名前と司祭の名前をのこしていた。

わたしはもう一度伝言を再生し、名前と住所をメモした。なんとこたえればいいのだろう？　報酬を支払わなくても、依頼人といえるのだろうか？　だが、リーロイ・パウダーのような男でも警官であることは事実だ。

午後の遅い時刻には、哲学的すぎる疑問だ。

わたしの前に立つまで、サムがきたことに気づかなかった。「パパ、どうしたの？　ドアが開いていたわ」

「用件を聞こう。離婚したいのか？　いや、忘れていた。もう、離婚は成立したんだったな」

「ありがとう、パパ。もう、昔の話よ」

「さあ、かけたまえ、サム」彼女が依頼人用の椅子にすわると、わたしはノートをひらいた。「まず、基本的な事実から聞かせてもらおう。名前と住所は」

「ママのことなの」

「母さんのこと？　母さんになにか？」

「ちがうのよ。わたしのママのこと」

「きみの母親？」遠い昔のことだ。サムは、その歴史的な出来事からのこされた唯一の貴重な遺品だった。

「今どこにいるのかわからないの。ママを見つける仕事を頼みたいの」

おい、ちょっと待ってくれ。「もっと、くわしく話してくれ」

「これはあなたの専門でしょ、パパ。お金はあるし、この仕事を断わるほど忙しくないはずよ」

「おまえの話は早すぎる」わたしはいった。

「早すぎるかしら？」

「まず、わたしに向いた仕事ではない。たしかに、失踪した人間を探すことはある。だが、この相手が最後にいたのはヨーロッパだろう？　わたし向きの仕事ではないな」

「どうして？」

「ヨーロッパにいる人間を探せるとは思えない」

「したことはあるの？」

「いや」

「やってみて」

「もうひとつ理由がある。いくらかかるか、わかっているのか?」

「ヨーロッパに行く必要はないのよ。今は、コンピューターをつかって探す方法はたくさんあるでしょ」

わたしたちは、ほのかに点滅するコンピューターを見た。コンピューターと周辺機器は、ようやく終わりを告げたばかりの長いきびしい時期に、オフィスのためにそなえた唯一の備品だった。これから、いろいろとつかい道はあるだろう。これを買うために、わたしは金を貯めた。さまざまな情報を調べた。そして、安く買うことができた。

「それに、教室にも通ったし……」サムはいった。

そのとおりだった。だが、ＩＴ技術をつかって別れた妻を捜すことを禁じるという法律はなかっただろうか?　遠い昔に別れ、顔すら定かではない女を。「そうだな……」

「でも、ヨーロッパに行くことになるかもしれないわね——自分の眼で確認するとか。でも、そのためのお金はあるわ」

「なぜそんな金をもっているんだ?」

「株を少しもっているの」

「株?」

「いろいろな会社の株よ。かなりの額よ」

「わたしの娘が株をもっているのか?」

「離婚条件の一部だったの。手をつける気持ちはないけど」

「それなのに、インディアナポリスのランチョネットでレジとウェートレスをしているのか」

「いつまでもつづけるつもりはないわ。でも、〈バッド〉で働くのは好き。仕事のような気がしないもの。家族でやっている店だし」

「母親が見つかったら、ここの仕事をやめるつもりか?」

「パパ、わたしはママがどこにいるのか知りたいだけ。もう何年間も、毎月手紙をくれたわ。でも、クリスマス以来手紙がこなくなったの」

クリスマスから、もう五カ月になる。「クリスマスはどこにいたんだ?」

「バーゼルよ。スイスの」

「雪崩に襲われたか、カッコウに指を食いちぎられたかもしれないな」

「なにか、わたしにいえないような悪いことが起きたのかもしれない」

「きみに知らせたくないのかもしれない。知らせない権利だってあるだろう?」

「もちろんよ。毎月手紙をくれれば」

本当に、こんな問題に関わるべきなのだろうか? わたしは、胸いっぱいに深く息を吸いこんだ。「もしも……この問題を引き受けるとすれば、きみの母親についていろいろと望まないようなことを知ることになるかもしれない」

サムはハンドバッグから、細く巻いたビニールのフォルダーをとりだした。「あなたの役に立つと思って」

わたしはフォルダーをノートの横においた。仕事にもどって二日のうちに、報酬を期待できそうもない依頼人がふたりあらわれた。いくらわたしでも――まったく仕事のないわたしでも――自分の子どもから離婚で得た金を受けとることはできない。「読んでみよう。だが、約束はしないぞ」

サムはうなずいた。そのきびしい表情から、本気で母親の身を案じていることがわかった。クリスマスからずっと心配していたのに、それに気づかなかったのだろうか? わたしの生活、そしてそのなかで出会う人間について、ほかになにか見落としていることはないだろうか?

わたしはいった。「サム、ママは元気でやっているはずだ。ママは、簡単にくじけるような人間じゃない」

「そういわれても、気持ちが軽くはならないわ、パパ」

「すまん」わたしはフォルダーをたたき、とっておきの父親らしい笑みを浮かべた。

「ありがとう。それに、もうひとつ話したいことがあるの」サムはいった。

それがどんな話だろうと、これより悪いことではないだろう。「いいたまえ」

「おばあちゃまと話したんだけど、パパにはベッドをともにする女性が必要だと思うの」

4

リーロイ・パウダーが、まだわたしの知っている家に住んでいるかどうかわからなかった。いや、あの底意地の悪い老いぼれが生きているかどうかすらも。だが、訪ねていって彼に会えなくても、ただ腕組みをしてすわりこみ、善意にあふれた娘からデートの世界にもどることにどんな意味があるかを聞かされているよりはましだ。「今のパパにそれがむずかしいことはわかっているわ」サムはいった。

「すまないが、ひとに会う約束があるんだ」わたしはいった。

以前パウダーが住んでいた家は、ロッカビー・スクエアと呼ばれる〈歴史保存地区〉にあった――数ブロックにわたって、十九世紀後半に建てられた美しく修復された家がならんでいた。まだパウダーが住んでいるとしてだが、通りから見たかぎりでは、家に人間がいる様子はなかった。だが、わたしは家の前の小道を進み、ベルを鳴らした。

応答はなく、別の場所を探してみようかと考えたとき、ドアが開いた。前に会ったときよりも肥って、白髪がふえたパウダーがいった。「なんの用だ？」彼は片手にハシをもっていた。

「覚えているかどうかわからないが」わたしはいいかけた。

パウダーは、わたしの顔のまえでハシをふった。「私立探偵だったな。留置場に放りこんでやったやつだろう？それも、一度だけじゃない」

「古い話だ」

「最後のときは、そうではなかった。酔っぱらって、風紀紊乱行為を犯し、破壊行為を働き、治安を妨害した。アデル・バフィントンの家の外だったな？　周囲十ブロックの住民にとどくような声で、月に向かって吠えたてた」

わたしは、パウダーがアデルを知っていたことを忘れていた。「あれは愚かな過ちだった」

「おれの家の窓を割るようなことはしないだろうな？　い

っとくが、拘束命令とひきかえに告訴を取り下げるようなことはしない」

「ここにこなければよかったような気がしてきた」

「じゃあ、帰れ」

彼がドアを閉めたら、そのまま帰っていただろう。だが、彼はドアを閉めなかった。わたしはいった。「あんたの助けが必要なんだ。いくつか聞きたいことがある。ほんの数分でいい。ほかに頼める人間がいたら、ここにくることはなかった」

彼はハシで額をかいた。「免許をとりもどしたようだな」

「いい知らせは早くつたわるものだな」

彼は、空いているほうの手で顔をなでた。「夕食をとっていたところだ」彼はきびすをかえし、暗い玄関ホールを数歩進んでからいった。「はいるのか、はいらないのか?」

パウダーのキッチン・テーブルと椅子はプラスチック樹脂製で、ふつうの家では芝生や中庭にあるようなものだった。「すわれよ」彼はいった。

向かい側の椅子にすわると、彼は皿の上の料理をつつきはじめた。皿の上には、小さなブロッコリー、マッシュポテト、ナイフをいれたポークチョップがのっていた。

わたしはいった。「ジェラルド・ミラー警部のことだ」

彼はすべりやすいポークチョップをつかまえた。「ミラーがどうしたんだ?」

「あいつはおれの古い友人だ。しばらく連絡をとっていなかったが、今日電話をかけたんだ」

「おまえ、長いこと免許をとりあげられていたな。それを知らせるためか?」ブロッコリーをとりあげようとしたとき、片方のハシがテーブルに落ちた。腹立たしげに、彼はもうひとつのハシでブロッコリーを突きさした。

「ミラーのことを悪く思ってはいないし、電話したのは一緒に昼食でもとろうというためだった。以前には、数週間に一度そうしていた」

「それで?」

「冷たく応対しただけで、あっさり電話を切った」

「そうか」パウダーは落としたハシをとりあげ、笑みを浮かべて顔をあげた。

「なにか厄介な問題が起きているのでなければ、ミラーがあんな態度をとるはずがない」

「それほど親しいつきあいってわけか?」

「ああ」

「生まれたときからの友人。同じ莢のなかの豆ってやつか」

「少なくとも、ふたりともポークチョップの食べ方は知っている」

パウダーは手にもったハシを見た。「なぜこいつを〝チョップスティック〟(chopにはたたき切るという意味もある)っていうんだろう?」

「無知な人間の頭を混乱させるためだろう」

「おまえの古い友人、子どものころからの親友は、生涯最大の事件を解決した」

「トランク詰め殺人だろう。あいつは英雄だ」

「そう思うか?」


パウダーの言葉ににじんだ疑いの響きを追及する前に、彼はテーブルから立ちあがり、冷蔵庫に近づいた。彼はアイスクリームのはいった容器をとりだして、ふたを開け、ハシで数口分のアイスクリームをすくいあげた。

「なぜハシをつかってるんだ?」

「明日の夜、イタリア系の女とデートするんだ」

「悪い知らせかもしれないが、イタリアではフォークをつかうんだ。フォークを発明したのは、イタリア人らしい」

「そうか?」パウダーの顔には笑みが浮かんだ。「いいか、もしもだが、イタリア人とフォークのことをおれが知っていたとしたら?」

「そういわれても、不思議はないな」

「イタリア系の女とデートすることから考えて、なにか思いつくことはないか?」

「どういうことだ?」

「頭をつかえ。そうすれば、もっといい探偵になれるぞ」

わたしは少し考えた。「その女を連れて、中華料理店に行くのか?」

パウダーはハシをたたいてその答を褒めてから、アイスクリームを冷蔵庫にもどした。「おい、探偵、ホーマー・プロフィットがアデルと結婚したあと、ガールフレンドはいるのか？　それとも、まだあの女が忘れられなくて、毎晩飲んだくれているのか？」

「あれは、あのときだけのことだ。ただ一度だけの過ちだ。もう、すぎたことだ」

「社会もおれも、それを聞いて安堵したぜ」彼はハシを流しに投げだした。「残念だが、もうおまえと話している時間がない。仕事に行かなくては」

「今、どこに勤務しているんだ？」

「ノースサイド地区の夜間勤務だ。新米の警官どもを訓練して、一人前にしている。まさか、またおまえの恋愛問題で相談しにきたんじゃないだろうな？」

「ハシでポークチョップを食うようなことなら、あんたに聞くことはないだろう」

「腹が立つのは、最近中華料理が嫌いになっちまったことだ」

「本当か？」

「だが、あの女の大好物なんだ。あいつはまだ三十三歳だ。若い女をがっかりさせたくないからな」

「三十三歳の女には、あんたは年上すぎないか？」

「おれが年上すぎるなんてことはない。この女が若すぎるんだ」

「パウダー、ミラーは職務上で、なにか問題を起こしたのか」

「おまえの友人のことはなにもいえない」

「インディアナポリス市警の輝ける英雄のはずなのに、そんな態度じゃなかったのはなぜだ？」

「正確には、そいつはなんといったんだ？」

「〝ここには二度と電話しないでくれ〟といった。声の調子も、おれのことなど無視するようだった」

「よく考えてみろ。そうすれば、いい探偵になれる。〝ここには二度と電話してくるな〟この言葉の意味を考えてみろ」

「別の場所に電話しろということか？」

考えてみれば、まともな頭をもった人間なら、だれでも思いつくことだ。パウダーの家を出て、電話ボックスを探して通りを走るあいだ、わたしは自分の愚かさを罵った。ガソリンスタンドにある公衆電話を見つけ、ミラーの家に電話した。

だが、電話に出たのはジェリーではなく、ジェイニーだった。わたしは必死に自分にいい聞かせ、いった。「やあ。アル・サムスンだ。ジェリーはいるかい？」

「今いちばん電話してもらいたくないのは、あなたのようなひとよ」

「そうか」電話したとジェリーにつたえてほしいという思いをこめていったが、彼女はそのまま電話を切った。

この応対は、なにかが起きているという疑いを証明するものだった。ミラーがインディアナポリス市警で話したくないといったのは、仕事に関する問題だということだろう。だが、それは彼の家庭にまで影響を及ぼしている。だが、どんな問題かはわからない。

もう一度電話しようかとも考えた。一度電話に出たからには、二度目も出るだろう。それとも、直接ミラーの家に行こうか？　いや、やめたほうがいいだろう。四十二丁目通りとカレッジ街の交差点にある、市警の北部地区本部に行って、パウダーからもっとくわしい情報を聞こうかとも考えた。

いや、もう少しじっくり考え直してからにするべきだろう。

5

家には帰らなかった。金曜の夜に、サムがなにを予定しているかわからなかったが、外出するなら充分な時間をあたえて、充分に楽しませてやりたかった。サムを相手に、またあの気乗りのしない話をくりかえしたくなかった。

原則的には、わたしは女性とデートすることを拒んではいない――ただし、今のわたしとは無縁なもののように思われるだけだ。原則的には、女性とともにすごすことは望ましいことだ。だが、アデルに捨てられたあと、わたしは女性にあたえられるものはないと考えるようになっていた。それはずっと前からのことで、こんな結果になったのはそのためかもしれない。だが、わたしはこんな結果を予想もしていなかった。これがわたしの思考の限界だった。

いや、アデルのことは大昔とはいえないまでも、もう過去の出来事だ。わたしはもとの自分にもどった。とりもどした免許もそれを証明している。それなら、なぜ社交的な生活を考えてみないのか？

それが正当なことだとは思えないからだ。わたしの心のなかには、他人と話したいことは多くない。

サムの声が聞こえるような気がした。「パパのするべきことは、ひとの言葉に耳を傾けることよ」

そうだ、わたしはひとの言葉に耳を傾けるような心境ではない。

家に帰るのはやめて、ジョー・エリスンが教えてくれた、破壊行為の対象となった教会に行き、彼の知り合いの司祭を訪ねることにした。

その教会は、考えていたよりもファウンテン・スクエアに近かった――せいぜい半マイルほどだろうか。ヴァージニア街、それに多車線の州ハイウェイとインディアナポリスを周回している特別州間道路への進入路から一ブロックのところにあった。告白を考えている罪人にとっては、便利な場所だ。

　建物がもっとヒップなつくりだったら、ここは現代のキリスト教信者たちにとって格好な場所といえたかもしれない。だが実際には、都会的というよりは田舎風で、色も形も農家の納屋のような印象だった。近くから見ると、納屋のような赤に見えたものは煉瓦色であることがわかるが、デザインとして見れば、映画の『さよならゲーム』の広告が屋根の上にあっても不思議はないような印象だった。建物の両側は、駐車場のために舗装された部分よりもっと広い田舎を思わせる敷地にかこまれていた。ここは、田舎風の価値観をもつ、都会人のための教会なのだろう。いわば隙間市場《ニッチ・マーケット》だ。駐車場にはいり、車を駐めると、たくさんの信者がきていることがわかった。駐車場はほとんどいっぱいだった。

　車から降りると、開いた窓から流れだす天使のような大きな歌声が聞こえてきた。合唱隊の敬虔な歌声が響きわたり、近づくとともに合唱は高まり、わたしの疲れた異教徒の心までも高揚させた。その歌声はわたしの感謝の気持ちを呼びさました。わたしの免許がもどってきた。主に感謝を《ハレルヤ》。

　この教会について知っていることはふたつ、ティモシー・バトルという司祭の名、それにここで破壊行為が行なわれたことだけだった。礼拝が行なわれていることは明らかだったので、建物のまわりをまわって、可能なかぎり状況を調べてみることにした。

　駐車場から、教会の正面に出た。近くの歩道から見えるのは、今後の予定をしるした掲示板と手入れのいきとどいた建物だけだった。教会は通りの角にあって、駐車場をはさんだ反対側の壁は、ただの草地だった。教会の敷地からはかなりはなれた、雑草におおわれたとなりの家に面した角を見まわって、建物の横の小道にはいった。

　教会の横は、歩きにくい砂利道になっていた。数ヤード進んだとき、煉瓦の壁に黄色のペンキがスプレーされているのが眼にとまった。消そうとした形跡はあったが、赤い煉瓦にかかった黄色のペンキを消すのはむずかしい。のこされた文字は容易に判読できた。「黒人はこの街から出ていけ」

古臭い嫌な言葉だが、この言葉はわたしの不快感をかきたてた。長いあいだ、このファウンテン・スクエアは人種混合居住地域だった。インディアナポリスにはさまざまな人種対立の歴史がくりかえされてきた。だが、それは別の地域に移り、ここではそんなことはなくなっていた。

わたしは壁ぞいに進んだ。消されかけた勃起したペニスと乱暴なタッチで描かれたヴァギナらしいものが描かれていた。それに、電話番号となにかわからない花の落書きもあった。

壁の終わりに近づいたところで低木の下で身をかがめ、その角に出た。建物の角にたどりつくと、そこは角などとはいえないものになっていた。小道が曲がるところで、教会の壁の煉瓦はほとんどはがれ落ちていた。一部分ではない。高さ四フィート、幅六フィートにわたって崩れおちていた。

最近はハンマーをもてるほど体も大きくなっているものもいるが、ありきたりの生活に不満をいだき、人種差別にとりつかれた中学生の仕業ではない。この破壊行為ははっきりとした意図にもとづくものだが、なかに侵入するためではなかった。煉瓦の奥の壁はむきだしになっていたが、それ以上危害はおよんでいなかった。破壊された煉瓦は、小道の反対側に積みあげられていた。

破壊行為は、衝動的なものとされることが多い。意図的なものではなかったとしても、この行為が何らかの意図にもとづくものであることは明白だった。この先にもっと大きな攻撃をくわえ、建物全体を破壊するという脅しなのだろうか？

この野蛮な行為はわたしの嫌悪をかきたてた。この教会は住宅地の端にあるが、市を周回するハイウェイのファウンテン・スクエアにあるのだから、ひとびとの生活に大きな影響をあたえるだろう。恐ろしい光景だった。

同じようにわたしの不安をかきたてたのは、教会の裏からわたしに近づいてくる男だった。フットボールの選手のような体つき——体重は三百ポンドを超えるだろう——それにその険悪な表情のためだけでもなかった。彼は肩に散弾銃の銃床をあてて構え、わたしの腹に狙いをつけていた。その男はいった。「引き金をひく前に、十秒間申し開きのチャンスをやる」

九・八秒かけて、やっと〝ジョー〟と〝エリスン〟という言葉が口から出てきた。この時間のうちに、百メートル走れる人間もいる。


ジュース・ジャクスンと名乗った男とわたしは、入口をはいったところにあるロビーにすわり、礼拝が終わるのを待った。われわれのそばにある、折りたたみ式のテーブルには、小さなサンドイッチ、フライドチキン、デビルドエッグをのせた大皿がならべられていた。ポテトサラダも。クッキー、ケーキ、パイ。大きなボウルにはいった赤いパンチもあった。それを見て、匂いをかぎながら、二十五分ほど、無言のままジャクスンとともにすわっているうちに、もうかなり長く食事をとっていないことを思い出した。

ただじっとすわりこんだまま、二十七分ほど経過したところで、わたしは少し食べ物をつまんでもいいかとたずねた。ここには、兵士の一隊がつまめるほどの食べ物がならんでいた。

ジャクスンはいった。「ダメだ」

それからまた十八分ほどたったところで、突然礼拝は終わり、着飾った信徒たちの集団が両びらきのドアからはいってきた。彼らはまっすぐに食べ物に向かい、飲み物をのんだ。たちまち、部屋はいっぱいになった。食べ物に手をつけなかったのは、最後にはいってきた数名だけだった。そのなかのひとりは、黒のローブにケンテクロース（派手な色彩のガーナの手織布）の法衣を着た、四十代後半のたくましい体つきの男だった。どんな鈍い人間でも、バトル司祭だとわかるだろう。

散弾銃をもったミスター・ジャクスンに、司祭を呼んでくれといいかけたとき、司祭は自分からわたしたちのところにやってきた。「どうしたんだね、ブラザー・ジャクスン？」わたしをみつめたまま、彼はいった。バトルの眼はきびしかった。

「裏の穴の近くで見つけたんです」

「神の家の裏は、部外者が気軽に立ち寄るようなところではないな」バトルはいった。「道に迷ったのなら、なかにはいって聞くべきだった」

「礼拝が終わるまで、時間をつぶすつもりだったのです。ジョー・エリスンから、行ってみてくれと頼まれたのです」

「ブラザー・エリスンを知っているのか？」

「わたしにも、そういいました」ジュースがいった。「だから、撃つのを控えたのです」

「ジョーから、ここで問題が起きたことを聞きました」わたしはいった。「あなたと会うようにといわれたのです」

「なぜ力になれると思ったのだね？」バトルはたずねた。

「力になれるかどうかわかりませんが、わたしは私立探偵です。お望みなら、なにが起きたか聞き、力になれるかどうか考えてみましょう」

「わたしはティモシー・バトル司祭です。あなたの名は？」わたしは名を名乗った。「この教会の財政は豊かではありません、ミスター・サムスン」

「ジョーから、金は払えないといわれています」

司祭はまたきびしい眼でわたしを見つめてから、たずねた。「ブラザー・エリスンとはどうして知り合ったのですか？」

「ときどき、一緒にバスケットボールをするのです」

「それだけの関係で、無料で職業的な奉仕をするのですか？」

「話せば長くなりますが、わたしの家族は長いあいだこの街に住んでいます。ここで忌まわしい出来事が起きるのは耐えがたいことですし、裏で起こった事態を見て不快な気分になりました。腹が立ちました。いずれにせよ、今わたしにできるのは、それについて話し合うことだけです」

彼は腕時計を見た。「十五分ほど待っていただけますか？」

「ええ」

「そのあいだ、なにかつまんでいてください」

十五分が三十分近くなったが、気にはならなかった。信徒の女性たちは軽食をつまむように勧め、それをつくったひとたちに紹介してくれた。シスター・バーネットのパウンドケーキがいちばん気にいったが、ムーアという老女がつくったバナナをはさんだ三層のココナッツケーキもとてもおいしかった。

　カップに二杯目のパンチをついだとき、背後に近づいたジュース・ジャクスンが声をかけた。「司祭がお待ちです」

　ジャクスンに従って、階段をのぼった。壁にマホガニーの書棚がならぶオフィスにわたしをのこして、彼は出ていった。書棚と壁に飾られた有名人とならんだたくさんのサインいりの写真から、彼が地域の有力者であることがわかった。だが、どの程度の有力者なのだろう。

　バトルは通りを見おろす窓に背を向けて、革張りの回転椅子にすわっていた。狙撃手の標的にならないように、その椅子を動かしたい衝動にかられた。なぜだろう？　ジャクスンの散弾銃のせいか？　それとも、教会の壁にあたえられた深刻な被害のためだろうか？

　バトルがいった。「信者たちは暖かく迎えてくれたでしょうね」

「ありがとう」椅子にすわりながら、わたしは頭をふって、パンチの酔いをさまそうとした。

「パンチが気にいったようだね」

「ええ、独特の風味《ジュ・ヌ・セ・クワ》ですね」わたしはパンチに口をつけた。

「わたしの前で口にするものはいないが、〝教会の赤いジュース〟と呼ばれているようだ」

「キリストの血（ワインのこと）でなければいいというわけか」わたしはいった。「破壊された壁のことを話してください」

「見たとおりだ」

「理解できないのは、あれだけ多くの煉瓦を壊したのに、なかにはいろうとしていないことです」

「目的は破壊行為だけだったようだ。あの出来事が起きたのは水曜の夜だった。そうだ、忘れないようにここでいっておきたいが、ブラザー・ジャクスンのとった態度について謝罪しておきたい。この破壊行為は最近起きた一連のもののひとつだが、これまでで最悪のものだった。破壊行為がどんどん激しくなっていくので、理事会は志願者を募って、教会を警備することになった。だが、銃をもつことはプランにはなかったはずだ。それについては、ブラザー・ジャクスンから話を聞いてみることにする」

わたしはうなずいて、この形式的な弁解を認めた。「壁に書かれたみだらな落書きを見ました。いつもあのような落書きがのこされていたのですか？」

「二度、窓から石を投げこまれ、郵便受けに排泄物がはいっていたこともあった」

「それはいつのことですか？」

「すべて、この二ヵ月のことだ」

「異常な事態ですね」

「信徒たちは、二十八年前からここで礼拝をつづけている。わたしがここに赴任してきてからまだ一年半しかたっていないが、今まではこんな深刻な問題はなかった」

「こんな破壊行為をするのは、なんのためだと思いますか？」

「ミスター・サムスン、正直にいうが、わたしにもまったくわからないのだ」

「このことは警察に通報したのでしょうね？」

「ああ、最近の事件は」

「警察の対応は？」

「破壊行為（原文はhole＝穴の意味がある）について通報したが、のぞいてみようといっただけだった」

バトルの顔は無表情のままだった。わたしはいった。

「それはジョークですね？」

「そうだ」

「あなたとポーカーをしたら、かなりの金を巻きあげられそうですね」

「ヴェトナムでも、同じことをいっていたものがいた。運よく、彼らはその経験から現実を学び、わたしは稼いだ金で、ＧＩビル（復員兵援護法）で入学した神学校でも不自由なく生活することができた」

6

家に帰ったのは九時だった。オフィスに通じる階段の前、通りの向かい側に車を駐めた。わたしの希望。わたしに夢をあたえてくれる場所。

ネオンが明るく光り、わたしの存在を世界に知らせていた。うまく石がぶつかれば、ネオンの修理代を節約することができるかもしれない。〈アルバート……ゲイター〉をただの〝アルバート〟にするのは簡単だ。ラストネームのない歌手はたくさんいる。わたしもそうしてもいいだろう。いいや、待て。錆びついた肩を試すのは、ネオン修理業者に会ってからでいいだろう。

オフィスにはいると、留守番電話のライトが点滅していた。ミラーからの伝言であればいいと思いながら、すぐに伝言を再生した。今夜、ジェイニーが寝たあと家を抜けだし、どこかで会おうというつもりかもしれない。彼に含むところがないわけではない。だが、彼はわたしの旧友だ。

伝言はミラーからのものではなかった。もっと素晴らしい人間だった――依頼人になりそうな人物だ。ウィリアム・アレンはコンドミニアムの購入を考えているが、契約する前に、まわりに住んでいるのがどんな人間か確かめたいと考えていた。そんな仕事を引き受けてくれるだろうか？彼はそういった。

彼は小切手帳をもっているだろうか？

もうひとつの伝言は、ジミー・ウィルスンからのものだった。「壊れたネオンのことでうかがったものだ」ウィルスンは、ランチョネットでのませたコーヒーの礼をいった。「あんたの娘さんは、とても親切にしてくれた。あんたの育て方がいいのだろう。わたしが頼むと、あんたのお母さんを紹介してくれた。あんたのお母さんは素晴らしいひとだ。できれば、彼女の力になりたい。心からそう思っている」わたしの力になったようにか、ジミー？　なぜこの電話番号がわかったのか知りたいなら電話してくれ、と彼はいった。

電話帳ではないのか？

だが、最後の伝言は彼の褒めそやした母からだった。

母は、居間においたコンピューターの前にすわっていた。

「留守番電話に伝言をのこしただろう？」

「ねえ、Eメールをちゃんとチェックしていれば……」画面を見つめたまま、母はいった。

「折りかえし電話して、一緒に昼食でもというべきだったかな」

少し待って、母はやりかけていた作業を中断してから、ふりかえってわたしに顔を向けた。「うるさいことはいいたくないんだけど、最近では伝言を携帯電話に転送することもできるんだよ」

「携帯電話はもっていないんだ、母さん」

「もっていない？　仕事にもどったんだから、当然買ったと思ったんだけど」

わたしの観察力の足りなさは遺伝的なものかもしれないと考えたとき、これは携帯電話を買うべきだという母なりのいい方であることに気づいた。

母はいった。「おまえが免許をとりもどしたことを、心から喜んでいるんだよ、アルバート」

「ありがとう」

「フルタイムの探偵の仕事にもどるんだろう？　もう、いろいろ半端な仕事をすることもないんだろう？」

「金を稼ぐためなら、なんでもしただけだ」

「でも、その仕事は探偵を諦めるほど面白くはなかったようだね」

「新しい仕事につくつもりはないんだ」

「そして、とうとう前の仕事にもどることができた。本当によかったね」

母は椅子の背によりかかり、腕を組んだ。このときの母は、編み物をしている年寄りのように見えた。活動的で、高齢で、穏やかな年寄りのように。コンピューターでも編み物ができるのだろうか？

「ねえ、アルバート、お金は足りてるの？」

「仕事の話はどんどんはいってきてるんだよ」

「おまえの口の軽いところは控え目にしてね。忙しいんだから」母はコンピューターの画面に向かって手をふった。

「あんたの親しいノーマンがどういおうと、あんたのお金に手をつけたりしていないし、これからもそんなことをするつもりはないよ」

「おまえがもっとノーマンのいいところを見てくれればいいのに」

なぜ、みなわたしに同じことをいうのだろう？

「これまでのことは別にして、当面のお金が必要なら——

——」

「大丈夫だ、母さん。ありがとう。家賃を払うのは少し待ってもらうかもしれないけど、それ以外は心配はいらない」

「家賃を払う必要はないんだよ」

「じゃあ、そのお金がはいったら、シャンペンつきのクルーズ旅行のために貯金すればいい」

「電話したとき、依頼人と会っていたの？」

ティモシー・バトル司祭と別れたとき、ジュース・ジャクスンほど手荒でない方法を考えてみようといった。だから……「ああ、そうだよ」

「アルバート……？」

「たとえ無料奉仕でも、依頼人にはちがいないからね」

「ねえ、アルバート」

「母さんだって、教会から金をとりたくないだろう？　それも、近所の教会から」

「どこの教会だい？」

わたしは住所を告げた。「かなり大きな破壊行為が行なわれているんだ」

「どんなこと？」

わたしは、自分の見たこと、それに司祭から聞いたことを話した。「正直にいうけど、それを見て腹が立った。だから、このためになにかできればうれしいと思ったんだ。だれがやったのか、見つけることはできないかもしれないが、あまり金をつかわずに、こいつらを近づけないようにすることはできるかもしれない。投光照明をつけるか、監視用のビデオカメラに見えるような、小さなライトのついた偽物の箱をとりつけてもいい。もちろん、金を払ってくれるようなら、この仕事を優先することになる」

母はこれにはこたえなかった。わたしのいったこと、それともこれまでコンピューターでしていたことを考えているのだろうか？

「もうひとつの伝言は依頼人になりそうな人間だったから、二階にもどって電話してみるつもりだ」

「そうだね」

「気分でもよくないのかい？」

「気分が悪い？　そんなことはないよ。ねえ、アルバート、仕事が思うようにいかなくても、わたしはおまえがやりたいことができるようになったことをうれしく思っているからね」

「ありがとう」

「それに、探偵の仕事にもどったんだから、サムともっと一緒の時間がすごせるようになるね」

「サムと？」

「おまえの娘のことだよ」

「わかってるよ……」もちろん、これはジョークだった。

「少し前から、サムのことをいつか話そうと思っていたんだ。おまえがずっと……自分のことで頭がいっぱいのようだったから」

「母さん、一体なにがいいたいんだい？」

「もっとあの娘《こ》と一緒に時間をすごせればと思ってね。あの娘には、あんたがそばにいることが必要だよ。父親としてのおまえの考えを聞くことが」

「父親としての考え？」

「ああ、そうだよ」母はきびしい表情でいった。「おまえはいいさ。自分で望んだ仕事をしているんだから。でも、サムは……もう大人になっているのに……こんなところにいて……」

「ここにいるのが嫌なのかい？」

「あの子にとって、最上の道をえらんでほしいんだよ。あの子のために。サムはとても頭のいい子だし……フランス語だって話せるしね。なにかもっとまともな仕事につけたのに――いや、まだ遅くはないはずだよ。今のあんたと同じ歳になって、まだここに住んでいることを考えてみて。そんなことになってもいいと思うかい？」

「あの子はどう考えているんだ？」

「いい質問だね。父親として、自分で聞いてみたらどうだい？」

7

外出している娘に質問することはできない。

だから、ウィリアム・アレンに電話して、小切手を送ってくれれば、彼の隣人になる可能性のある人間たちについて調べようと返事した。そして、二時間ほどを費やして、コンピューターの前にすわって情報を検索した。わたしは、本物の私立探偵らしい仕事をした。周囲の住人四人の情報を収集することができた。ひとりは破産した過去をもち、もうひとりはハワイでマリワナの不法所持による逮捕歴があり、ふたりは駐車違反チケットの反則金を払っていなかった。過去に重罪を犯した人間も、政治家もいない。これが自分にふさわしい環境かどうかは、慎重な性格らしいミスター・アレンが判断することだろう。

コンピューターの電源を切り、一休みすることにした。

少なくとも、そのつもりだった。

だが、どうしても眠ることはできなかった。

積極的に干渉したり、少なくともそう試みずに、ひとり娘に独力で将来を考えさせたわたしは冷淡な父親だろうか？

だが、母は干渉しろといっているのではない。母のいいたいのは、もっと精神的な交流をとれということだ――古い世代の知恵を、新しい世代につたえろといっているのだ。母親の多くがそうであるように、彼女の言葉は的はずれではないだろう。わたしは毎日サムと話しているが、意味のある会話をかわしてはいない。

昔は、娘と心の交流があった。特に彼女が幼いころには。よく、手紙に物語を書いたものだ――空想、夢物語、紙とペンを前にして心に浮かんだことを書いてやった。あのころは、数少ない例外を除いて、現実について報告するよりは、物語を書いたほうが面白いと考えた。

そして今、娘が言葉を覚えるようになってから、はじめて同じ屋根の下で暮らすようになると、わたしは手紙を書かなくなってしまった。夜になり、彼女は外出し、どこに出かけたのか、だれと一緒なのか見当もつかない。

これはまちがったことなのだろうか？　悪いことなのだろうか？　だが、わたしの〝子ども〟はもう大人なのだから、ある意味ではまちがったこととはいえない。悪いことでもない。だが、正しいことではないし、良いことでもない。

それに、わたしは娘の人生の目標もわかっていない。母親の途絶えた手紙《レター》（letterには文字の意味もある）の問題、それを解決したいと望んでいること以外には。

その文字《レター》は〝J〟と〝C〟と〝R〟かもしれない。

つまらないジョークだ。

いや、もっといいことを思いついた。失われた文字《ミッシング・レター》がなんであれ、〝金《マネー》〟は無関係だろう。

ハハハハ……

わたしはベッドから出た。オフィスにはいって、白紙をとりだした。デスクにすわって、頭に浮かぶことを書きとめた。まず、〝鴨〟と書いた。それから、ガーガー鳴き声をあげているような、動物の絵を描いた。それから、その紙を丸めて、ゴミ屑かごに投げこんだ。

だが、なんの考えも浮かばないまま、ただじっとすわりこんでいるうちに、気分が落ちついてきた。わたしはかつての生活にもどった。両肩、四肢にまで、それがはっきりと感じられた。わたしの体は隅々まで、これまで長いこと感じていたのとはちがって、完全に自分のものとなり、一体になったようだった。

仕事は体の一部のようなものなのだろうか？

仕事にもどったことがわたしを活性化させたのなら、仕事は体の一部だといえるかもしれない。

だが、私立探偵、免許をもった私立探偵にもどったことがなぜこのような大きな意味をもつのだろう？　免許がなければ、なぜ本当の自分ではないと感じるのだろうか？

「二十四年後には、私立探偵の免許をとるんだ」子どものころ、砂場で幼い友人にそう宣言したこともない。

わたしは、奇妙な過程を通って現在の仕事にたどりついた。ある方向に向かって一歩進み、別の方向に二歩進み、今度は一歩しりぞいてみる。そのあげく、わたしはこの他人の悩みを解決する職業にたどりついた。

少なくとも、わたしは免許を失っていたあいだも生きのびてきた。

そして、まだ力尽きてはいない。まだ、今のところは。

8

朝目覚めると、この日は土曜日だった。週末だが、わたしはベッドを出て、ひげを剃り、しっかり働くぞと自分にいい聞かせた。

仕事にもどるためのさまざまな事務的用件のほかに、以前の依頼人何人かと連絡をとるつもりだった。たとえば、ウィリアム・アレンから依頼された仕事を材料にして、依頼人になってくれそうな人間のための標準となる書類、必要経費の標準、最終的な請求額を決めることもできる。ついに免許をとりもどしたのだから、失敗は許されない。

だが、どんなに働き者でも、食事は必要だ。

土曜日の朝の〈バッドのダッグアウト〉は混んでいた。階下に降りて行くと、サムは仕事に追われ、二階にもどったときも、客が減る様子はなかった。食事のあいだに、わたしはサムに三度言葉をかけた。「昨夜はどうだった?」、「なにか楽しいことはあったかい?」、「あとで、少し話す時間があるかな?」

三度とも、サムは「ええ」とこたえた。

そうか。

オフィスにもどると、わたしはコンピューターを起動し、キーボードを打ちはじめた。少したったところで、ドアのベルが鳴った。ミラーだろうか?

ドアを開けると、踊り場にオーバーオールを着た女がすわっていた。四十少し前で、染めたブロンドで、口には煙草をくわえている。煙草の先から、長い灰がのびていた。右にあるなにかを見つめ、灰には気づかないようだった。

わたしは手をさしのべた。灰はその手のなかに落ちた。

彼女はそれに眼をとめた。「ありがとう」彼女はいった。「メアリーです」

わたしはいった。「わたしは、ひとには愛想よく応対することにしているんだ」

煙草をくわえたメアリーは、ネオンサインの業者であることがわかった。「直し方はいろいろよ」依頼人用の椅子のはしに腰をかけると、彼女はいった。「配線と変圧器には異常はないし、ネオンをとりつける台もしっかりしているわ」わたしのオフィスの灰皿は真鍮で、靴の形だった。メアリーは灰皿に灰を落とした。「問題は、元のとおりにもどすか、新しくつくり変えるかよ。それに、どの程度お金をかけるかも考えて」

「いくら金をかけるか？　一ドルか、一ドル五十セントってところかな。それを全部ネオンにつかうか、新しい車をかうために貯金したほうがいいかな」

「冗談ばっかり……」彼女は眼をこすり、神に訴えるように天井を見あげた。「土曜の朝いちばんの仕事がこんなだなんて……ありがとう、お客さん」

「くるのは月曜の朝だと思っていた」

「正直にいって、お客さん。わたしのような人間がくると、予想していなかったんでしょ？」

「それは、インディアナポリスでも数少ない喫煙者のことかい？」

「わたしのような、女のネオンサイン業者のことよ」

「正直にいうが、女性かどうかとは関係なく、電話で話した相手が男だったからだ」

「ディックね」

「というと？」

「あなたが話したのはディックよ。助手のリチャード・クレスよ」

「では、きみが経営者なんだね？」

「そうよ。なぜきみのような魅力的な女性がネオンサイン業者になったかなんて、聞かないで。わたしは魅力的な女性なんかじゃないんだから」

「きみがどんな人間か、わかってきたようだ、メアリー」

「父親が急に病気になったの。だから、助けるために帰ってきたのよ。でも、病気はどんどん悪くなって。帰れなくなったというわけ。父が死んで、あとを継ぐことになったの。こうして、あなたのみすぼらしいオフィスにくることになったというわけ。人生っておかしなものね」

なんとこたえればいいのか、わからなかった。わたしが困難に直面したとき、サムがインディアナポリスにもどってきて、わたしが遠い昔にえらんだのと同じ道を歩きはじめた。サムもわたしと同じ未来へと進むことになるのだろうか？

このとき、メアリーがいった。「わたしのいったこと、なにかあなたと関係があるようね」

「わたしはそんなに気持ちが表情に出やすいのかな？」

「その白塗りの顔と赤い鼻の下の？　ええ、そう思うわ。あなたの家族になにか問題が起きて、なにかを諦めたことでもあったの？」

「正確にいえば、大学だが」話はそれほど簡単ではないが、くわしく話す必要はないだろう。「だが、自分のことを考えていたんじゃない」

「じゃあ、だれのこと？」

「わたしの子ども――娘のことだ。お父さんの病気でそのとき帰ってこなかったら、なにをしていたと思う、メアリー？」

「わたしが？　オペラ歌手を目指すか、それとも宇宙飛行士か、悩んでいたでしょうね」

これはわたしが口をはさむことではないと判断した。当然だろう。「それで、ネオンサインの修理にはいくらぐらいかかるんだね？」

「もとどおりにもどした場合ね？」

「そうだ」

「完全に修理するには、すべてを交換する必要があるわ。壊れた文字を補充するだけではなく、色も合うようにしなくてはならないから」

「そうか」

「およその数字で、正確に見積もりしなくてはならないけど……」彼女は、ふたつの選択の概算を告げた。それを聞くと、あらためて最初サムがネオンサインをプレゼントしてくれたときの負担を思い知らされた。

「あるいは」彼女はいった。「別の方法もあるわ」

「というと？」

「文字を変えるのよ。あるいは、すでにあるものに新しい文字をつけくわえるの。外から見たとき、考えたんだけど……わざと、文字と色が合わなくするの。文字をつぎはぎした脅迫状の文字のように」彼女は煙草をもみ消し、新しい煙草をとりだした。

「このヴァージニア街には奇抜すぎると思わないか？」

「どうしていつも、想像力のないひとを相手にしなくてはならないのかしら？」彼女は溜息をつき、煙草に火をつけた。「煙草を喫ってもいい？」

「頭に火がついて、燃えあがってもいいのなら、きみの自由だ」

彼女は頭を動かさずに、わたしを見つめた。まるで、はじめてわたしを見るような態度だった。その顔にはかすかな笑みが浮かんだ。その笑顔はわたしの心をひいた——そして、そんな自分に驚いていた。まるで、思ってもいなかったプレゼントをさしだされたようだった。

このとき、サムがはいってきた。「あら、ごめんなさい。お客さんだとは思わなかったの」

「ネオンの修理を頼んだ業者がきてくれたんだ」わたしはいった。「メアリー、娘のサムだ。サム、こちらはメアリー・コントラリーだ」

「はじめまして」サムが挨拶した。

「煙草はいかが？」メアリーがいった。

「いただくわ、ありがとう」

ひとり娘が煙草をくわえ、火をつけるのをはじめて眼にして、わたしは驚いた。

「どうしたの？」サムがいった。

「知らなかった……」

「わたしについて、知らないことはたくさんあるわ」

「このひと、煙草を喫うのを隠したくなるようなタイプなの？」メアリーがたずねた。

「そうね」サムがこたえた。

メアリーは鼻にしわをよせた。

「煙草もマリワナも、一度も喫ったことはないはずよ」サムがいった。

「眼のあたりに、どことなく偽善的なものが見えるような気がするわ」メアリーがいった。ふたりの視線がわたしの眼にそそがれた。

わたしは肩をすくめ、肺に有毒な煙を吸いこんでいる娘に、なにか気の利いた言葉をかけようとした。だが、なにも思いつかなかった。ふたりは、口ごもったわたしをうれしそうに見つめていた。

「煙草を喫うひとのほうが、つきあいやすいのよ」

「どんな人間と比べて？」

ふたりの笑い声はおさまり、含み笑いに変わった。

このとき、電話のベルが鳴った。わたしはほっとした。

受話器からは、力強い男の声が聞こえてきた。「わたしは、パーキンズ・ベイカー・ピンカス&レスターヴィック法律事務所のクリストファー・P・ホロウェイだ。昨日、電話をもらったはずだ。調査の仕事があれば、引き受けると伝言しただろう？」

ああ！　弁護士だって！　「そのとおりです」

「事務所の共同経営者のひとりが、刑事事件に関わる依頼人の弁護を担当している。きみがそのために働く余裕があるかどうか、聞いてほしいと頼まれたのだが」

「その〝余裕〟があるかどうかは、ほかと比較しての問題ですが、時間を空けることはできると思います」

クリストファー・P・ホロウェイは少し沈黙した。「電話の向こうから聞こえている音はなんだね？」

「監視ビデオを再生していたんです。少しだけ待ってください」わたしは送話口を手でおおい、声をかけた。「ふたりとも、静かにするか、外に出てくれ」

女たちは含み笑いしながら立ちあがり、ベランダに出た。

「もうしわけありません、ミスター・ホロウェイ」

「きみに異存がなければ、話を進める前に、はっきりさせておきたいことがあるのだが」ホロウェイはいった。「事件担当の弁護士は、きみがこの仕事をすることを望んでいる。つまり、きみ本人に担当してほしいということだ。きみの部下の調査員を信頼しないということではないが――おそらく、みな優秀な調査員だろう――われわれの求めているのは、きみの技術と知識なのだ。受けいれてもらえるかね？　もちろん、未熟な人間ではなく、高度な技術をもつものを雇うには、特別の報酬を支払うつもりだ」

特別の報酬。彼は、たしかにそういった。「金額さえ折り合えば、わたしが担当できるでしょう」

「わかった。素晴らしい。では、あとは会って話し合うことにしよう」

「今日がいいですか?」

「ああ、できれば。わたしは今、オフィスにいる」

「予定表を調べてみましょう」予定表を調べる? なあんて大仰なセリフだろう? 「そうですね。五十分後なら……時間《ウィンドウ》がとれるでしょう」あるいは、もっと長くなるなら……

クリストファー・P・ホロウェイは、パーキンズ・ベイカー・ピンカス&レスターヴィック法律事務所への道を教えてくれた。

やったぞ!

仕事を得た喜びに胸をふるわせながら、ベランダに出た。サムがいった。「脅迫状のような文字にするというメアリーのアイディア、気にいったわ」

「それにはまず、おまえを誘拐しないとな。物事には順序ってものがある」

メアリーはサムにいった。「賛成するはずはないっていったでしょ」

「子どものころ、脳の想像力器官の切除手術を受けたんだ」

「それなら、わたしたちがかわりに考えてあげるわ」メアリーがいった。「こんなのはどう? サムから、かなり前にあなたの仕事を手伝ったことがあると聞いたけど」

「ああ、そんなこともあった」

「では、〝アルバート・サムスン〟ではなくて、ただの〝サムスン私立探偵事務所〟にしたらどうかしら。そうすれば、彼女に仕事を手伝わせることもできるでしょ」

わたしはサムに視線を向けた。わたしと同じように、驚いているように見えた。

メアリーがいった。「娘と一緒に仕事をするのが嫌でなければだけど。そうすれば、仕事の幅を広げることもできるわ」

「わたしの考えなんか、どうでもいい。重要なのは、サムがわたしのような人生を送るには賢すぎるということだ」

わたしは、壊れたネオンに手をふった。アルバート……ゲイター。

「あるいは、本当は若い女が自分よりよく仕事ができるのを、父親が恐れているのかもしれない」

「もう行かなくては」わたしはサムにいった。「このことは、あとでふたりだけで話そう。だが、いっとくが、この事務所では喫煙は厳禁だぞ」

9

クリストファー・P・ホロウェイとの会見にそなえて着替えをするために、サムとメアリー・コントラリーをオフィスにのこして部屋にもどった。一流の弁護士たち、宇宙の神ともいうべき弁護士、ダウンタウンの大法律事務所パーキンズ・ベイカー・ピンカス&レスターヴィックの共同経営者のために、クリストファー・P・ホロウェイは、未熟な人間ではなく、このわたしに仕事を依頼した。どんな服装でいけばいいのか、わからなかった。

ドアを開けてクロゼットの前で一分ほど考えたが、その答は浮かんでこなかった。また電話のベルが鳴り、わたしは悩みから解放された。

電話に向かって歩き出したとき、〝クリストファー・P・ホロウェイ〟はだれかのジョークかもしれないという考えが浮かんできた。つくり話。悪戯。そんな意地悪いことを考えるのはだれだろう？　ノーマンか？　それとも、ホーマー・プロフィットだろうか？

　だが、電話の相手はジョー・エリスンだった。「バトル司祭と会ったようだな」

「ああ、昨夜教会に行った」

「それで？」

「それでとはどういうことだ、ジョー？」

「あんたの考えは？」

　わたしの考えだって？　まだ昼にもなっていないというのに。「司祭と話をした。被害のあとを見たが、かなり驚いた。わたしの考えでは……」――実際には、今考えたのだが――「警察に知らせるべきだと思う」

「そうか」不満げないい方だった。

「バトル司祭の話では、悪戯半分の行為だと考えているようだった」

「教会が破壊されているんだぞ。悪戯なら壁に落書きするだけで、あんなひどいことはしない」

「別の方向から考えてみる必要がある。最近この地域で、多くの破壊行為が起きている」もちろん、これはホーマー・プロフィットの話が事実だとしてだが。「警察なら、教会が受けたものとほかの破壊行為が同じものかどうかわかるだろう。同じものなら、同一犯人ということになる。手口がちがうなら、そうではないことになる」

「だから、警察に知らせるというんだな」そういって、エリスンは溜息をついた。「ほかには？」

「慎重に待って、成り行きを見守るしかないだろうな。ほかには方法は思いつかない」

「なにもできないってわけか」

「金を返してくれといいたいのか」

「ああ、あの金か。もちろんだ」

「いいか、ある建物が傷つけられ、破壊されたとしよう。それをやった人間は現場に名刺をのこしていかなかった。その場合、なにができる？」

「別の方向を考えるだけじゃなく、具体的な手を打ってくれ。また、こんなことが起きたらどうする」

「本当に、また起きると思うか」
「起きるに決まっている。こんなことをするのは、近くに住んでいる人間たちを脅すためだ。ここに住んでいる連中を不安にさせるためだろう」
「では、バトル司祭と信者たちを脅そうとするものがいるとしたら、どんな人間だろう？」
「それにこたえられるなら、フリースローも満足に打てないような自称私立探偵に声をかけるはずがない」このきっぱりしたいい方から、ジョー・エリスンが話をつづける気がないことがわかった。

嫌なやつだ。

クリストファー・P・ホロウェイは本物の弁護士だった。彼の所属する法律事務所も実在した。そして、彼は本当にわたしと会うことを望んでいた。彼は入口のドアの前で待っていて、約束どおりの時間にきたことに礼を述べた。「週末は閉まっているんだ」彼は、自分がわたしとの交渉を担当し、わざわざ出迎えた理由を説明した。「今日事務所にいるのは、厄介な事件を担当している働き者だけなんだ」

全体としてみれば、はじめて仕事を依頼する客に応対する態度としてはまずまずといえるだろう。三十代のホロウェイは、選挙年齢を迎えたころから頭が禿げはじめたような印象だった。頭の横には、わずかに黒い髪がのこっていた。まるで幸運を呼ぶ蹄鉄のように。

彼の案内したオフィスは広さを強調するようなつくりではなかったが、カンセコ・フィールド・ハウスが見えるのが印象的だった。ここでは、ペイサーズがジョー・エリスンよりも見事なフリースローを見せてくれる。

ホロウェイは、デスクの横の低いテーブルのわたしの向かい側に腰をおろした。彼はわたしにウイスキーをすすめた。

わたしはそのすすめを断わった。「ふたりとも、忙しい体でしょう」わたしは見栄を張った。「どんな事件ですか？　依頼人の名は？　わたしが聞いたことがある人間ですか？」

「依頼人の名はロニー・ウィリガーだ」

すすめられたウイスキーを断わらなければよかった。ロニー・ウィリガーは、あのトランク詰め殺人の犯人だった。いや、その犯人とされている男だ。ミラーが逮捕した男だ。これは、この街で最大の、そしてもっとも有名な事件だろう。

「その顔から見ると、依頼人が起訴された犯罪についての新聞記事を読んでいるようだな」ホロウェイはいった。

「事実を確認させてください。殺人よりレイプのほうが多かったのでしたか？　それとも、殺人のほうが多かったのですか？」

「ミスター・サムスン、ここでは重罪で起訴された人間でも、判決までは無罪と見なされるという憲法上の規定について議論する必要はないはずだ」

「もちろん、憲法の規定は承知しています」わたしはいった。「ただ、新聞で読んだかぎりでは、ミスター・ウィリガーの有罪を保証する証拠は充分にあるという印象でしたが」

「依頼人は無罪を主張する」

「なるほど」

「検察側はたくさんの証拠を用意している」ホロウェイはいった。「だが……」

「わたしは超能力者ではありませんが、〝だが〟という言葉は予想がつきました」

「その証拠には瑕疵《かし》があるのだ、ミスター・サムスン。大きな傷が」

「ウィリガーの寝室から、被害者のものと思われる品物のはいった箱が発見されたのでしょう？」

「そうだ」

「どんな瑕疵があるというのですか？　警察がそこにおいたというのですか？」

「警察とはかぎらないが、われわれはだれかがそこに箱をおいたと考えている。もっとも可能性の高いのは、〈クライム・ストッパーズ〉に電話した情報提供者だ」

「なるほど」わたしはうなずき、その言葉の意味をじっくり考えた。

ホロウェイがいった。「われわれは、さまざまな側面からこの事件の弁護を行なうつもりだ、ミスター・サムスン。たとえば、われわれは警察の捜索についても瑕疵があると考えている。だから、基本的にいえば、われわれはすべてはクソみたいなもの《クロック・オブ・シット》だと主張することになる。すまん、仲間うちの言葉をつかってしまった」

「弁護側は、すべてはクソみたいなものだと主張するわけですね。わかりました」警察の捜索手続きにミスがあったというのだろうか？　依頼人はフレームアップされたというのか。ミラーが指揮をとり、実行した捜査が？

「これ以上話を進める前に、金の話をしたほうがいいだろう」

「金の話にはいる前に、わたしがこの事件で利益相反の可能性があることを断わっておくべきでしょう」

「なぜだね？」彼は眉間にしわをよせた。「きみは私立探偵で、判事でもないし、陪審員でも弁護士でもない」

「この事件の捜査責任者で、ミスター・ウィリガーを逮捕した警官は……」

ホロウェイはテーブルの上の紙をとりあげた。「ジェラルド・ミラー警部のことだね？」

「彼は子どものころからの親友です」

「それで？」

「つまり……」

「彼は自分の仕事、きみはきみの仕事をすればいい。この事務所の信頼を裏切って、検察側に力を貸すというのでないかぎり、利益の相反はない」

「そんなつもりはありません。わたしは、そのようなことをするのを拒んで、留置場に放りこまれた経験をもっています」

「たとえ、ミラーと事件について話したことがあったとしても……」

「話したことはありません」

「それなら、なにも問題はない。ミラー警部が関わった事件すべてに、弁護側のために働くのを拒むというのではないだろう？」

「こんなことははじめてです」

ホロウェイは深く息を吸いこみ、眉をあげた。「はじめて、そんな機会がきたというわけだ、ミスター・サムスン。さあ、決断してくれたまえ。仕事を引き受けるかね、それとも断わるのかね?」

ジェリーの気持ちを傷つけるのを避けるために、仕事を断わるというのか? この仕事を引き受けても、相談に乗ってやることはできる。本当に、ジェリーがなにか問題をかかえていたとしてだが。「引き受けましょう」

「では、きみにしてもらう仕事の話をする前に、報酬の話をしておこう」

ダウンタウンまでの車のなかで、パーキンズ・ベイカー・ピンカス&レスターヴィック法律事務所に求める報酬について考えていた。報酬の前払い、妥当な必要経費、調査が長びいた場合いつ追加報酬を払ってくれるのか。ホロウェイが〝特別の報酬〟といったことを考え、提示された条件よりも高い金額を請求するつもりだった。あらかじめ考えていたとおりのやり方で、新たに仕事を再開しなくてはならない。専門技術者を安い報酬で雇うことはできない。はした金で雇えるのは腕の悪い人間だけだ。

だが、ホロウェイの提示する金額と条件があらかじめ考えていたものを上まわった場合、どうするか考えていなかった。「その条件でけっこうです」この返事は従順すぎたかもしれないが、ヴァージニア街にもどる車のなかのわたしの気分は高揚していた。最高の気分だった。わたしは、高額の報酬で仕事を依頼された専門技術者だ。

彼らは、すぐに仕事にかかることを望んでいた。最初の仕事は、ウィリガーが凶悪な犯罪をおかしたと検察側が主張しているとき、彼がいたというバーのアリバイ証人を見つけることだった。一昨日まで、わたしは免許を剝奪された私立探偵だった。二日後の今、わたしはここ数年見たことのない大金をもって、バーをまわろうとしている。ときどき、人生にはなんとも奇妙なことが起きるものだ。

家にもどると、わたしは口笛を吹きながらランチョネットにはいった。テーブルはいっぱいだったので、カウンターにすわった。土曜日に仕事を手伝いにくるポーレットが皿に料理を盛っているのを見ながら、口笛を吹いた。

気分は上々だった。最高の気分だった。この世に敵はない。そんな心境だった。唯一の問題は、銀行が土曜は休みだということだけだった。だから、アルバート・サムスンの歴史のなかで最高の前払い金の小切手を預金するのは、月曜まで待たなくてはならない

突然、体がほてり、顔が紅潮した。ロニー・ウィリガーが無実で、キリスト降誕劇の主役の座につけるような清廉潔白な人間であることを立証してみせてやる。

この仕事が成功したら、サムを世界ではじめての、フランス語が話せ、オペラが歌える、宇宙飛行士にしてやろう。

それができたら、ノーマンの失った片腕を見つけだし、知恵を絞り、それを証拠にして終身刑六回分の刑務所暮らしをさせてやる。だが、証人席についたら、六回分の死刑には反対するだろう。たとえそれがノーマンだったとしても、わたしは死刑制度には反対だ。

サムの視線をとらえ、呼びよせた。父親にいい仕事がはいってきたことを知らせたかった。サムを待つあいだ、わたしはグリルとまな板の前で調理をしているノーマンをながめた。彼は手ぎわよく仕事をしていた。だが、それを見ても彼に対する反感は和らぐことはなかった。よし、できるうちに楽しんでおけよ。

このとき、サムがわたしの前にやってきた。「わたし、メアリーが気にいったわ」サムはいった。

メアリー？　ああ、あの女のことか。「それはよかった。話したいことがあるんだが――」

「食事はすませた、パパ？」

「もちろん、食べていない」

「BLTのセットはいかが？」

「いいな」

サムはわたしの前にBLTサンドイッチの皿をおいた。

「オーダーを聞きまちがえてしまって。つくったばかりなのよ」

「ありがとう」わたしはフライドポテトを口にいれた。

「メアリーのこと、どう思う？」

「どう思う？」

「あのひとが気にいった？」

「それは、請求する金額を聞いてからだ」

「ネオンの修理のことじゃないの」サムは、少し苛立ったような口調でいった。「あのひとが気にいった？　一時間以上階段にすわって話したんだけど、とってもいい人よ。それに、独身で、今はつきあっているひともいないといっていたわ」

ようやく、サムのいっている意味がわかった。わたしはメアリーが好きだろうか？　「そうか」わたしはこたえた。だが、そのときには、貧しき者に施しをする慈愛の天使サムはいなくなっていた。わたしはBLTクラブ・サンドイッチを食べた。母の特製のクラブ・サンドイッチは、マヨネーズにマスタードを混ぜ、ピクルスを充分に漬けこみ、ケープ・コッドのチップスを添える。母はとても凝った料理をつくる。

サンドイッチはとてもうまかった。金を払う余裕がなかったときよりも、おいしかった。

メアリー・コントラリーとデートする？　今、特別な相手はいない？　なんと素晴らしい知らせだろう。

コーヒーをもったサムがもどってきた。「メアリーのこと、どう思った？」

「口先の達者な女だ」

「でも、気にいったんでしょ？」

「だが、向こうはどうかな？」

「パパ、こんな状況では、態度が子どもっぽすぎるわ」

「そうかな？」

「あのひとに好意をもったんでしょ。大げさに考えないで、気軽に声をかけてみたら？　今日はじめて会ったひとでしょ。断わられたところで、気に病むようなことじゃないわ。ただ、デートを申し込むだけ。大げさに考えるようなことじゃないわ」サムはテーブルに携帯電話をおき、客のところにもどっていった。

これまで頭のなかで考えていた会話が、急に現実のものになった。まさか。メアリーに電話する？　デートに誘うために？　わたしが？

わたしは料理にもどった。ベーコンを味わった。すっぱいピクルスを食べた。ポテトチップスを食べた。断片的に、近くの客が話をする声が耳にはいってきた。「……あいつはひでえ女だ。おまえに自分でいうべきなのにな……」、「……最初の二十五パーセント割引から、また三十パーセント値引きすれば、半額以下だろう？　ラルフがそういっても、リンダ・ルーのやつは納得しないんだ」

また、サムがやってきて、テーブルに紙きれをおいていった。「電話番号をメモしておいたわ」

「ひとつ、問題があるんだ」

それについて説明するのは、ふたりの客が勘定を払うまで待つことにした。

「どんな問題？」サムは、コーヒーカップを押しだした。

「大きな仕事がはいったんだ。本当に大きな仕事なんだ。これまででも、いちばん大きな仕事かもしれない」

わたしは、サムがこの知らせに喜びの言葉をかけてくれるのを待った。サムはいった。「それで、なにが問題なの？」

「この先しばらくは、夜も働かなくてはならないということさ」

「どんな仕事なの？」

「まず最初の仕事は、バーをまわって、ある男の写真を見せることだ。依頼人のアリバイを証明してくれと頼まれた」

「一緒にきてくれといったら？」サムはいった。そして、去っていった。

一緒にきてくれと頼む？　だが、もしも……

そして、わたしは考えた。いや、そうしていけない理由があるだろうか？　今、わたしは意気に燃えている。一緒にきたくないなら、断わればいい。わたしは電話をとりあげた。そして、ナンバーを押した。

女の声が聞こえた。「もしもし？」

彼女かどうかわからなかった。「メアリーだね？」

「メアリーは留守よ」

「そうか、残念だ」

「あなたはだれ？」

「土曜日にネオンのことで会ったアルバートだが」

「あら。おかしなことだけど、あなたのことを考えていたところなの」

「わたしのことを？」

「ネオンの文字を〝サムスン探偵事務所《プライベート・インヴェスティゲーションズ》〟に変えれば、頭文字は〈ＳＰＩ〉になるわ。それをニックネームにして、名刺にも印刷して、ウェブサイトで宣伝するのよ」

「〈ＳＰＩ〉？」

「〝スパイ〟と発音するの。簡単にいえば、あなたの仕事はひとの秘密を探ることでしょ？」

「そうだな」

「この街で暮らしていると、人生を浪費しているような気がするの。なぜ電話してきたの？　ネオンなんか捨てて、サンドイッチマンでも雇うことにしたの？」

「そうじゃない。いい考えだが」

「では、どうして？」

「電話したのは……今夜、会う気はないかと思って」

電話を切ったのではないかと思うほど、長い沈黙がつづいた。それから、メアリーはいった。「落ちを待っていたのよ」

「これはジョークなんかじゃない。今朝きみと話をして、とても楽しかった。もっとよく、きみのことを知りたいと思ったんだ」

「どこから電話しているの？」彼女はたずねた。

「オフィスの下のランチョネットだ。なぜだい？」

「電話の向こうから声が聞こえてくるので、バーにいるのかもしれないと思ったの。少しお酒をのんでいるんでしょ？」

「そのとおりだ」わたしはコーヒーカップを受話器に近づけ、音を立ててコーヒーをのんだ。「だが、もう少しのまないと、〈ＳＰＩ〉のようなアイディアは出てこないな」

「それで、どこに連れていってくれるの？」

「どこかのバーだ。いくつもまわることになるだろう」

10

　こうして、わたしはデートをすることになった。

　これまでずっと暗い気分にうちひしがれていたわたしが、経費をつかってバーに行くことになった。

　気がつくと、眼の前にサムが立っていた。「どうだった？」彼女はたずねた。

「六時半に、〈スリッパリー・ヌードル〉で会うことになった」

　サムは小さくうなずき、微笑した。ひどく気取った態度だった。一瞬、母親のことを思い出した。表情まで遺伝するものなのだろうか？

「ふたりとも、楽しい夜になればいいわね」

「ありがとう」

「でも、深い関係が終わったばかりだということは忘れないで。焦らずに、あまり期待しすぎないようにして」

「ありがとう、ママ」

「わたしはただ、パパの力になりたいだけ」

「力といえば……ママを探すことだが」

「なあに？」

「わたされた書類は読んでいないが、この新しい仕事のせいで、調査にかかるまでかなり時間がかかりそうだ。だが、わたしのコンピューターをつかうなら、調べるための方法を教えてやってもいい」

「いい考えだわ、パパ。ありがとう」また、サムは去っていった。

　どうすれば、別れた妻の所在をインターネットで探すことができるだろう？　死ぬ前に頭が混乱していた男たちのためのサイトだ。

　サムの母親と会ったのは、インディアナポリスから遠くはなれたところだった。父親が死んで、母が自活するようになると、わたしは大学を中退して、本を書くのを再開した。だがこのとき、突然美しい女性が出現した。

ひとは――そのなかには、わたしの友人だというものもいた――彼女はわたしのリーグではないといった。この表現は正しいものではなかった。彼女はわたしとはちがう惑星の人間だった。魅力的で、知的で、富裕だった。なぜわたしのような男など、眼もくれずに素通りしなかったのだろうか？　それは、男に捨てられたところだったからだった。

当時のわたしは、今でいう〝成人学生〟のようなものだったが、世知に乏しいわたしは結婚し、子どもをつくってしまった。実際には、順序はこのとおりではなかったが。離婚することになったとき、わたしはうちのめされ、なにも知らず、腹を立てていて、娘を引き取るために戦うことなど考える余裕もなかった。それに、わたしが娘になにをあたえることができただろう？　田舎町で父親が自分にできる仕事を求めてあえいでいるあいだ、貧しい生活をともにすることとか？

こうして、サムはヨーロッパで育った――そして、〝社交界にデビューするための教養〟を身につけた。そのほとんどはスイスで生活していたが、彼女は――そして、母親も――ヨーロッパ各地を移動していた。この転変の激しい華麗な生活体験の必然の結果、娘は若くして結婚し、フランスで暮らすことになった。だが、わたしが窮境に陥り、免許を停止されたことを知ったときには結婚生活は破綻し、彼女はわたしに会いにインディアナポリスにやってきた。そして、そのままこの街にとどまり、わたしを驚かせた。

サムにとって、インディアナポリスの生活が楽しいもの――そして、興味深いものだとは信じられなかった。しかし、まだ彼女はこの街にいて、わたしの前を歩きまわっている。そして、テーブルに料理をはこび、金をかぞえる暇を見て、わたしの社交生活に気をくばり、連絡の途絶えた母親のことを気づかっている。

母親の所在を見つけることができたとしたら、それは貧しさとは縁のない場所だろう。もちろん、父親ももう貧しさとは無縁になった。わたしは、パーキンズ・ベイカー・ピンカス＆レスターヴィック法律事務所からの小切手のはいったポケットを押さえた。月曜日よ、早くこい。

二階にあがると、クリストファー・P・ホロウェイから小切手とともにわたされた事件の概要をしるした書類を開けた。あたえられた宿題だ。

いくつか、簡単に理解できることもあった。たとえば、わたしはロニー・ウィリガーが冤罪であることを証明するために雇われた。この犯罪をおかした犯人はかけ値なしの類のない異常者ということだ。事件の概要は、《スター》紙が〈トランク詰め殺人犯逮捕――解決までの長い道のり〉として報道したものとほとんど同じだった。

パーキンズ・ベイカー・ピンカス&レスターヴィック法律事務所の弁護方針のキーポイントは、〈クライム・ストッパーズ〉に電話して、ロニー・ウィリガーを犯人として密告した情報提供者であることは明らかだった。この事件を担当するのは共同経営者のカール・ベントンで、ベントンはすでに、密告者の身元に関する情報を裁判所に請求していた。「だから、彼はその男がトランク詰め殺人の犯人か、あるいは犯人を知っているとほぼ確信している」ホロウェイはそう説明していた。「でなかったら、ロニーの家におかれた品物のことを知っているはずがない」

〝品物〟というのは、証拠のはいった箱のことだった。その箱は情報提供者の通告にもとづいて、ウィリガーの寝室から発見された。箱のなかには、五人の死者の傷口と一致する、包丁などの品物がはいっていた。それに、〝記念品《スーヴェニア》〟も。鑑識課は、箱のなかの少なくともひとつの品物が発見された九人の被害者を結びつけるものと断定していた。この〝記憶をよみがえらせるための品《エド・スーヴニール》〟のうちのふたつは血で汚れた衣類だった。

この箱が〝発見〟された以上、ウィリガーの有罪を立証するほかの証拠が見つからなかったとしても、鑑識課の確認した事実だけでも、弁護側はデッチあげを主張するしかないだろう。ほかにどんな方法があるだろう?

ジェリー・ミラー警部の行動の正当性について調査することに抵抗はなかった。わたし以上に、この男をよく知っている人間はいない。彼の捜査が正当なものであったことは、必ず証明されるだろう。だが、もっとも可能性の高いのは情報提供者だが、手入れに関わったほかの警官については、話は別だ。十一万ドルの報奨金なら、警官を買収して証拠をウィリガーの家におかせるには充分な額だろう。

だが、情報提供者の捜索より前に、ホロウェイは別の仕事を依頼した。わたしは、まずウィリガーのアリバイを証明することになった。おかしなことだが、このためには、彼が多くの犯罪で容疑をかけられているのは好都合なことだった。ひとつでも完璧なアリバイを証明することができれば、すべての容疑に疑いを投げかけることができる。

残念だが、問題となる日にどこにいたか、ロニー・ウィリガーの記憶は曖昧だった。当然のことだ。殺人だけでも三年近くにわたり、レイプ事件はその三年前から起きている。それから二千日以上たっているというのに、そのなかの九日間の夜にどこにいたか、覚えているものがいるだろうか？

そして、ウィリガーは定期的に会っている友人の名前をあげることもできなかった。彼の唯一の家族は、オレゴン州に住んでいる姉だけだった。母親は、事件の起きる前、ウィリガーが刑務所にいるときに死んでいた——十代の少年のとき犯した、強制猥褻事件のためだった。母親は、今彼の住んでいる家と少額の金をのこしていた。彼は職についていなかった。

家宅捜索の結果逮捕される前に、ウィリガーはトランク詰め殺人に関連して三度の事情聴取を受けていたが、警察は彼を有力容疑者とは考えていなかった。刑務所から釈放されたあと、二度ライトの故障でチケットを切られている以外には、犯罪を犯した記録はなかった。

ウィリガーは警察に——そして、弁護士に——夜はほとんど家でビデオを見ているといっていた。家宅捜索の結果、かなりの数のコレクションが発見されていた。ビデオは《デビー・ダズ・ダラス》（アメリカでヒットしたポルノ映画）から《サウンド・オブ・ミュージック》までさまざまだったが、ポルノ、あるいはジュリー・アンドリュースの作品を不法に製作したり、販売しているような形跡はなかった。

ウィリガーがアリバイらしきものとして唯一主張しているのは、ときどきバーに行き、隅の席にすわって周囲の客をながめ、音楽を聞くことがあるというだけだった。だが、彼はその正確な日付も覚えていなかった。そして、定期的に行く店もなかった。弁護士からわたされた書類には、何度か行ったことのあるバーの名前がしるされていた。わたしはこのリストに従って、バーをまわり、彼の写真を見せることになっていた。役に立つ証人を見つける可能性は、宝クジに当たるよりも低かった。だが、ホロウェイはこういった。「やってくれ」ポケットのなかの小切手がこたえた。「はい、もちろんです、ボス」

11

南メリディアン通りにある〈スリッパリー・ヌードル〉には、この街でもっとも古くから営業しているバーという看板がかかっていた。ここは、南北戦争以前には、地下鉄道（奴隷制度下で、自由州やカナダへの奴隷の脱出を助けた秘密組織）の中継所でもあった。図書館で調べるまでもなく、この奥のステージがインディアナポリスのブルースのメッカであることはわかっていた。それに、ここでは店の名と同じレーベルのレコードを製作していた。

わたしは、約束よりも早く店に着いた。バーで女性をひとりで待たせ、嫌な思いをさせたくなかったからだ。ミズ・コントラリーがそれに耐えられないと考えたからではなかった。だが、これは最初のデートだ……服も清潔なものに着替えてきた。

待っているあいだに、カウンターの奥にいる子どものような女に手をあげ、ロニー・ウィリガーの写真を見せた。新聞に載ったものとはちがう写真だった。「この男の顔を見たことはないかい？」わたしはたずねた。

彼女は写真をとり、軽い近視らしく、眼に近づけた。

「どういうこと？　どこかの女に子どもでも生ませたの？」

「問題をかかえてはいるが、そんなことじゃないんだ。頼まれて、この男を助けることになったんだ」

彼女は眼にかかった髪をかきあげた。だが、すぐにまた髪は眼に垂れかかった。「見たことがあるような気がするわ」

「では、この店で見たのかもしれないな？」

「そうね」

「それがいつだったか、思い出せないか？」

「見たとしたら、土曜日ね。土曜日しか、ここで働いていないから」

「土曜日だったかもしれない」一月の第三土曜日には、七件目のレイプ事件、そして四件目の殺人が起きていた。

「夜にきて、少し酒をのんだはずだ。五フィート九インチくらいのやせた男だが」

彼女は眉間にしわをよせた。「だったら、ここにはいなかったかもしれないわ。七時に、奥のステージのテーブルに移動することになっているから」

「この男は音楽を聞いていったかもしれない。よく考えてみれば、彼と特定のバンドが結びつくかもしれない」

「そうね」これは、そうは思えないという意味だった。だが、すぐに彼女はいった。「まちがいなく、どこかで見たことがあるわ」

胸の動悸よ、とまれ。興奮するな。私立探偵という仕事はいつもこううまくはいかないものだが、最初に訪ねた場所でアリバイの証人が見つかったら、これは幸運そのものだ。

メアリー・コントラリーがあらわれ、肩ごしに声をかけた。「もう、別の女に声をかけているの、アルバート？　わたしたちの未来は、あまり明るくないようね」

もちろん、これは冗談だった。わたしは電話で、今夜のデートが仕事を兼ねたものであることは説明していた。

「この若い女性に、どの土曜日に依頼人を見たか考えてもらってるんだ」

「ええ、そうよ」カウンターの奥から子どものような女がいった。「このひと、誘いもかけないし、お酒も奢ってくれないのよ」

「信じることにするわ」そういって、メアリーは写真を手にとった。すでにあがっていた魅力的な眉が、さらにあがった。「あなたがアリバイを立証している容疑者というのはこの男なの、アルバート、これはトランク詰め殺人の犯人でしょ」

「トランク詰め殺人の犯人とされている男だ。〝されている〟という言葉を忘れないでくれ。これは司法――そして、憲法の問題としても――重要な問題なんだ」

カウンターのなかの女は写真を奪いかえした。「そうだわ。それで見たのよ。テレビに出てきたから。見覚えがあると思ったはずよ」彼女はふりかえった。「ゴーディ、きてよ。この人は、死体をトランクに詰めこんだレイプ犯人の写真を見せているの」

「レイプ犯人とされている男よ」メアリーがいった。「まだ、有罪を宣告されてはいないことを忘れないで」

「なんですって？」

「有罪が証明されるまでは、無実と見なされなくてはならないということよ」

「そうね」カウンターの奥の女がいった。「聞いたことがあるわ」

彼女の背後に、たくましいふたりの男があらわれ、彼女を押しのけてわたしたちに近づこうとした。「見せてみろ」刺青の大きなほうの男がいったが、小さい刺青をした男が写真をとった。「畜生。あの人殺しじゃないか」

メアリーがいった。「このアルバートは、彼の無実を証明しようとしているの」

刺青の小さな男が口を歪め、わたしを見あげた。刺青の大きなほうの男がいった。「こいつを自由にして、もっとたくさんの年寄りの女を殺させるつもりか？」

「それに、レイプしたのよ」カウンターの女がいった。

「できれば、〝年寄り〟なんていわないで」メアリーがいった。「レイプ事件の被害者のうち五人は、わたしより若いのよ」

「被害者とされているといわれている女だ」その言葉が口から出た瞬間、わたしは後悔した。店のバーテンダー全員と近くにいた三人の客が、トランク詰め殺人の犯人を見るような眼でわたしを見た。わたしを知っているものならだれでも、これがどんなに不当なことかわかるだろう。わたしは背中を痛めている――被害者の体をもちあげて、車のトランクに乗せることはできない。

「いろいろとありがとう」険悪な雰囲気を逃れて歩道に出ると、わたしはメアリーにいった。

「最初のデートで、レイプ犯人の写真を見せてまわるなんて。正直にいうけど、趣味が悪いわね」

この指摘を否定することはできなかった。「今夜は仕事を兼ねているといっておいたはずだ」

「それと一緒に、いくつもバーをまわって、おいしい食事をして、一晩じゅうダンスをして、楽しくすごすんでしょ」

「そんなことをいったかな？」

「電話してきたときあんなに神経質になっていなかったら、そういっていたはずよ」

「神経質になっていた？　落ちついて話したつもりだったんだが」

メアリーは笑いだした。

「話し方もはっきりしていただろう？　まわりくどいいい方はしなかったはずだ。電話して、会いたいといった。〝ええと〟だって、二度以上はいわなかったはずだ」

「そうね、アルバート。とても要領を得ていたわ」

「それなのに、神経質になっていたなんていうのか？」

「最初はおかしいと思っても、腹を立てないでとサムからいわれていたの。ずっとひとりで閉じこもっていて、つらい別れを経験したばかりだから、女性を恐がっているって」

「きみと会えたのは、精神病院から特別外出許可を認められたからだってこともいっていたかい？」

「ねえ、これからどこに行くの、ミスター・クール？　それとも、あのバーテンダーが恐くて、〈ヌードル〉に車を駐めたままだってことも忘れたの」

いわれたとおり、あの刺青の男たちから逃げることしか頭になく、どこに行くかも考えていなかった。ダウンタウンにはウィリガーのリストにあげられたもうひとつのバー、〈テイルゲイターース〉があった――〈ヌードル〉と同じブロックだった。わたしはたずねた。「電話したとき、驚いたかい？」

「ええ」彼女は立ちどまり、煙草を手でかこい、マッチで火をつけた。火がつくと、彼女は深く煙草を吸いこんだ。

「なぜわたしを誘ったの？　オフィスに悪い虫でもはびこって、煙草のけむりで追いはらうつもりだったの？」

「皮肉めかした冗談は、最近は時代遅れなんだぞ」

「本当？」

「正直にいうが、きみに電話したのは自分でも信じられないほどきみに魅力を感じたからだ」

「でしょうね」

「どういうことだい？」

「信じられないっていったことよ」

「なぜだい？」

「あなたに電話させるとサムがいっていたからよ」

「わたしに電話させる？」

「わたしのためなら気をつかわないでといったけど、むしろ自分のためだといったの。かなり前から、あなたの態度がおかしいというの」

「ありがとう」わたしはいった。「ではサムのためにここにきたんだね？」

「他人の心を邪推して、疑り深くなるのはよしましょう」

「ほとんど初対面の人間でも、きみが力を貸してくれるかどうか知りたいんだ。きみの力を借りることもあるかもしれないから」

「どんなこと？」また、メアリーの眉があがった。

「そうだな、若い女性の死体をトランクにいれるのを手伝ってもらうことになるかもしれない」

　まわり道をして、〈テイルゲイターズ〉へと向かった。店にはいると、二杯飲み物を注文し、メニューを検討してメアリー・コントラリーのような舌の肥えた女性の食欲をそそるようなものでないことを確かめてから、ウィリガーの写真を見せた。たったひとりのまだ若いバーテンダーは写真を見た。だが、わたしたちが質問を終える前から、にべもなく首をふり、事件が起きたのは彼がこの店で働きはじめたあとだとこたえた。

　メアリーとわたしはここで切りあげ、〈ヌードル〉の駐車場に出た。「一台で行こうか、それとも二台のほうがいいかな？」

「二台にしましょう。今度はどこ？」

　リストのつぎの店は〈タークス〉だった。わたしたちはその店に向かい、駐車し、店にはいって飲み物を注文した。わたしはいった。「なにか軽くつままないか」

「あなたはそうして」メアリーはいった。「わたしはたっぷり食べるわ」

　薄いが魅力的なメアリーの口のなかに、たっぷり二十オンスはありそうなペッパー・ランプ・ステーキの十六分の一ほどが消えたところで、彼女はいった。「ところで、なぜこの弁護士はウィリガー事件のためにあなたを雇ったと思う」

「依頼人のために、アリバイの可能なかぎりの可能性を探るためだろう」

「そうじゃないの。ほかの人間じゃなくて、なぜあなた、〈ＳＰＩ〉のあなたを雇ったのかしら？」

　ドラムスティック（鶏のすね肉）にのばした手をとめて考えるうちに、今までそんな疑問を考えていなかったことに気づいた。わたしは、クリストファー・Ｐ・ホロウェイの言葉を額面どおりに受けとっていた。彼は、わたしの能力と専門技術と知識を借りるように指示を受けたといった。未熟な人間ではなく、このわたしを。

　メアリーはいった。「〈ＳＰＩ〉の能力がほかの一流の探偵社より劣るというつもりはないのよ。そうじゃなくて、単独で営業している私立探偵が、必死に反証を探している弁護士にとって最上の選択とは思えないの」

「そうだな……だが、わたしの名前が記憶にのこっていたのかもしれない。前日に電話をかけて、仕事にもどったことを知らせたんだ」

「あなたに仕事を依頼した相手と話したの？」

「いや本人ではなかった」それに、ホロウェイにわたしを雇うように指示した共同経営者でもなかった。わたしはドラムスティックをおいた。食欲はなくなっていた。

「こんなことを聞いたのは、悪い意味じゃなかったのよ」

メアリーの食欲は旺盛だった。

「わかっている」

「でも、わたしのいったことが気にいらないんでしょ？」

「免許をとりもどしたあと、大きな仕事を依頼されたことがうれしくて、警戒心を解除してしまったようだ」

「デザートはいかが？」メアリーはたずねた。「仕事に飢えていて、つかいやすいと考えたのかもしれない」

「そうかもしれない」だが、なぜ金鉱を掘るような多額の前払い金と定期的な報酬を支払ったのだろう？　なぜだ？

「わたしがこのデートを本当に楽しんでいるといったら、その暗い顔が明るくなるかしら？」

「それは本当かい？」

「レイプ犯人を追いかける《ハント》ことほど楽しいことはないわ」

　わたしは笑いかけた。

「それに、レイプ犯人を追いかけるのはこれがはじめてじゃないのよ」

「はじめてじゃない？」

　メアリーはのこりのステーキをふたつに切り、おいしそうに口にいれた。そして、口をぬぐった。「親しい友人がレイプされたの。この街にもどってくる前のことよ。友人はその男の顔を覚えていたわ。だから、彼女とほかのふたりの友人でそいつを狩りだした《ハント》の」

「〝探した〟んじゃなくて、〝狩りだした〟んだね？」

「そうよ」

「それで？」

「そいつを見つけだしたわ」

「そのあとは?」

「こらしめたの」

「ライフル、それとも散弾銃で?」

「長さ三フィートの太い角材よ」

「車のルーフに乗せて帰ったら、さぞ見物だっただろうな」

「そのまま、道路においてきたわ。セミ・トラックがスピードをあげて、角を曲がってやってくることを祈りながら。いっておくけど、石なんかつかわなくても、角材でも骨を折るには充分だったわ」

「そのあと、どんな気持ちだった?」

「満足したわ」メアリーは溜息をついてから、煙草に手をのばした。「だから、このことを話したのよ、アルバート。今夜は、そのときよりも楽しいわ」

チェリー・パイを食べおえると、メアリーはリキュールがのみたいといった。


「ここではリキュールをおいているかな」わたしはいった。

「だが、聞いてみよう」

リキュールをおいているかどうか聞いたあと、カウンターのなかの女にロニー・ウィリガーの写真を見せた。彼女は首をふったが、わたしもいい返事を期待してはいなかった。

仕事の意欲を失ったのではない。今自分のしていることが意味のないことだと気づいたからだった。いつ、そして何時ごろ、その男がいたのを覚えている。そんな人間に会う可能性は皆無に近い。仮に見つかったとしても、厳密な証明が必要だ。

月曜になったら、すぐに多額の前払い金を銀行に預金したかった。だが、依頼されたこの〝仕事〟はいかがわしいものに思われてきた。この仕事にまつわる疑いを晴らさなくてはならない。だが、この小切手を返すことを考えるだけでも、心は暗くなった。

わたしは、メアリーのオレンジ・リキュールをもってテーブルにもどった。

「あなたはのまないの?」メアリーはリキュールに口をつけた。

「メアリー、わたしも今夜は本当に楽しかった」

「今夜は、もうほかのバーには行かないってこと?」

「どう考えても、意味がないようだ」

「あなたを雇った理由が気になるの?」

わたしはうなずいた。

「いわなければよかったかしら?」

「いい質問だった。自分で思いつくべきだった。だが、きみのいうとおりだ。今夜は、ほかのバーに行くのはやめた」

「だったら、ダンスは?」

「ダンスという気分でもない」

「アルバート、せっかくの素敵な夜がだいなしよ。いいわ、急に仕事の部分に気が乗らなくなったのね。頭を切り換えて、仕事を忘れて、遊びだけにしたら? 男には得意なはずよ。それとも、あなたはいつも仕事が頭からはなれない哀れなタイプなの?」

わたしはそんな人間だろうか? 「メアリー、しばらくその手を貸してくれないか?」

「なんのため?」

「握るためさ。長くはかからない」

彼女はリキュールをのみほした。そして、片手をさしだした。「それとも、煙草の染みがついていないほうがいい?」

「この手でいい」わたしは、その手を両手につつみこんだ。「これからなにがあろうと、わたしが充分に楽しんだことをつたえておきたかったんだ。きみと一緒にすごせて楽しかった。きみのような人間を知ることができて、本当にうれしい」

「ありがとう」

「これは正直な気持ちだ。よし、もういいよ」わたしは手をはなした。

「まさか、手を握りしめて、熱っぽい眼で見つめ、立ちあがって、誘いの言葉もかけずに、キスなしで別れるひとじゃないわよね?」

それからかなり時間がたったあとで、メアリーはいった。

「ありがとう」

「礼をいうのはわたしだ」

「もう、いってもらったわ」

「そうか」

「それが感想?」

「いや、そうじゃない」

「煙草が喫いたいわ」メアリーはベッドのわきのテーブルに手をのばし、煙草を一本ふりだした。「煙草を喫ったことはないの?」

「記憶にはない」

メアリーは煙草に火をつけ、煙を吸いこんだ。「おいしいわ」

「楽しみたまえ」

「あなたはいいひとね、アルバート・サムスン。もちろん、あとでそうじゃないとわかるかもしれないけど、今はそう思うわ」

「いいひと?」

「ええ」

「ひとつ聞いてもいいかい?」

「ええ」

「なぜわたしと会うことを受けいれたんだい?」

「食事をともにすればお金を払うと、サムがいったからよ」

「金を払う?」

「ジョークだと思うけど」

「ふん」

「怒らないで。それに、サムのことも。わたしはただ、彼女の言葉をつたえただけ」

「わかった。サムを責めるようなことはしないよ」

「なぜあなたと会うことを受けいれたか知りたいのね?」

「ああ、そうだ」

「口には出さないけど、暗い気持ちにとり憑かれていたからよ」

「本当かい? きみにまつわりついているのは煙草のけむ

りだと思っていた」

12

昼の十二時ころ、サムがノックせずにオフィスにはいってきた。「いたのね」

もちろんだ。わたしはデスクにすわって、仕事に取り組んでいた。わたしは、デスクに積みあげた書類をめくった。

「いるところは、ここしかないだろう」

サムは依頼人用の椅子をひき、腰をおろした。「どうだった？」

「面倒な話をする気はないし、昨夜の仕事のことはおまえとは関係ないはずだ」

「十二時には、帰っていなかったわね」

「帰ってきたのは三時すぎだった」

「では、充分楽しんだのね」サムは眼を見ひらき、数度うなずいた。

「最初のうちは、順調とはいえなかったが」刺青をいれた兄弟の顔が頭に浮かんできた。「だが、すぐにうちとけるようになった。共通点があることがわかったからだ。ふたりとも、他人を操ろうとする人間が嫌いだった」

「他人を操る？　わたしはただあなた方のあいだにいて、このふたりなら気が合うと思っただけよ」満足げな表情だった。

「メアリーとわたしは、おまえがわたしたちの生き方に干渉してくれたことに感謝するべきだと思っている。われわれにできるのは、ケンタッキーに住んでいるメアリーの従弟ルーサーとのブラインド・デートのお膳立てをするくらいだ。もちろん、おまえが好意をもてればだが」

「パパ、なにが不満なの？　そんなに遅くまで一緒だったのなら、楽しかったはずよ」

「最近は話すことも少なかったが、わたしがおまえの未来を心配していることはわかっているだろう？」

なぜわたしが話題を変えたのかわからないらしく、サムは眼を細めた。

「それに、探偵の仕事に興味をもっていることもわかっている。調査の依頼があったときには、事件の話をしたからね。わたしに力を貸してくれたこともあった」

「でも……」

「調査の仕事でなにがいちばん重要か、おまえならわかっているはずだ」

「教えてくれる？」

「集めた情報のもつ意味を理解することだ」

サムは肩をすくめた。

「それに、意味がない情報も」

「なにがいいたいの、パパ？　もうすぐ、会わなくてはならないひとがいるの」

「さっき、帰ってくるのが遅かったね。帰ってくるのが遅かったったのなら、楽しい夜だったといからといって、必ずしも遅くまでメアリーとすごしたわけではないといっておくべきだろう。わかるかい？」

「でも、あのひとと一緒だったんでしょ？」

「本当は、メアリーは一緒ではなかったんだ」

「そうだったの」

「ふたりとも車だった。三軒目のバーを出たあと、メアリーは家に帰った。十時少しすぎだった」

「まあ」サムは眉をひそめた。「わたし、てっきり……ごめんなさい」

お節介な娘を慰めてやる気にはならなかった。「〝デート〟のあいだに仕事をすることは、楽しいこととはいえなかった」

「でも、また会いたいといったんでしょ？」

「ああ、おまえが余計なことさえしなければ」

「パパ、正直にいわせてちょうだい。あなたがずっと暗い気持ちでいるのを見て、ネオンを修理にきたのがメアリーで、積極的で、ユーモアのわかるひとだったから……」

わたしは、片手をあげて制した。「またすぐに、メアリーを誘うつもりはない」

「なぜなの？　仕事をしないときもあるでしょ。ふたりの仲をとりもつのに失敗したからじゃないのよ。あなたの娘として勧めているの」

「これは決定的な理由じゃないんだが……」

「なあに？」

「些細な問題があるんだ、サム……」わたしは鼻にしわをよせた。「……女が煙草を喫うことだが……」

サムがだれか約束した相手と会うために出ていく前に、わたしたちはコンピューターをつかって母親を探す方法について話し合った。コンピューターをつかって人探しをするわたしの方法は、主としてアメリカにいる人間を対象とするものだったが、その方法はいくつか考えていた。「よければ、今夜からはじめるといい」わたしはいった。

「うれしいわ」サムはいった。「パパがコンピューターをつかう予定がなければだけど」

「今夜は、つかう予定はない」

「ありがとう、パパ」サムはオフィスを出ていった。

たったひとつだけだが、今夜娘がすることがわかると、いい気持ちになった。それに、今夜コンピューターをつかうつもりもなかった。今夜はメアリーとすごすことになっていた。

「電話するよ」メアリーと別れるとき、わたしはいった。

「そんな必要はないわ。そうね――リストのつぎのバーはどう?」

「今度は、リストとは無縁なところに行くつもりだったんだが」

「リストにあるバーに行きましょう。マッチを集めて、そこに行ったことを証明することもできるし、そうすれば良心の呵責なしにお金を受けとれるわ」

話はここまでで終わり、〈ハリーズ・ハイダウェイ〉で会うことになった。どちらかの気が変わったとしても、電話をするのに気をつかうこともない。約束をすっぽかされたほうは、バーにはいり、わたし、あるいは彼女がすべてを忘れるまで酒をのむだけだ。

たとえ失望するようなことがあっても、わたしはすべてを忘れて飲んだくれるようなことはしない。そうだ、絶対に。だが、メアリーは約束を破られたら、ひどく落胆するだろう。

メアリーのどこがわたしをひきつけたのだろう? これからの人生を生きる手段をとりもどしたとき、心から好感のもてる女性があらわれるなんて、人生とはなんとおかしなものだろう?

あるいは、これは問いとして正しいものではないのかもしれない。これまでもいつもわたしに向いた女性が近くにいて、免許をとりもどした喜びがそれを見つけるために眼をひらかせただけかもしれない。

いずれにしろ、わたしはメアリーに心を奪われていた。〝どうぞ《プリーズ》〟といってくれれば、煙草を買いに行くかもしれない。

13

　サムが出ていくと、わたしはデスクに広げた書類に眼をとおした。ロニー・ウィリガーの犯罪についての記録のなかから、ホロウェイ、そしてパーキンズ・ベイカー・ピンカス＆レスターヴィック法律事務所が高額の報酬を払って、不可能に近い仕事を依頼した理由を探りだそうとした。椅子の背によりかかり、デスクに両足をのせ、想定されるさまざまな可能性を検討した。

　理由はいくつも考えられる……だが、それにふさわしい解答は？　だれかがわたしにこの仕事をさせることを望んでいるのだろうか？　だが、それはだれだろう？　母親か？　ちがう。母はこんなことをするような人間ではない。

　このなかで唯一可能性のある人間は、わたしが事件の依頼を受け、そのために免許を失うことになった依頼人だろう。だが、その罪の意識から、依頼人は免許をとりもどすためにドン・キャノンを雇った。そして、それ以上なにもしないことで、その女とわたしは合意した。

　では、ほかにだれがいるだろう？

　ほかに思いあたる人間はいない。仮にそんな人間がいたとしても、わたしに力を貸すためにウィリガー事件を調査させるようなことをするはずがない。長期の調査を依頼するとしても、もっと簡単で、疑いをもたれないような仕事をえらぶだろう。調査の対象は、どんな人間でもいいはずだ。

　わたしがこの仕事を依頼されたのは、もっと別な理由だろう。だが、それがどんなものなのか思いもつかなかった。

　もちろんホロウェイは、バーでアリバイの調査をするのは、報奨金を請求している人間がだれかわかるまでだといった。そのときがきたら、事態はもっと明瞭になるかもしれない。それまでのあいだ、この問題についてじっくり考えることになるだろう。このとき、デスクに頭をのせたほうが、頭が明晰になるという考えが浮かんできた。

電話のベルの音で眼を覚ました。わたしは眠りこんでいた。「もしもし?」

「サムスンか?」

声には聞き覚えがあったが、だれかわからなかった。

「ジェリーか?」そういったとき、ミラーの声ではないことに気づいた。

「ジョーだ。ジョー・エリスンだ」

「やあ、ジョー。どうしていた?」たしか、彼には警察に知らせるといったはずだ。まあ、それはいいだろう。

「元気でやっている。あんたに礼をいうべきだと思ってな」

「礼をいう?」

「あんたにはなにもできないと思っていた。口先ばかりで、面倒なことになると逃げだすような生っちろいやつだろうと決めこんでいたんだが、あんたがやってくれたことを聞いたよ。うまくやってくれたようだな。あんたの働きぶりには感心したし、これで借りができた」


夢のなかの出来事のように、話を聞けば聞くほど理解できなくなった。「もっとくわしく説明してくれないか、ジョー」

「あんたの考えているのが金のことなら、借りってのはそういう意味じゃない。だが、おれと友人にできることなら、いつでもいってくれ」

「まだ、よくわからないんだが」

「なにがわからないんだ? あと五分も遅れていたら、あそこは丸焼けになっちまっていただろう」

あそこ? 「馬鹿なことをいうようだが、電話がかかるまで居眠りしていたんだ。昨夜は、遅くまで起きていたんだ」

「ああ、わかってるよ。バトル司祭の話じゃ、警察は電話がかかってきたのは四時五分すぎだといっていたらしい。最初のパトロールカーが着いたのは四時十二分すぎで、それからすぐに消防車がやってきた。写真はきれいに撮れていたから、犯人は今日じゅうに逮捕できるようだ。やつらは盗んだ車をつかってもいなかったから、ナンバー・プレートから身許を割りだせる。このふたりが事件と関係があることはまちがいない。おれがひとから恩義を受けたことを忘れるような人間じゃないことは、はっきり覚えといてほしい。それがいいたくて電話したんだ」

彼が電話を切ったあと、わたしは痛くなるほど頬をつねった。だが、まだ眼は覚めなかった。そして、眠ることもできなかった。

なにかを見落としてしまったのだろうか？

ティモシー・バトルの教会に着いたのは、二時すぎだった。十数台の車とならべて、駐車場に車を駐めた。

大きな火を水で消した臭いがただよっていた。車から降りると同時に、強い臭いが鼻をついた。前に被害を受けた教会の建物の角のまわりは、草が踏みにじられ、なぎ倒されていた。遠くからでも、前に穴をあけられたところが、今ではトレイラーくらいの大きさに焼け焦げ、黒くなっているのが見えた。消防車がすぐに駆けつけてもこんなに被害が大きかったのなら、この正体不明のだれかが通報していなければ、教会は全焼していただろう。

バトルと信者たちにとっては幸運なことだったが、不可解な事態だった――これまでわたしの集めた事実を勘定にいれなくても。たとえば、この教会をすべて焼いてしまうつもりなら、なぜ最初からそうしなかったのだろう？　わたしは首をひねり、頭をかいた。

ジョーから聞いた話について考えた。そのふたりが火をつけたのは午前四時をすぎたころだった。そして、そのほかのだれかが消防署に電話している。それから、警察に通報した。そして、犯人の写真を撮り、彼らの乗った車のナンバー・プレートを記録した。そして、その写真とナンバー・プレートを警察に知らせた。

だが、そんなことをしたのはわたしではない。ジョーがそれがわたしだと考えているとすれば、その男、あるいは女は自分の名を知らせていないのだろう。

その男、あるいは女は、何者だろう？　午前四時に起きだして、行動している人間。そいつは、カメラと携帯電話をもっていた。このふたつをつかって、ナンバー・プレートを記録するような知恵がある人間。だが、こいつは名を名乗ろうとしなかった。

推論を急ぎすぎただろうか？　警察が、そいつの名をバトル司祭に知らせなかっただけかもしれない。バトルのような冷静な男が、動転して聞き忘れることがあるだろうか？　これは、警察に聞けばわかることだ。前にも、警察に知らせるとジョー・エリスンにいった。

だが、男にせよ女にせよ、午前四時に街をうろつくおまえは何者なんだ？　うるさく騒ぎたてる犬の飼い主か？　カメラと携帯電話と手帳をもって、犬を散歩させていたというのか……？

それとも、遅くまで起きているか、騒音に目を覚ましたのか、カメラと電話と手帳はベッドわきにあったのか……？　もちろん、不眠症に悩む人間は多い。

わたしは周囲を見まわした。教会の放火された部分が見える家は一軒だけだった。一階建ての木造家屋で、壁板は濃いグリーンで、周囲は金網のフェンスにかこまれていた。だが、少しはなれたわたしから見えるかぎりでも、その家はほとんど手入れされていないことがわかった。だが、いくつかの窓は教会の放火と破壊を受けた部分に面していた。

わたしはその家に向かって歩きだした。

近づくと、その家はますますみすぼらしく見えた。前面の窓ガラスは割れていたが、なかから板が打ちつけられていた。ポーチの柱は二本折れ、何カ所か床が陥没していた。

わたしはドアをノックした。どうぞ、おはいりくださいといってくれるものはいなかった。もう一度、ノックした。そして、もう一度。

玄関のノブをまわすと鍵がかかっていたが、裏にまわるとそこのドアには鍵はかかっていなかった。「さあ、どうぞ、ミスター・サムスン」、「かまいませんか？」

かつてはポーチだった、狭いユーティリティルームにはいった。なかは明るく、リノリウムにはそこにあったものを移動した跡がのこっていた。キッチンにはいった。壁にはひびがはいっていたが、ひどい状態ではなかった。床板は中央が少し傾いていたが、足もとはたしかだった。埃をかぶっていたが、腐ってはいなかった。

まっすぐ前方に、小さなリビングルームがあった。左手――教会に面した側――の先には浴室。窓の前に浴槽があった。窓は曇りガラスだったが、窓を開ければ教会が見えるだろう。だが、浴室の窓を開けるのはやめて、最後の部屋を調べてみることにした。

この判断は正しかった。最後の部屋は寝室で、同じように教会に面していた。ここには、最近だれかがはいった跡があった。窓の前には、広げた折りたたみ椅子があった。床には牛乳のカートンがあった。窓の下枠には、煙草の吸い殻が排出された薬莢のようにならんでいた。

ここが教会を監視していた場所だと確信したのは、牛乳のカートンをとりあげたときだった。なかはいっぱいだったが、はいっていたのは牛乳ではなかった。

監視の作業について調べてみると、小用を足すために持ち場をはなれたときに仕事をやり損なう惨めな例がたくさん出てくる。この部屋から監視していた人間は、充分に準備をととのえていた……カートンの形状から見て、ここにいた人間は男だろう。

これで、犬の飼い主、不眠症に悩む近所の住人という可能性は消えた。こいつがここにいたのは、目的があってのことだ。この近所を調べているといった、ホーマー・プロフィットの言葉は正しかったのかもしれない。プロフィットは教会への攻撃を予測していたのだろうか？　だが、警官が写真を撮りながら、現行犯の犯人を逮捕せずに通報だけするだろうか？

警官とは関係ないだろう。教会の信者――たとえば、散弾銃をつかうことを禁じられたジュース・ジャクスン――が犯人を待ち伏せしていたかもしれない。筋はとおる。だが、なぜそれがわたしのしたことになったのだろう？　監視の場所を見つけたことに満足していたが、その人間を警察が知っているかどうか確かめる必要があった。気は進まなかったが、警察に連絡しなくてはならない。

公衆電話のあるところを探すより、ダウンタウンに行くことにした。ミラーに会える可能性もある。「やあ、アル、コーヒーでものみにいこう」彼はそういうかもしれない。望みは薄いが、今のわたしは勢いに乗っている。

14

インディアナポリス市警の入口をはいったところには小さなブースがあって、内部の人間に会いにくるものの身元を調べるようになっている。わたしは名前を告げ、昨夜ファウンテン・スクエアの近くの教会で起きた火災を担当している警官に会いたいと告げた。

　儀式的な、あるいは無駄な手続きもなしに、係官は電話をかけ、わたしと会うためにだれかが降りてくるといった。それを聞いた瞬間、それがだれか想像がついた。降りてきたのは、想像したとおりの男だった。

「おやおや。あんたがここにくるとは」ホーマーはブースの守衛に向かってうなずき、わたしはロビーにはいった。

「ふたりきりで話せるところに行こう」彼はいった。エレベーターに乗っているあいだ、ふたりともなにもいわなかった。そのあいだわたしは、彼は毎朝田舎の匂いをただよわせるために《ヒルビリーズ〝R〟ユーズ》（田舎者をテーマにした児童向けアニメ映画）から提供された藁を頭にすきこんでいるのだろうかと考えていた。アデルなら、わかっているはずだ。電話したら、教えてくれるだろうか？

　プロフィットは面会室にはいり、椅子にすわり、ノートをとりだした。「下の男の話では、昨夜の教会の火事のことで話したいということだったな、アルバート。どんな話なんだ？　自白するためにきたのか？　正直に告白すれば、刑も軽くなるぞ」

「すぐに、無実だとわかるだろう。わたしの外見は、現場で撮られた写真とは一致しないからな」

　プロフィットは、わたしがなぜ写真のことを知っているといったのか考えていた。

「それに、ナンバー・プレートもわたしの車とは一致しないこともわかっているはずだ」

　彼の眉があがり、額に深いしわができた。低く、なまりの薄れた声で、プロフィットはいった。「昨夜の事件は重大な犯罪だ。われわれは、そのようなものに対処するつもりだ」

わたしはなにもいわず、彼の言葉を待った。

「ここにきたのは、写真と車のナンバーをEメールで送りつけたのがおまえだというためか?」

この質問で、ここまできた目的は達成された。わたしの推理は、考えていたよりも先に進んでいた。わたしはいった。「ここにきたのは、あんたに知らせることがあったからじゃない。ふたりの放火犯人は逮捕したのか?」

「まだ、捜査中だ」

「写真があるんだろう。乗っていた車もわかっているはずだ。なにが問題なんだ?」

「これは捜査中の事件だ。アルバート、はっきりこたえてくれ。写真を撮ったのはおまえか?」

「聞いているのは写真のことだけか、それに警察と消防署にも電話したのかと聞きたいのか?」

「ふん、そのすべてだ。イエスかノーか、こたえろ」

「こうしよう」わたしはいった。「もしも——あくまで、もしもだが——最初にあんたがこっちのいうとおりにしてくれれば、嘘偽りのない、率直で、完全な真実を話すと約束しよう」

この提案を聞いているあいだに、彼の頭のなかの歯車のまわる音が聞こえるようだった。少し考えてから、彼は質問しても失うものはないことに気づいた。「どんな頼みだ?」

「ジェリー・ミラーがどんな状況にいるのか、知っていることをすべて話してほしい。でなければ、わたしは出ていく」

「ミラーのこと?」彼はしばらく、困難な道と容易な道のどっちをえらぼうか考えた。彼は容易な道のほうをえらんだ。彼にとって、ミラーは重要な存在ではない。「昨夜の事件について知っていることすべてとひきかえに、正式な供述、それに必要になった場合証言することを認めるか?」

「いいだろう」わたしはこたえた。

「おまえの知りたいのは、ミラー警部が汚職の疑いで部内の調査対象になっていることだろうな」

「汚職？　冗談だろう」

「冗談ではない。これは重大な問題だ。首脳部は、ミラーがトランク詰め殺人の報奨金十一万ドルに対する不正な請求にくわわっているという噂について深く憂慮している」

「理解できない。警官が報奨金をもらうことはできないはずだ」

「噂では、ミラーは情報を共犯者に提供し、相手はそれをふたりで分けるという合意のもとに、その情報に従って報奨金を請求している」

「上層部は、ミラーがそんなことをしたと本気で考えているのか？」

「彼らの考えはわからない。だが、彼らはこの仮説にもとづいて調査を進めている」

「その噂を流したのはだれだ？」

「知らない。だが、彼らはミラーが財政的問題をかかえていたといっている」

「財政的な問題？」


プロフィットは首をふり、肩をすくめた。

「おまえのいうようなことをするには、共謀者が密告できるように、ジェリーは殺人犯の正体に関する決定的な情報を隠したことになるな」

「ああ、噂では」

「ジェリー・ミラーは絶対に——そうだ、絶対に——そんなことをするはずがない」

プロフィットは肩をすくめた。

「どんな証拠があるんだ？」

「おれには、くわしいことはわからない。知っているのはただ、ミラーがほかのだれかからウィリガーの名前を知った三日後に、共犯者とされている人間が〈クライム・ストッパーズ〉に電話したことだけだ」

「その共犯者とされる人間の名は？」

「それは話せない。だが、明日の記者会見でそいつの名が公表されることになっている」

「それなら、今話してくれても問題はないだろう。わたしが約束を破るような人間でないことはわかっているはずだ」わたしが免許を失ったのは、警察が求める人間の名を明かさなかったためだった。彼はそれを知っていた。

プロフィットは溜息をついた。「そいつの名はカーロ・サドラー、仇名は〝チップ〟だ。彼は、〈ミルウォーキー・タヴァーン〉でパートタイムで働いている。北イリノイ通りにあるバーだ」

「知っている」わたしはいった。暗い気持ちになった。かなり前のことだが――彼が警部になる前で、ジェイニーが引っ越すことを強く主張していたころ――ミラーは北イリノイ通りに住んでいた。彼とは、ときどき〈ミルウォーキー〉で会ったことがある。わたしが家を訪ねるのを、ジェイニーが嫌ったからだ。「ジェリーは停職処分になっているのか？」

「仕事はデスクワークだけになっている。では、昨夜のことを話してもらおうか」

わたしはうなずいた。プロフィットが努力すれば、礼儀正しい人間になれることを知るのはうれしいことだった。彼は約束を守ってくれた。「ホーマー、わたしは、写真、ナンバー・プレート、警察への電話、それに昨日午前四時ころに起きた教会の放火ともいっさい関係はない。これは、嘘偽りのない、率直で完全な事実だ」

ここまでで話を切りあげ、警察を出たかったが、善意のしるしとして、教会の火災について知ることになった経緯を説明した。そして、となりの家で監視していた人間がいたことをつたえた。わたしと同じように、彼はだれが監視していたのか知らないようだった。

警察を出るときには、握手もした。これは、探偵という技術に意欲的に取り組んでいるものにとっては、ときには必要な犠牲的な行為だった。

警察を出て市民の世界にもどったのは、四時半ごろだった。どこかにすわりこんで、少し考えてみたかった。だが、どこにしよう？　シティ・マーケットのような近くにある場所は、日曜日には閉まっているし、空気の新鮮なところに行きたかったから、モニュメント・サークルの階段に向かって歩きだした。

インディアナポリスは人工的な街だ。ここが州都になったのは、十九世紀初頭の政治家によって結成された委員会がこの場所をえらんだからだった。最初の会議では、ホワイト・リバー河畔の湿地がえらばれ、ふたりの測量士が雇われ、そのひとりはワシントンDCの都市計画チームに参加した経験をもっていた。こうして、初期のインディアナポリスの街並みは、DCと同じように、車のハブを中心にそこからスポークがのびる形となった。この計画には、ひとつ素晴らしい美点があった。ハブの部分――この部分はサークルと呼ばれている――に州知事の公邸がつくられるようになっていたのだ。州の指導者《ホンチヨウ》――あるいは、理論的には、女性指導者《ホンチャ》――の居をおくのに汚れた下着（内輪の恥の意）がつねに公衆の眼にさらされる以上の場所はないだろう。ホワイトハウスがワシントンの中心部の、環状道路にかこまれたところにあったら、JFKがたくさんの女たちを連れこんだり、レーガンがつかいきれないほどのアリセプト（アルツハイマー病の新薬）をもちこむこともなかっただろう。

まあ、そんなことはどうでもいい。

現代のインディアナポリスでは、かつて州知事公邸のあった場所には、方尖塔が立っている。噴水と銅像にかこまれたこの方尖塔はインディアナで起きた戦争の死者のための記念碑である。ここには、思索する私立探偵がすわる階段がたくさんある。背をライオンの頭部に守られた場所をえらんだ。このライオンのいわれはわからないが、こうしていると身を守られているような気がした。ジェリー・ミラーが最後にこんな気持ちを味わったのはいつだろう？　おざなりな弁護でもケリがつく状況というものがあるとすれば、ミラーが不正な手段で金を得ようとするという疑いだ。

なぜそう確信できるのか？　ただ、できるとしかいいようがない。十一万ドルの半額といえば大金だが、彼という人間の本質を変えるほどの額ではない。だから、わたしはインディアナポリス市警の内部調査機関よりも有利な立場にいることになる。〝それ〟がどんなことであろうと、ミラーが関わっていないことはわかっている。

事実、わたしはクリストファー・P・ホロウェイがロニー・ウィリガーの代理人を務めているのとよく似た立場にいる。どんな証拠があったとしても、わたしの親友はそれに関わってはいないし、真実はほかにある。ほかにもまだ、共通する要素はあるだろうか？　ミラーが有罪となることはあるだろうか？　彼は罠にかけられたのだろうか？　だとしたら、だれが？　そして、その理由は？

一匹の犬が近づき、わたしの思考は中断した。そいつは――まちがいなく牡だった――黒い犬で、わたしの知っている種類ではなかった。大きな犬だった。立ちあがってこいつとならべば、この犬の肩はわたしの膝くらいあるだろう。この犬には、独特の雰囲気があった。信頼感をそそるようなものといえばいいだろうか？　わたしはあまり犬が好きなほうではないが、この犬はわたしの心をとらえた。この犬は、自分が犬であること、そして現在の生活に満足しているような印象だった。カリスマ的資質といったら、擬人化しすぎるだろうか？

その犬は、控え目な好奇心をそそられたような眼でわたしを見ていた。人間がライオンによりかかり、ただじっとしているのを不審に思ったのかもしれない。だが、すぐに関心を失ったらしく、わたしのそばをはなれていった。犬は、記念碑の前の噴水の水をのんだ。

わたしは犬に声をかけた。「わたしに力を貸してくれないか、ファイドー（飼い犬によくつかわれる名。〝忠犬〟の意）？　友人が問題をかかえていて、どうすれば助けてやれるのかわからないんだ」

犬は頭をあげて、わたしを見た。その眼はこういっているようだった。「助けるって、なにをするつもりだい？」

「わたしは警官ではないから、法的あるいは職業的にも、警官である彼ができないことでも、なにか調べることができるかもしれない」

犬はすわりこんだ。「話をつづけろ」そういっているようだった。

「昇進するためなら、ミラーは多少のルール違反ぐらいはするかもしれない。事実、昇進につながると考えて、何度かわたしを助けてくれたこともあった」

犬は体をかいた。

「よくあることなんだ。だから、こいつがすべて規則どおりに行動しているってわけじゃない。つまり、長年のあいだにガールフレンドのひとりやふたりはいたが、結婚生活を破綻させるようなものじゃない。それに、毎晩家に帰ると、なにをしても不満をぶつけるジェイニーのような女が待ってるんだから、ほかに女をつくっても責められるようなことじゃない」

犬は立ちあがって、水をのみにいった。また喉が乾いたのか、頑強な一夫一婦主義者としての意思表明なのかはわからなかった。

「ジェイニーの役割を否定しているわけじゃないんだ、ファイドー。ジェイニーとの結婚生活は長い。妻と母親としての役割を充分に果たし、勤勉に働いた。四人の子どもをみな大学にいれた。警官の妻で、ここまでできるものがいるだろうか？」

実際には、いちばん下の娘ヘレンが大学にはいったかどうかはわからない。ジェリーとわたしが連絡を絶ったとき、ヘレンは十代だったが、ハイスクールでの成績はよかったから——兄弟のなかでいちばんだった——おそらく大学に進んだだろう。教育制度についてくわしい知識があるとは思えないファイドーに、面倒な話をするのはムダだ。

わたしの気づかいに感謝するように、犬は水からはなれ、すわりこみ、わたしを見つめた。

「問題は、これについて調査するのにどこから手をつければいいのかということだ。市警のだれかが、トランク詰め殺人で一躍名をあげたジェリーに嫉妬して、そいつ——あるいは、その女——がジェリーの足をひっぱろうとしたのだろうか？」

犬はただじっと動かなかった。

わたしはいった。「ジェリーの足をひっぱることが、市警のだれの利益になるか調べてみるべきだろうか？　どう思う？」

沈黙は同意を意味しているのかもしれない。ファイドーの顔はこういっているように見えた。「そんなだれにでも思いつくようなやり方じゃなくて、どうすれば力になれるか友人に直接聞いてはどうだい？」この犬には、猟犬の血が混じっているようだ。

「もちろん、ジェリーに聞いてみたんだが、電話すると、ほとんどすぐに切っちまったんだ」

「なぜだろう?」犬はそう聞いているようだった。

「そうだな……」このとき、考えが浮かんだ。ジェリーはデスクワークに縛られている。内部調査が行なわれているあいだ、彼のオフィスの電話は盗聴されているのかもしれない。あのとき、彼はこういった。「もう、ここに電話をかけないでくれ」

リーロイ・パウダーと会ったとき、わたしはこの言葉を家に電話してくれという意味だと考えた。家に電話すると、ジェイニーの応対は冷たかったが、そこには以前からのわたしに対する嫌悪以上のものがあったのかもしれない。自宅の電話も盗聴されているのかもしれない。

いずれにせよ、つぎになにをするべきかは明らかだった。ミラーの家に行こう。直接会えば、どこか話のできる場所に行こうというかもしれない。

わたしは腕時計をのぞいた。まだ五時前で、〈ハリーズ・ハイダウェイ〉での待ち合わせは六時半だった。ミラーの家に行って、少し話をするか、あらためて話す約束をしてもいいだろう。

「ファイドー、おまえと話したおかげで、考えがまとまった」わたしは立ちあがった。

犬も、ゆっくりと立ちあがった。

「本当なら、おまえになにかやりたいんだが。肉のかたまりか、それとも……そうだな、ドーナツでも。だが、おまえにやれるのは、不滅の友情と感謝しかない」わたしは手をさしのべた。犬は首輪をしていなかったが、これまでの生活のなかで礼儀を教えられているのかもしれない。

犬は、一瞬わたしの手を見つめた。そして人間なら軽蔑をあらわすような顔でわたしを見てから、速い足どりで去っていった。こいつには首輪はないが、わたしにはあるというように。

15

ミラーは今、ウィンデールと呼ばれる郊外の地区に住んでいる。インディアナポリスの瀟洒な地域ほどモニュメント・サークルからはなれてはいないが、街の中心に近いとはいえない。一方には市立美術館がそびえ、もう一方はホワイト・リバーに面したウィンデール地区は、沼が多かったが、それはすべて都市計画に従って整備されていた。

この地域としては、ミラーの家の敷地は広いほうではなかった――一エーカー足らずの敷地に農場風の家が建ち、バスケットボールの歴史よりも古そうな二本の木があるだけだった。だが、家は故郷にもどってきたミラーの友人たちがしばらく滞在できるほどの広さがあった。もちろん、友人全部が泊まれるほどではなかったが。

とにかく、ジェリーからそう聞いていた。わたしはこの家にはいったことはない。ジェイニーがいるからだ……そういえば、わかるだろう……わたしたちが会うのは、いつも外だった……ジェイニーを刺激するのを避けるためだ……

今日は、ジェイニーのことは気にならなかった。わたしは、ドライブウェイに車をいれた。玄関に近い、客がつかうと思われる場所に車を駐めた。そして、大またで玄関に近づいた。勢いに乗っているわたしをとめられるものはいない。

ジェリーが出てくるのを半ば期待しながら、ジェイニーであることも考えて心の備えをしていた。だが、あらわれたのは、予想していなかった、長身の物憂げな表情の若い女性だった。彼女は疲れたような眼でわたしを見つめ、たずねた。「ご用件は?」

たぶん、この娘は……「ヘレンだね?」

「あなたと会ったことあるかしら?」

ビッグサイズのポテトチップスくらいの大きさだったとき、膝の上であやしたものだとこたえる前に、彼女はいった。「あなた、私立探偵のひと？」

「ああ、そうだ」

「思い出したわ」彼女はゆっくりとうなずいた。「お名前を聞いてもいいかしら？」

わたしは名前を告げた。「最後に会ったとき、きみはハイスクールにはいるところだった」

彼女は、短い笑い声をあげた。「かなり前の話ね」

「成績がよくて、大学に進むつもりだと聞いていた」

「本当？」彼女は、眠そうにあくびをした。

もう、大学を出たような年齢なのだろうか？　そうは見えなかったが、これは社交的な訪問ではなかった。わたしはたずねた。「お父さんはいるかい？」

「いないのよ。おばあちゃまのところに行ったわ。テラ・ホウトの。病気らしいわ」彼女は、結んだ歯のあいだから息を吸いこんだ。「心臓が悪いというんだけど」

「きみは信じていないようだね」

「おばあちゃまみたいな自己中心的なひとは、病気のことを他人に話すときには、いつも大げさになるものだから」

「なるほど」ジェイニーの母親なら、もちろん自己中心的な人間だろう……いや、つまらないことを考えるのはよせ。

「お父さんがいつ帰るか、わかるかい？」

「なにもいっていなかったわ」ヘレンはいった。「ねえ、不作法な態度をとるつもりはなかったのよ。ただ、パパに会いにくるひとがみな友人じゃないから。どうぞ、はいってちょうだい」

誘いを断わる気はなかったが、家のなかにはいるとき、わたしは腕時計をのぞいた。六時半の約束に遅れないようにしなくては。

わたしたちは、リビングルームのソファにすわった。

「今日きたのは、お父さんの力になりたかったからだ」

「力になるって、どんなこと？」

「お父さんが知りたいことがあっても、自分で調べることはできないかもしれない。これ以上くわしいことはいえない。わたしにも、状況がよくわかっていないんだ」

「状況は最悪よ」ヘレンがいった。

「ああ。そうだろうな」

「もちろん、そのほとんどはパパが自分でひき起こしたことだけど」

「どういうことだ？」

「ガールフレンドをつくるなら、バレないようにするべきよ――そうでしょ？」

「彼がそんな問題をかかえているとは思わなかった。わたしはただ……つまり、最近お父さんとは連絡をとっていなかったんだ」

「だれかが家にきて、すべてをママに話したらしいの。可哀そうに、パパはなにもいえなかったわ。わたしが口をはさむようなことじゃないけど、同じ家に住んでいれば、放ってはおけないわ。それに、ママの対応にも問題があったし。パパは聖者じゃないけど、ママにとっては自分だけが被害者なのよ。可哀そうに、パパも抵抗したけど、とうてい太刀打ちできなかったわ」

少し、沈黙がつづいた。

ヘレンがいった。「もちろん、この家にきた嫌なひとは、浮気のことをママに知らせにきたひとだけじゃないわ。昨日は、警察の署長がきたのよ」

「コールが？　なぜだね？」

「あの卑劣な蛇みたいなやつ、満面に笑みを浮かべてわたしを抱きしめてから、今ここでパパが辞職すれば、調査も中止するし、年金も全額受けとれるなんていったのよ」

「部下が困ったときに、上司がいうようなセリフじゃないな」

「なぜパパが辞職しなくてはいけないの？　なにも悪いことなんかしていないんだから、証明できるはずがないわ」

ヘレンは顔をしかめた。「ママは、世の中はそんなものじゃないっていうけど」

「ジェリーは辞める気はないんだろう？」

「ママはそうするべきだと思っているけど、辞めるはずはないわ。ねえ、あいつらパパを尾行しているのよ」

「尾行？　警察が？」

「おばあちゃまの家の電話を盗聴して、うなっているのを聞いているかもしれないわ」

「なぜジェリーを尾行したりするんだろう？」

「報奨金を請求している人間と会うかもしれない。そう思ってるんだろうっていってたわ。でも、それがだれなのかも知らないって」

カーロ・〝チップ〟・サドラーの名前が公表されたとき、それがミラーの知らない人間であることを祈った。〈ハリーズ・ハイダウェイ〉の六時半の約束に遅れない時刻に、ウィンデールを出た。ミラーの家に行き、これまでのいきさつとは別に、彼の力になりたいとつたえることができて、いい気分だった。

彼のかかえる事件に力を貸せるかどうかわからないが、彼の力になることはできるはずだ。報奨金がどんなに多額の金だろうと、事件との関わりがないのに、罪を犯すことなどありうるだろうか？　ときによっては、金は大きすぎる代償をもたらすこともある。

タイヤがパンクしたのは、そんなことを考えていたときだった。

16

電動ジャッキとインディ500のピットクルーの助けがなければ、タイヤを手早く交換することはできない。ようやく〈ハリーズ・ハイダウェイ〉の駐車場にはいったとき、わたしはぜいぜいと息を切らしていた。

まだ、メアリーの車はそこにあった。わたしは安堵した。メアリーは運転席にいて、車をバックさせているところだった。まずいことになった。

わたしは車から飛び降りた。「停めろ。停めてくれ。わたしはここにいる」

彼女は車を停めた。そして、ウィンドウをおろした。わたしはいった。「タイヤがパンクしたんだ」

メアリーは少し考えてから、もとの場所にもどり、車から降りた。「見せて」

パンクしたタイヤは後部座席にあった。彼女はタイヤをおろして、ゆっくりとまわし、刺さっていた釘を見つけた。

「本当ね」

「なんだって？」

「よくいるように、口実をつくるためにいつもパンクしたタイヤを乗せているのかもしれないと思ったのよ」

「わたしがこなかったら、なかにはいって、嫌なことなんか忘れるまで酒をのんでいるだろうと思ったんだが」

「わたしは、忘れたくないわ」

「忘れたくない？」

「ずっと前から、一夜かぎりの相手を探していたの。とうとう、願いがかなったのかもしれないと思っていたのに」

「本気で探せば、むずかしいことじゃないだろう」

「でも、諦めないひとも多いのよ」彼女はいった。「手を切るのはむずかしいわ。どうする、店にはいる？」

「別の場所にしてもいいかい？」

「リストにある店をまわるんじゃなかったの？」

「いや、今夜はそれはやめたいんだが……」

「いいわ。ではどうするかいって、探偵さん。今夜はどうするつもりなの？」

それぞれの車に乗りこみ、わたしたちはイリノイ通りの〈ミルウォーキー・タヴァーン〉へと向かった。二度目のデートにふさわしいところではない。いや、百二回目のデートでも。店のなかは暗かった。きれいな店とはいえなかった。煙草のけむりが立ちこめていた。男の体臭がただよっていた。ドアを開けてなかにはいると、メアリーの表情が輝いた。「見て。ねえ、あれを見て」

「なんだい？」

「パブスト・ビールの看板よ。〈トイレット〉と書いた矢印の横にあるでしょ」

「あのネオンのことだね？」

「こんなものを見たのは何年ぶりかしら？　あの看板をつくらなくなってから何年たつか、知ってる？」

知らない、とわたしはこたえた。メアリーはいった。

「それで、なにを食べるの、アルバート？　ああ、黒板があるわ。最初は、チリにしようかしら。ここのチリ、辛いと思う？　わたし、辛いのが好きなの」

ミラーとわたしも、このバーにははいったことがなかった。「密閉したビニールで包装したものでなくてもいいのか？」

「男のひとって、本当に心配性なのね。チリのあとは、そうね……ミートローフ・スペシャルにするわ。そのあとには……チョコレートケーキというところかしら。注文すれば、バニラ・アイスクリームをのせてくれると思う？」

「そうだな、近くにオーガニック・アイスクリームを売っている店があって、配達してくれれば」

こんな汚い店なのに、メアリーは自分からテーブルをえらび、わたしを驚かせた。きれいな灰皿があるのはそのテーブルだけだったからだ。彼女がテーブルにつくと、となりにすわっていた、ふさ飾りのついた革ジャンパーを着た男が彼女のために椅子をひいた。「ありがとう」メアリーはいった。

チリがはこばれたが、メアリーが考えていたほど辛くないようだった。一口食べてから、メアリーはチリを見つめた。「ねえ、見て。光があたって、虹みたいにきれいだと思わない？」

通りの水たまりに浮かんだ油のようにきれいだった。

「わたしの分も注文すればよかったかな」

「ねえ、わたしのチリにスプーンなんか突っこまないでね」

「ストローでも？」

「あなたの連れてくる店、みないいところばかりね、アルバート。ここに探しにきた男、まさかレイプ事件の犯人じゃないんでしょうね」

「トランク詰め殺人の犯人という可能性だってある」

「犯人は、ロニー・ウィリガーじゃなかったの？」

「だが、ここで働いている男かもしれない」

メアリーはふりかえって、カウンターを見た。「どの男？　みんな、そういわれてもおかしくないように見えるけど」

「顔はわからないんだ。今夜、ここにいるかどうかも」カウンターのなかには、三人の男が立っていた。

「わたしが聞いてあげるわ」

「本当かい？」

「そいつの名前は？」

「カーロ・サドラーだ。〝チップ〟と呼ばれている」

メアリーは立ちあがった。「いないあいだに、チリに手をつけちゃダメよ。わたしのなによりも嫌いなのは、チリはいらないなんていいながら、他人の皿に手をつけるような男なんだから」

わたしの見守る前で、彼女はいちばん近くにいたバーテンダーに声をかけた。「今夜は、チップはきている？」そういっているのだろう。

バーテンダーは、髪を頭の上で丸く結んだ、身長五フィート十インチくらいの、機敏そうな、やせた男に眼を向けた。「呼んでやろう」彼の手の動きからみると、そういったようだった。

カーロ・〝チップ〟・サドラーらしい、頭の上で髪を結んだ男が、用心深くメアリーをうかがいながら、近づいてきた。ふたりが少し言葉をかわすうちに、なにかメアリーのいった言葉を聞き、彼は眉をひそめ、表情がこわばった。メアリーはわたしを指さした。チップはエプロンで手をふき、カウンターから出てきた。メアリーは先に立って、テーブルにもどってきた。

「あなたの名前を見たというのはこのひとよ」テーブルに近づくと、メアリーはいった。

チップは、名前を見たといわれたことに腹を立てているようだった。「どこで見たんだ？　どこで、おれについてのそのクソ忌々しいものを見たというんだ？」

「待てよ」わたしはいった。「もちろん、きみのことじゃないかもしれないんだが」

「怖じ気づいちゃダメよ、アルバート。〝アレをしごいてロケットみたいに発射させたかったら、〈ミルウォーキー〉に行って、ポケットに手をいれるようにチップに頼め〟という落書きを見たといったでしょ」

「チップと呼ばれている男はほかにもいるかもしれない。それに、〈ミルウォーキー〉もここだけじゃないことも」

「畜生、どこで見たというんだ？　どこで？」チップはテーブルをたたいた。メアリーのチリが揺れ、虹色に光った。

「ＩＰＤだ」わたしはこたえた。

　カーロ・〝チップ〟・サドラーの顔は凍りつき、無言のままわたしを見つめた。ＩＰＤがインディアナポリス市警を意味していることはわかっているようだった。

「一階のエレベーターのとなりにトイレットがある。二つ目の個室の壁に書いてあったんだ――シャルトリューズ（高級ワイン）で書いたような色だった」

　カーロ・〝チップ〟・サドラーは、この答が気にいらないようだった。彼の視線はわたしとメアリーのあいだを往復した。「どういうことなんだ？　一体どういうつもりなんだ？」

　メアリーは、すばやく椅子に腰をおろした。「あなたの名前が出てきたのは、ここにいるアルバートにアレにさわってほしいといわれて、わたしが嫌だといったから……」

「きみを自由にさせるのは危険だな」あわてて店を出たところで、わたしはいった。

「彼に会いたかったんでしょ？　だから、会わせてあげただけよ」メアリーはうれしそうにいった。「それはそうと、シャルトリューズの落書きなんて、センスがいいわ」

「彼という人間がどんな男で、どんな性格かもっときちんと評価できるような状況で会いたかった」

「それなら、そういえばよかったのに。もどりましょうか？」

「一生、ここにくることはないだろうな」

「でも、それほど悪い感じじゃなかったわ。報奨金の十一万ドルを受けとるのはあのひとなんでしょ？」

「だが、不正な行為だというものもいる」

　メアリーは少し考えた。「彼が自分でそんなことを考えた、なんていうんじゃないんでしょ？」

17

翌朝、八時半前にベッドを出た。免許をとりもどした責任感に富んだ私立探偵にふさわしい、かなり早い時刻だった。それに、今日は月曜だった。月曜には銀行が開いている。小切手を入金することができる。

わたしにとって早い時刻だったかどうかとは別に、ランチョネットに降りて行くと、サムはもう一仕事終えて、休憩しているところだった。「昨夜、ジェリーおじさんから電話があったわ。昨日、彼の家に行ったんですって?」

とうとう、ミラーと連絡がとれた。だが、ここで釘をさしておかなくては。「サム、わたしの電話に出たのか?」

「あなたのオフィスでコンピューターをつかっていたの。つい、受話器を取ってしまって。夜メモを書いて、デスクにおいておいたわ。当然、見るだろうと思っていたんだけど。何時かわからないけど、帰ってきたときに」

昨夜、わたしはオフィスのライトをつけなかった――留守番電話が点滅しているかどうか確かめただけだ。「そうか」

「十一時まで仕事をしていたの」サムが情報を交換しようとしていることは明らかだったが、それ以上質問しなかった。

わたしも、なにも説明しなかった。「ママは見つかったかい?」

「まだ、見つけたとはいえないわね」

「でも、片方の手足くらいは?」

「少しわかってきたことがあるの」

「たとえば?」

「昨年の秋、《ヴォーグ・フランス》のジュエリーの広告に出ていたわ。手首にブレスレットをつけて、にっこり笑っていたわ」

「まさか、撮影のあとそれをコカインみたいに鼻から吸いこんだりしてはいないだろうな?」

「それに、三ヵ月前に離婚したことがわかったわ」

その表情は、この知らせが彼女にとって重要なものであることを告げていた。

「相手は？」

「バルセロナだったわ。二ヵ月と二十五日前のことと」

「一度しか会ったことがないの。歳はとっているけど、優しくて、とても素敵なひとよ。海軍提督だったわ」

スイス海軍の提督だろうか？「同情する」

「ママはただ、腰がすわらないだけ。そんな状態になると、なにをするかわからなくなるの」

「それで、連絡が途絶えた理由は納得できたかい？」

「ええ、たぶん。バルセロナにいったことはある、パパ？」

「ない」

「行きたいと思ったことはない？」

「バルセロナ？ わたしに向いた街とはいえない。スペインよりもっと近くにも、行ってみたいところはたくさんある」

「スペインじゃないわ。正確にいえば、カタロニアよ」

「ヨーロッパが恋しくなったのか？」

「恋しいのは、場所というより――いくつもあるけど――そこで知っていたひとたちね」

その人間たちについて質問しようとしたが、サムは声をかけてきた老いた女性――勘定を払おうとした客に声をかけられて、去っていった。

「母親から連絡がなくなって、サムはひどく心を痛めている」

わたしの後ろには、ノーマンが立っていた。このときはじめて、彼がふたりの話の聞こえるところにいたことに気づいた。「なんだって？」

「母親の安否がわからなければ、大きな打撃だろう」

「おい、料理が焦げる心配をしなくていいのか？」

「力になろうかと思っただけだ」ノーマンはいった。「あんたが親に向いていないことはわかっているからな」

九時半前に、オフィスにもどった。デスクに昨夜のミラーからの電話について知らせるメモがあっただけでなく、留守番電話のライトが点滅していた。ミラーだろうか？　ようやく彼と話すことができると考えると、気持ちが明るくなった。

だが、伝言をのこしたのはクリストファー・P・ホロウェイだった。居場所を知らせてくれという伝言だった。

「お会いする予定はなかったはずですが」折りかえし電話をかけ、わたしはいった。

「調査の結果について、定期的に連絡するという約束ではなかったかね？　週末に、Eメールで報告がはいっているかと思って探したが、見つからなかった。それで、きみの携帯電話の番号も聞いていないことに気づいたのだ」

「ほとんど、報告することはありません」わたしは、営業を再開したあとはじめての客にいった。「だが、調査の結果、一、二の疑問が浮かびました」

「それはあとで聞こう。十時までにダウンタウンにきてほしい」

「オフィスですか？」

「警察だ。報奨金の問題について、記者会見がひらかれることになった。場所はわかるかね？」

「IPDは第二の故郷のようなものです」

「場所はプレスルームだが」

「わかります」見つけることぐらいはできるだろう。

入口で身分証明書を点検する係員にわたしの名前を知らせておこう、と彼はいった。

すぐにここを出て、まっすぐそこに向かいます、とわたしはこたえた。

これは事実ではなかった。どこかに行き、だれかに会う前に、よらなければならないところがあった。小切手を預けなくてはならない。

銀行は通りの少し先にあった。銀行に行ったらどうするか、あらかじめ考えていた。眼鏡を忘れたといい、預金伝票に記入するのに手を貸してほしいと頼む。そして、可愛い女子行員に小切手の金額を読みあげてくれと頼むのだ。わたしが後ろに立っていると、彼女は金額を読みあげてから、ふりかえり瞳孔のひらいた青い眼を見張ってわたしを見つめるだろう。

男にとって、こんな素晴らしい扱いを受けることはざらにあることではない。たとえ、これがただ一度この小切手を預けるときだったとしても。


十時十五分すぎに、プレスルームに着いた。後ろのドアからなかにはいると、ホロウェイの姿が見えた——わたしと同じくらい演壇からはなれたところにいたが、わたしとは反対側に立っていた。

リュー・コール署長がマイクに向かって話していた。彼の話は聞き逃したが、ちょうど集まったマスコミの質問がはじまったところのようだった。

中央のあたりにいた記者が質問した。「署長、報奨金請求にともなう〝問題〟とはどのようなものか、説明していただけますか？」

「チャーリー」コールがこたえた。「きみに金魚程度の注意持続時間があれば、ほんの少し前に、われわれの知りえた問題について捜査中で、その情報についてこれ以上くわしく話せないといったことを覚えているはずだ。われわれには、すべての事実について検討する時間が必要だ。きみなら、理解してくれるはずだ。いいか、今の金魚の話はジョークだぞ。わかっているな？」コール署長はユーモアに富んだ人間として知られていた。

コールが年金とひきかえに辞職を求めたとき、ミラーは大笑いしたにちがいない。

「あなたのいったことはすべて、はっきりと聞こえました」チャーリーがいった。

低い含み笑いが広がった。コール署長は、肩ごしに後ろに立ったふたりの若い警官をふりかえった。ふたりの警官はハイスクールを出たばかりのように見えたが、署長を補佐し助言するためにここにいることは明らかだった。正式には、彼らはどんな地位についているのだろう。警察署長には報道対策アドバイザーがいるのだろうか？

「その問題がミスター・サドラーに関して発生したものか、それとも警察部内のだれかに関するものか、報奨金の問題ではないのか、あるいはなにか別の理由にもとづくものなのか、少なくともそのくらいは説明していただけるはずです」

「今日は、この問題についてはこれ以上くわしく話すつもりはない。だが、いい質問だった、チャーリー」コール署長はほかの質問を求めて、部屋のなかを見まわした。彼は、テレビのレポーターを指名した。歯が出て、かつて知事候補者と結婚していたことで地域的に有名な女性記者だった。

「ヴェロニカ？」

「素敵なスーツですね、署長」

「気にいったかね？」コール署長はスーツの袖を見せつけた。「この会見のあとで、会う機会があるといいんだが」

彼の後ろに立っている、ふたりの十代のような側近が笑みを浮かべるのを見ながら、ヴェロニカは質問をつづけた。

「署長、今日の会見に出席したのがあなたひとりなのはなぜですか？」

「ほかの人間はみな、きみに反感をもっていないからだ」

署長はこたえた。「いや、もちろんこれは冗談だ」

「このような場合、事件の捜査責任者が出席するのがふつうなのではありませんか？　ミラー警部が出席しなかったのは、なにか意味があってのことですか？」

「その質問にこたえる前に、ミラー警部の義母が不幸にして重病に冒されていることを知らせておこう。この席を借りて、インディアナポリス市警を代表し、彼女が一刻も早く全快するように祈っていることをミラー警部一家につたえたい。われわれは心から、彼女が回復することを祈っている」

「ミラー警部は義母に付き添っているというのですね？」

「いや、わたしのいいたいのはただ、この不幸な事態を憂慮しているということだけだ。だが、この病気という不幸な事態がなくとも、今日ミラー警部はここに出席することはなかっただろう。それは、地域住民にとって歓迎すべきことだ、ヴェロニカ。ミラー警部がこの街で発生する犯罪のために時間を費やせば、きみときみの視聴者を含めた住民全員にとってよい結果をもたらすことになる」

「あなたには犯罪を解決する義務はないということですか、署長？」クリストファー・P・ホロウェイの近くにいた、黒いドレスを着た女がたずねた。

「ステラ、わたしがいいたいのはこの記者会見に出席する市警幹部が多くなれば、現実の重要な犯罪捜査に専念する人間がそれだけ少なくなるということだ」彼は人差し指を突きだした。「だが、ここではっきりといっておくが、現在、そしてこの重要な時点では、ひとり以上の市警幹部がこの会見に出席することは望ましいことではない。現在、われわれは多忙なスケジュールに追われている。このことをはっきり《クラーロ》とさせておきたいのは、きみたちがまたわたしのところにやってきて、なぜもっと多くの警官を出席させて、さまざまな観点からこの事件について説明させないのかと問いただされることを避けたいからだ」

コール署長の見え透いた保身のための弁解の言葉に、低く、笑い声の混じったささやきが広がった。だが、ヴェロニカはひるまず質問をつづけた。「署長、ミラー警部は休職処分になったという噂がありますが？」部屋に集まった記者たちのこの質問に対する反応は、今ヴェロニカが指摘した噂が彼らにとってはじめて聞くものであることを示していた。「コメントしていただけますか？」

コール署長は困惑の表情を浮かべ、溜息をついた。「ヴェロニカ、噂に耳を傾けるのが危険なことはよくわかっているはずだ。いつも木綿の靴下をはいていた母に誓っていうが、噂《ルーマー》と腫れ物《チューマー》はよく似ているというのが母の口癖だった。じっくり考えてみれば、きみもその見方の正しさを理解できるはずだ」

「あなたはここで、その噂をきっぱりと否定することができるのですよ、署長。ミラー警部が休職中かどうか、こたえてください」

「ミラー警部は、現在上のオフィスで執務中だ。それで、答にはならないかね。どう考えても、わたしには彼が休職中だとは思えないが」

「ミラー警部についての調査が行なわれているとしたら、当然そのことを話すべきではないでしょうか？」

このときはじめて、コール署長の顔に怒りの色があらわれた。「ヴェロニカ、ここに集まった人間たち、そしてチャーリーにも明言したとおり、われわれはなすべき捜査を遂行している。ミラー警部は事件の捜査責任者だから、彼の号令なしには捜査を行なうことはできない。彼は今、デスクにつき、インディアナポリスの安全を守るために知能をふり絞っている。それ以上、いうべきことはあるかね？」

「〈チャンネル13〉のラインホールド・マッシーです、署長」

「なんだね、ラインホールド？」

「今日ようやく、報奨金の請求者の名を公表しましたね」

「そうだ。これが特異な状況だと考えたからだ」

「市民のグループによって拠出された報奨金に関して、警察は公式な関わりはないはずですが」

「われわれはただ、〈クライム・ストッパーズ〉のシステムにもとづいて行なわれる報奨金の支払いを見守っているだけだ」

「しかし、わたしはミスター・サドラーから、直接話を聞くことを求めます。これは、ここに集まった全員の意見だと確信しています。彼について、もっとくわしく説明していただけませんか？　年齢は何歳で、どのような職業についているか、どのような方法を提供したのか……」

側近のひとりが、コールに一枚の紙をわたした。署長はうなずき、その紙をもった手を顔の前にもっていった。彼は読みあげた。「カーロ・サドラーの年齢は二十四歳。フロリダ州オーランド生まれだが、七歳のときインディアナポリスにやってきた。ビーチ・グローブ・ハイスクールを卒業したあと、一年以上パーデュー大学技術図書館とパーデュー・インディアナポリス分校図書館に勤務している。現在は飲食業につき、この数年いくつかの職場を移動している。彼は、報奨金を音楽でプロの道に進むためにつかいたいと考えている」署長は紙をおいた。「今読みあげたのは、これから数分後にミスター・サドラーと彼の弁護士が市および州合同庁舎の裁判所の入口から出るときに発表する声明の一部だ。どうだね？」

この知らせを聞くと、部屋じゅうはわきかえった。ひとつの生命体のように、部屋に集まった記者たちは立ちあがり、ドアに向かって駆けだした。すぐに、部屋はほとんど無人になった。

クリストファー・P・ホロウェイはその人波にはくわわらなかった。彼はわざとらしく、ゆっくりと時間をかけてブリーフケースをとりあげ、スーツの乱れを直した。わたしは、入口のドアの近くで彼を待った。そこから、署長が若い側近に片眼をつぶるのが見えた。自分にぶつけられた質問を回避するために、サドラーが姿を見せることを公表したことは明らかだった。

インディアナポリス市警と裁判所は、市および州庁舎のなかにある。わたしはホロウェイとともにそのブロックをまわった。裁判所の入口に着いたのは少し遅れたが、裁判所の前の階段に立ったサドラーの弁護士の声明の最後には間に合った。

「依頼人は、警察の捜査が終了すれば、彼の報奨金の請求は当然のもので、非の打ちどころなく、正当なものと認められると確信している。彼が進んで匿名の権利を放棄したことは、彼の立場の正当性を裏づけるものだ。だが、警察の捜査が完了するまで依頼人はいっさいコメントすることはない。この声明のコピーは、わたしの助手が配布する」

スーツを着た若い女性が、手にもった紙の束をふった。

スーツにネクタイ、それにインディアナポリス・インディアンズの帽子をかぶったカーロ・〝チップ〟は、報道陣の前に立っていた。なにも話すつもりはないにもかかわらず、彼は緊張しているようだった。帽子の下の丸く結んだ髪が窮屈なのかもしれない。

だが、インディアナポリスの記者たちは〝ノー・コメント〟という対応に慣れていた。「こっちを見てくれ、カーロ」、「空に向かって拳をあげてくれ、カーロ」、「チーズといってくれ、カーロ」とカメラマンが叫ぶあいだに、記者たちはメモをとり、テレビ・カメラはまわりつづけた。「ロニー・ウィリガーとは親しい関係ですか」、「報奨金を受けとったら、仕事をやめるつもりですか?」、「ガールフレンドはこのことをどう思っていますか?」数人の記者が叫んだ。

弁護士はくりかえしノー・コメントといって質問をさえ

ぎった。彼も沈黙した依頼人も、自制心を失ってはいないようだった。そのうちに、記者たちは攻撃に出た。そのひとりが大声を張りあげた。「なぜ話すことを拒否するんだね、カーロ?」カーロは顔をしかめ、その声の主に顔を向けた。今にもカーロの怒りが爆発しそうになったとき、だれかが叫んだ。「あんた、英語が話せないのか、カーロ? ノ・ハブラ・イングレス?」

「もちろん、話せる」カーロ・〝チップ〟・サドラーは大声でどなった。「おれをただのうすのろだと思っているのか?」集まったマスコミは、待ち望んでいたコメントを得た。

18

「検察側には、願ってもない証人になるだろうな」パーキンズ・ベイカー・ピンカス&レスターヴィック法律事務所にもどるために歩きだしたとき、クリストファー・P・ホロウェイはいった。だが、その声と大またの歩調から彼が答を求めていないことは明らかだった。別の場合だったら、この沈黙がなにを意味するか不安になったかもしれない。だが、この日はそんな気分にはならなかった。もう、金は銀行に預けてある。空は晴れていた。こんな日に悪いことが起きるだろうか?

ホロウェイのオフィスの外では、秘書が近視の眼を細めてコンピューターのモニターを見つめていた。彼女に近づくと、ホロウェイは声をかけた。「デライラ、ミスター・

サムスンと一緒にわたしがもどってきた、とカールにつたえてくれないか」

　デライラは眼を細めてわたしを見あげた。「わかりました」

　ホロウェイに従ってオフィスにはいり、椅子に腰をおろすと、わたしはいった。「まず、これまでに調べたリストにあったバーについて報告しましょうか？　それとも、それを省略して、調査の過程で生まれた疑問についてお話ししましょうか？」

「どちらも必要はない」彼は椅子をまわして窓に向けた。そして、ブラインドにふれた。

「では、三目並べ《チック・タック・トー》のゲームでもしていては？」

「主任弁護人がくるのを待とう。この会合を招集したのは彼だ」

「それがさっき名前の出たカールですか？」

　ホロウェイはわたしをふりかえった。「彼のことは知っているかね？　カール・ベントンのことは？」

「いいえ」このとき、わたしはその名前を思い出した。「最初に電話をいただいたとき、この事務所の共同経営者がわたしを指名したといいましたね？」

「ああ、それがカールだ」

「なぜわたしをえらんだのですか？」

　この絶好のチャンスをとらえたように、ホロウェイのオフィスのドアがひらいた。パイナップルのように黄色く長くのびた髪の男が、きびきびとした足どりでオフィスにはいってきた。やせた男で、パイナップルそっくりのもじゃもじゃの髪の下の頭は大きかった。彼は、横柄な口調でホロウェイにいった。「説明してくれたかね？」

「あなたが説明すると思ったのです。あなたの意志を正しくつたえるように」

　パイナップルのような頭の男はわたしに視線を向けた。「カール・ベントンだ。ロニー・ウィリガーの主任弁護人を務めている」わたしは手をさしのべ、自己紹介しようとしたが、彼はさえぎった。「きみのことは知っている」

　ホロウェイがいった。「記者会見に出席していたのだ、カール。記者たちは、情報提供者はだれなのかと執拗に追及していた」

「わたしのいったとおりになったな」

「そのあと、警察はカーロ・サドラーを裁判所の前の階段に立たせた」

「どんな男だった？」ホロウェイは説明しかけたが、ベントンはそれをさえぎり、わたしを指さした。「きみの説明が聞きたい」

「年齢は二十四歳、身長は五フィート十インチくらいで、〈ミルウォーキー・タヴァーン〉のバーテンダーとして働いています。証人となった場合を考えているなら、頭がいいとはいえず、気が短いようですから、法廷でも最初はきちんと対応できても、問題のタネになるでしょう」

ベントンはホロウェイに視線を向けた。「きみも同じ考えかね？」

だが、ホロウェイはわたしを見つめていた。「〈ミルウォーキー・タヴァーン〉については聞いていなかったな」

彼はわたしの言葉を注意深く聞いていた。わたしをテストするつもりかもしれない。だが、わたしにも彼らをテストすることはできる。

ベントンは笑みを浮かべて、わたしを見た。弁護士には、強圧的な態度をとるものが多い。だが、彼らが悪い人間だとはかぎらない。「どうだね、サムスン？」

「今まで、報奨金を請求した人間がだれか知らなかったというのですか？」

「きみは知っていたのかね？」

「ええ、警察の情報提供者から聞いていました」

「ジェラルド・ミラーだね？」

「別の人間です。ですから、昨夜サドラーを見るために〈ミルウォーキー・タヴァーン〉に行ったのです。もちろん、ウィリガーの弁護団のために働いていることは知らせていません」

「きみを過小評価することがないように、注意しなくてはならないな」

「かまいません。どう考えようと、ご自由に」

ベントンはホロウェイに視線を向けた。「記者会見では、警察は報奨金についてどういっていたのだね？」

「コール署長は、請求にまつわる問題について調査中だと言明しました」

「それは、逮捕の手続きの過失を認めたということではないのだろうな?」

「彼はその問題について説明することを避けました。だが、ヴェロニカ・メイトランドという名の歯の出たテレビ・レポーターのことはご存知でしょう?」

ベントンは眼を細めた。

「彼女は立ちあがって、ミラーが休職しているという噂は事実かと質問しました。コールは曖昧にこたえただけで、肯定も否定もしませんでした」

ベントンはわたしに視線を転じた。「サムスン、きみの考えは?」

「なんのことでしょう?」

「ミラーは休職しているのかね?」

「コール署長は、彼はデスクにいるといいました」

「わたしが聞いているのは、コール署長のいったことではない。ミラーは休職処分を受けたのか、と聞いているのだ」

現在のミラーの仕事はデスクワークだけになっている、とプロフィットはいった。それは、〝休職処分〟を意味するのだろうか? クリントンはあの娘と性的関係をもったのだろうか? 少し考えてから、わたしは決断した。「あなたとミスター・ホロウェイ以上のことは知りません」

「警察の情報源からサドラーの名前を聞きだしたのに、旧友の現状についてはなにも聞かなかったというのか?」ベントンはたずねた。

「ミラーの身になにか起きたとは考えていなかったからです」

「信じられんな」

宣誓下で嘘をついた証人になったような気がした。「もちろん、それはあなたが判断することです」

「わたしを過小評価することがないようにしてほしい」

「努力します」すでに、彼はわたしの弱点をつかまえていた。

「ミラーは、きみの古くからの友人だね?」

このパイナップルのような頭の男からミラーとの関係を追及されることに、わたしはうんざりしていた。「もちろん、スージーは別ですが。スージーとは、よく砂場で裸で遊んだものです」

「この数年、きびしい状況だったようだな。免許が停止されているあいだのことだが。つらかっただろうな」

「なんとかしのいできました」

「だが、親友のミラー警部の助けはなかった。免許が停止されたのは、ミラーが決めたことだった」少し間をおいてから、彼はいった。「それについて、なにかいうことは？」

「それは質問ですか？」

「質問してほしいのか？　わかった、質問しよう。なぜわれわれがきみに仕事を依頼したと思う？」

「わたしが、正直で、分別があり、信頼がおけ、有能な私立探偵だからでしょう」

「きみを雇ったのは、ミラーの友人だからだ」

「どういうことでしょう？」

「だれかがロニー・ウィリガーを罠にかけた。それがわれわれの彼に対する弁護方針だ。捜査と逮捕の責任者以上に、その条件に合うものがいるかね？」

「ジェリー・ミラーがウィリガーをトランク詰め殺人の犯人に仕立てあげたことを証明するために、わたしを雇ったというのですね？」

「そうなればいいが」ベントンはこたえた。

「ミラーは、そんなことをするような人間ではありません」

「それなら、もっと些細な事実でもいい。だが、誤解しないでくれ、サムスン。きみの仕事、フルタイムで高額の報酬を支払われている仕事は、ミラーについて調査することだ。彼の弱点すべてを、詳細に調べてくれ。ペーパークリップを盗んで、家にもちかえってはいないか？　妻を裏切ってはいないか？　子どもをいい職につけ、あるいはいい学校にいれるために、多額の金を競馬につぎこんではいないか？　法廷で彼の人格を攻撃するために、つかえる、すべての事実を集めてほしい。腕の見せ所だぞ、サムスン。突然満たされた食糧貯蔵庫のために、トウモロコシの代金を支払うときがきたのだ」

19

カール・ベントンと別れたときも、足どりは正常だった。右、左、そしてまた右。ただ、自分がどこに行こうとしているのかわかっていないだけだ。

あるいは、これからどうすればいいか。わたしの自尊心を回復してくれた大きな仕事……それは、旧友を地獄に追いやることだった。この男に含むところがあるからといっても、そんなことだけはしたくない。耐えがたいことだった。

気がついたときには、ヴァージニア街にいた。州間道路をまたぐ、無人の橋のまん中に立っていた。この橋は、ファウンテン・スクエアと市街をつなぐためにつくられたものだった。

この橋がなかったら……ダウンタウン付近のほかの多くの地域を一変させてしまった開発業者の手から、ファウンテン・スクエアを守ることはできただろうか？　それとも、この橋がなくても、この街のほかの近代的な地区から隔絶することによって、この一帯はさびれ、荒廃していただろうか？

ひとつの地域が隔絶しながら、生きのびることはできるだろうか？

そして、友情も？

わたしは橋をわたった。母のランチョネットの向かい側に立っていた。

幼いころ、電車を引くラバのように、何度も橋をわたって市街とファウンテン・スクエアを行き来していたものだった。ファウンテン・スクエアの噴水はこのラバのためにつくられたものだった。ラバたちはここで休息をとり、水をのんでから、重い電車をひいてダウンタウンにもどる。自分たちの生涯を考えたこともあっただろう。餌と寝場所の代償としてのこの果てしない重労働のことを。

ヴァージニア街の突きあたりには、水の流れる噴水孔のついた開拓者一家の真鍮の像が立っている。歴史を知らないものは、昔からずっとここにあったと思うかもしれない。実際には、この噴水は交通の渋滞を避けるために、しばらくガーフィールド公園に移されていた。そして一九六九年に、わたしの母を含めた反対運動によって、もとの場所に復元された。

一度中断された友情が、復元されることはあるだろうか？

わたしは噴水のところまで歩いていった。海のようにあふれる車のなかの小島にすわって、人生を考えてみるつもりだった。そして、わたしの仕事のことを。

だが、そこに腰をおろすことはなかった。噴水に近づいたとき、モニュメント・サークルのライオンの下にすわったときのことを思い出した。ダウンタウンの駐車場に車を駐めたままだった。

噴水の前に出た。ここからひきかえし、ダウンタウンにもどらなくてはならない。しばらく、そこで休息をとった。体を休め、水をのんだ。

この附近にできた新しいカフェのなかで、〈ロザンヌ〉はわたしのいちばん好きな店のひとつである。幅は狭く、奥行きが広く、入口の近くは明るく、奥は暗かった。一方の側にはスツールのならんだカウンターがあって、その向かい側には椅子とテーブルがならんでいた——ほとんどの椅子にはクッションがついていた。この店が好きなのは、そのときの気分しだいで席をえらべるからだった。

この日の気分に従って、暗い隅にある書棚のそばの古ぼけたソファにすわり、ラージサイズの甘いコーヒーを注文した。

「友人のことを調査するのが恐いのか？　どうなんだ？」ホロウェイのオフィスで、ベントンはそう質問した。

わたしはなにを恐れているのだろう？

「ひょっとしたら、ミラーが殺人を犯したのかもしれないと考えているのか？」

もちろん、そんなことは考えてもいない。わたしはそうこたえた。

「あるいは、彼が報奨金の分け前を受けとろうとしたと考えているのかもしれない」ホロウェイに視線を向け、ベントンはいった。「サムスンはだれよりもよくミラーを知っているし、真実を知るのを恐れているのかもしれない。ここで、戦略を考えなおすべきかもしれんな。ミラー警部に的を絞るべきだろうか」

もちろん、調査の結果なにが出てくるのか、そんなことを恐れてはいない。ミラーはそんな人間ではない、とわたしはこたえた。

「では、なにが問題なんだ？」パイナップルそっくりの髪の下の、ベントンのきびしい眼がわたしを見つめた。

ただ……友人の弱みを探るのは正しいこととは思えない。

「彼には非はないだろう。すべて思いどおりにはならないものだ」また、ベントンはホロウェイに視線を向けた。「サムスンが本当にこの仕事にふさわしい人間かどうか、疑問になってきた」

「彼は、サドラーが〈ミルウォーキー・タヴァーン〉で働いているのを知っていました」ホロウェイがいった。「ミラーから聞いたのかもしれません」

その情報を得たのは別の人間からだ、とわたしはいった。「ミラーについての調査をつづけさせるとしてだが。われわれが知るべきすべての事実を探りだせるだろうか？」ベントンはいった。

「それに、探りだした事実すべてを告げるでしょうか？」ホロウェイがいった。

すべてを知らせる。約束する。神に誓って。わたしはそういった。

親友について調査することに同意しただけでなく、その仕事をしたいと懇願し、パーキンズ・ベイカー・ピンカス&レスターヴィック法律事務所のオフィスを出た。

なぜだろう？

調査を担当する立場にいることで、ミラーを助けられると思ったからだろうか？　ほかの人間に仕事を譲りたくなかったからか？

免許を奪われたことに対する返報だろうか？　彼がなにか誤ったことをしていたら、それを見とどけたかったからだろうか？

すでに銀行の口座にはいっている多額の着手料を返したくなかったからだろうか？

それとも、そのすべてのためか？

「気分でも悪いの？」コーヒーのおかわりをもってきたロザンヌがたずねた。

「大丈夫だ。いや、あまりよくない。ああいや、心配はいらない。すまん、少し気分がよくないようだ」

「どんな状態かわかるわ」彼女はいった。「でも、本当は自分で感じているほどひどくはないものよ。断言するわ」

「でも、思っているとおり悪いってこともないだろうか？　そうでなかったら、深く悩む人間なんかだれもいないだろう」

彼女は少し考えた。あるいは、これ以上相手をしてはいられないと思ったのか？　そのどちらなのかわからなかった。

ロザンヌはいった。「オーブンにスコーンがはいっているの。できあがったら、もってくるわ。温かいうちに食べると、とってもおいしいのよ」

きみはわたしの気持ちがわかっているようだ。コーヒーポットをもった彼女を見送ると、泣きだしたい気持ちになった。

20

サムは、〈バッドのダッグアウト〉のレジに立っていた。

「お帰りなさい、パパ」

「やあ、サム。ピンボール・マシンをやりたいんだが、小銭はあるかい」

硬貨をとりだしながら、サムはいった。「パパ、なにか悪いことでもあったの？」

「いや、大丈夫だ」

「元気がなさそうよ」

「そうかな」

「だって、その顔……ひどく暗いわ」

「いろいろと悩みがあるんだよ、サム」

同時に、ふたりの客が別のテーブルから立ちあがり、金を払おうとした。そのうちひとりの小切手を受けとりながら、サムはいった。「また、ジェリーおじさんから電話があったわ」

「ジェリーから？」

「オフィスに電話したけどいないので、ピンボールでもしているのかと思ってここにかけてきたといっていたわ。一時間ほど前よ」

ジェリーから電話があった……「そうか」

「ああ、今でも」

「あのひとのこと、心配していたんでしょ？」

「心配しているようには見えないけど」

「今日は、気持ちが顔に出ないだけだ。帰ってくるのが遅かったせいだろう。聞かれる前にいっておくけど、メアリーと一緒だった」

「知ってるわ」

「なぜだ？」

「彼女に電話したからよ」

盤面を走りまわる銀色のボールに精神を集中した。最初は調子が出なかったが、フリッパーを操作し、ボールがめまぐるしく動きまわるのを見守るうちに、現実の世界を忘れることができた。

だが、娘に女性との関係を監視され、あたえられた仕事が親友の足をひっぱり、空いた時間に教会を監視する。これが本当に現実の世界なのだろうか？

ゲームが終わりになりかけたところで、最後のボールでリプレイを勝ちとることができた。ありえないことが起きた！

出てきたボールを集めようとしたとき、母がランチョネットにはいってきた。ふたりの友人が一緒で、ほかの客を驚かせるほど大声で笑っていなかったら、気がつかなかっただろう。老いたふたりの男女が一緒だったが、ふたりとも見覚えがない顔だった。女のほうは黒いビニールのバッグをもっていた。彼らはわたしの前を通って、母の住んでいる部屋へと歩いていった。

母がわたしの前まできたとき、わたしは声をかけた。

「なにがそんなにおかしいんだい？」

「赤のペンキを積んだ船が、青のペンキを積んだ船と衝突したというの。船員たちはみな、えび茶色になってしまったんだって」

女の連れはまた笑いがぶりかえし、ビニールのバッグが破けそうになるほど体を揺すって笑いだした。彼らは母の部屋にはいっていった。

ピンボール・マシンのところにもどった。まるで、ピンボールの名人になったような気分だった。わたしはリプレイを勝ちとった。続いて、もう一度。金を追加せずに、三十五分ほどプレイし、眼を閉じてもプレイできるようになったところでやめることにした。そろそろ、二階にもどらなくてはならない。

郵便受けには手紙の束がはいっていて、留守番電話は腹を立てた吃音者のようにせわしげに点滅していた。手紙のいちばん上にのっているマニラ封筒は茶色だったので、先に伝言を聞くことにした。

最初の伝言はミラーからだった。彼が電話してきたのは、IPDでの記者会見のために出かけたすぐあとだった。

「連絡が遅れてすまなかったが、ヘレンと話したんだから、どんなひどい状況かわかるはずだ」

わたしは知っている。だが、彼にはわかっているだろうか？

彼は携帯電話の番号をのこしていた。

つぎの伝言はジミー・ウィルスンのものだった。「まだ、ネオンを直していないようだな。あのままにしておくのは損失だぞ。信じられないなら、お母さんに聞いてみればいい。彼女にいわれれば、納得できるはずだ。わたしからも、よろしくとつたえてくれ。きみの力になるために努力していることも」

伝言とはいえないような伝言もあった。その相手はすぐには電話を切らなかった……だれだろう？

つづいて、メアリーからの伝言があった。「ネオンのことで話したいの。それとも、文字をどうするか、サムに聞いてはどうかしら？」

おりかえし、メアリーに電話をかけた。「サムに決めさせるといったな？　よしたほうがいいだろう――

「では、どうするの？　〝あなたって決断が遅いのね、サムスン〟？」

今夜は、七時に会うと約束していた。それまでに考えておこうといった。

「でも、またタイヤがパンクしたというつもりなら、よしたほうがいいわよ」

そうだ。パンクしたタイヤを直さなくては。わたしは、紙にメモした。そして、手紙を調べることにした。

茶色の封筒をいちばん下におくと、その下にはあなたの人生を大きく変えるというダイレクト・メールがあった。負債をすべて当社にまとめれば、無料でナイロンのバッグをプレゼントするという内容だった。

この頻繁に舞いこむダイレクト・メールには、切手を貼った封筒がはいっていた。ゴミ箱のなかの紙くずをそのなかにいれた。向こうがこんなことをするなら、こっちもやりかえしてやろう。これを送りかえしても、金を支払うのはダイレクト・メール業者だ。

電話のベルが鳴った。メアリーからだろう。「やあ、ダーリン」

「最近の『探偵学入門』では、そうこたえることになっているのか？」

ミラーだった。なんといえばいいのか、言葉が出てこなかった。

「アル？」

「なんといえばいいのかわからないんだ、ジェリー」

「じゃあ、こっちがいおう。仕事にもどることができたのを喜んでいる。本当だ。あれは個人的な気持ちとは無関係だった。わかってくれるはずだ」

「ああ、たぶん」もちろん、ジェリーのいうことはわかっていた。「いや、もちろんよくわかっている」

「アデルのことを聞いて、残念に思っている。アデルがおまえと別れることはないと思っていた。なにがあったんだ？」

「ソーシャルワーカーについて、こんな話を知ってるか？　殴られて、血を流して歩道に倒れている男を見つけたとしよう。ソーシャルワーカーはこういうんだ。〝こんなことをするひとは、きっと助けを求めているはずよ〟」

ミラーは笑いだした。その笑い声は少し高すぎるようだった。

わたしはいった。「正直にいうと、そのころのことはまったく覚えていないんだ。逮捕記録のコピーを請求したほうがいいかもしれない」

ミラーは沈黙していた。

本気で逮捕記録がほしいといっていると考えたのかもしれない。「おい、これはジョークだぞ、ジェリー」

「わかった」彼はいった。「おまえから、アデルとホーマー・プロフィットのことを聞いたかな？」

「ふたりが結婚したことは話した。ありえないような組合せだろう？」

彼は咳ばらいした。「おい、ヘレンから聞いたが、おれのために時間を割いて、家にきてくれたようだな。そうだろう？　おまえに助けてもらうことになりそうだ」

ああ、なんてことだ。

「金は払う。つまり、おまえを雇いたいってことだ」

「無理だな。もう、仕事を頼まれているんだ」

「昨日から仕事をはじめたのに？」

彼の声には切実な響きが混じっていた。「なあ、ジェリー、会って話すほうがいい。おまえは……署にいるのか？」

「コールに、家に帰れといわれた。休暇をとれというんだ。この非公式の休職処分は、おれの責任だというんだぞ。信じられるか？」

腕時計をのぞくと、時刻は三時三十七分だった。「どこかで会おう。バーがいいな。好きなところをいってくれ」

彼は、考えるように少し沈黙した。「〈ミルウォーキー〉はよしてくれ」といいかけたとき、彼はいった。「〈ワーキング・マンズ・フレンド〉は知ってるか？」

「ああ。五時にしよう」ダウンタウンまで車をとりにいって、彼になんというか決めるまで一時間以上ある。

21

〈ワーキング・マンズ・フレンド〉は、ホウヴィル地区の、西ミシガン通りと西ワシントン通りのあいだのホルト街にあった。ホウヴィル地区には、のこされているベンジャミン・ホウの鋳鉄の作品は多くはなかったが、彼にちなんで名づけられたこの地域には、工場とヨーロッパ移民の家が混在している。ウィンデールとはまったくちがう街だ。それに、インディアナポリスの黒人街とも。

ミラーは知り合いと会うことを避けるためにこのバーをえらんだのだろうが、ここが独立した建物だという理由もあるだろう。駐車場に車をいれれば、尾行されているかどうか確かめることができる。ついてくる車は、止まるか、通りすぎるしかない。ほかに方法はない。

店は広く、フォーマイカのテーブルとキッチン用の椅子がならんでいる。バーにしては広く、明るく、ひとの耳を心配せずに話せるだけでなく、出入りする客を見ることができる。わたしは早めに店に着き、ビールを注文して、カウンターで待つことにした。

ほかには、客は三人しかいなかった。彼らはテレビの近くにすわり、流れている〈ESPN〉を無視してインディアナポリス・インディアンズの話をしていた――このマイナー・リーグの球団は、おそらく全米でももっとも成功しているチームだろう。新しく建設されたばかりのヴィクトリー・フィールドは、インディアナポリスの新しい名所のひとつとなっている。

だが、わたしは彼らの話を聞いてはいなかった。わたしはビール瓶を見つめ、そのなかにあるはずの答を見つけることに精神を集中した。そして、もう一本ビールを注文し、答を探した。ミラーがはいってきたのは五時十五分すぎで、ようやく気分がほぐれたころだった。

ドアからなかにはいったところで、彼は店のなかを見まわし、わたしと眼が合った。わたしははなれたテーブルに顎をしゃくり、ビールを二本注文し、それをもってテーブルにすわった。

ジェリーは少し白髪が増えていたが、体は大きく、たくましく、表情は穏やかだった。「ひさしぶりだな」そういって、彼は手をさしのべた。

長く途絶えたあとの再会を象徴するように、わたしたちの握手は心のこもったものだった。テーブルにすわって、ビールに口をつける前に、瓶をぶつけたときも。

「どうしてる?」わたしはたずねた。だがすぐに、眼のまわりが黒ずみ、パンダのような顔になっていることがわかった。「眠っていないようだな」

「よく眠れないんだ。だが、おまえは歳のわりには元気そうだな」

「贅肉もついていないし、体調もいい。元気いっぱいだ」

「もう、仕事がはいっているといったな?」

きびしい指摘だったが、ミラーの話を聞くあいだは依頼人のことは忘れることにした。「かなりの前金ももらったし、悪くない仕事だ」

「仕事が順調に進めばいいな、アル。電話でもいったように、あれはおれ個人の気持ちとは無関係だった」

「ああ、聞いたよ」

「おまえに助けてもらえるとうれしいんだが」

「ああ、おれにできることなら」

しばらく、わたしたちは黙りこみ、見つめあった。そのうちに、わたしは眼をそらし、ビールをのんだ。

ミラーがいった。「おれが攻撃されていることは、ヘレンから聞いただろう?」

「ジェリー、おまえの口から説明してくれ」

「わかった」彼は、ゆっくりと時間をかけてビールをのんだ。「おれの心から愛する勤務先IPDの連中はこう考えている——トランク詰め殺人のタカの知れた報奨金を目当てに——おれがこれまでの警官としての長い活動——おれの生涯を棒にふろうとしたというんだ」

「思いあたる節はあるのか?」

彼は笑いだした。「ああ。狙い目の馬があったんだ。だが、負けちまった」

「ふん」

「おれは、トランク詰め殺人の捜査を担当していた。それは知ってるな?」

「ああ」

「ある月曜日、〈クライム・ストッパーズ〉に電話がかかってきた。その男は、この事件に関する情報があるといった。そいつはロニー・ウィリガーの名をあげ、ウィリガーの寝室に有罪を立証する証拠のはいった金属の箱があるといった。電話に出た〈クライム・ストッパーズ〉担当者は、おれと直接話すかと聞いたが、相手は低い笑い声をあげて、こういった。〝ミラーか? よしたほうがよさそうだな〟担当者は、おれを知っているような口ぶりだったといっている。おれもそのやりとりを聞いた――この種の電話は、みな録音されているんだ。十数回聞いてみたが、たしかにおれを知っているような話し方だった」

「だれかわからないのか?」

「わからん」

「まちがいないのか?」

「おい、アル、おれはかぞえきれないほど、こんなことを体験してるんだぞ。その声に聞き覚えはない。だが、こいつがおれを知っているからといって、おれがこいつを知っているとはかぎらない」

「そうだな」

「それに、必ずしも直接会っているかどうかはわからない。向こうがおれを知っているだけかもしれない。たとえば、昔おれがこいつの親類を留置場に放りこんだというような。あるいは、新聞でおれのことを読んだのかもしれない。車を直した修理工場で働いていたのかもしれない」

「テープにのこっていたのは、カーロ・サドラーの声だったのか?」

「みんな、そういっている」彼は肩をすくめた。「おれも、そう思う」

「だが、カーロ・サドラーとは話をしたことがあるんだろう?」

「〈クライム・ストッパーズ〉はそういう仕組みになっていないんだ。電話があったあとは、組織のために活動している一般市民のボランティアが相手と会い、報奨金を支払うようになっている」

「おれの聞きたいのは、そんなことじゃない」

ミラーは眉をひそめて、わたしを見た。

「サドラーは、パートタイムで〈ミルウォーキー〉で働いている」

「ああ、そうだったな。それは聞いている」

「今でも、あの店にいっているのか？」

「ときどきだが。今年は、二、三度行ったくらいだ。だが、あいつのことは知らなかった」

わたしはいった。「つまり、〈クライム・ストッパーズ〉に電話がかかってきて、そいつはおまえを知っているか、おまえのことを聞いているようだったというんだな」

「おれにかけられた疑いは——もちろん、外部には秘密だが——サドラーに情報を知らせ、〈クライム・ストッパーズ〉に電話させ、報奨金を請求させたというんだ」

「名前と、証拠のはいった箱のことだな」

「そうだ」

「サドラーに提供する情報をおまえが知っている、と彼らが考えた理由は？」

「そのとき、もうすでにウィリガーの名前はあがっていた。おれはアトランタのクロスレファレンス専門会社に依頼して、それまでに集めた事件に関するデータを分析させた」

「クロスレファレンス会社？　プロファイラーみたいなものか？」

「それとはちがう——だが、プロファイラーにも仕事を依頼した」

「だが、事件を解決することはできなかったんだな」

「そうだ」ミラーの表情には、多くの人間が失敗した事件を解決した誇りと、それがこんなひどい結果をもたらしたことへの苛立ちがいり混じっているようだった。

「そのアトランタのクロスレファレンス会社は、どんなことをするんだ？」

「大規模なコンピューターをつかって、おれたちが集めたデータを分析して——捜査には何年もかかっているから、データは膨大な量だった——さまざまなパラメーターと照合するんだ」

「たとえば？」

「なかには、ごく当然のこともある。これまでに起きた性的事件、犯罪歴、そんなものだ。だが、彼らは関連する事実をすべて入力する。被害者の特徴。犯罪の発生した場所での駐車違反などの公的なデータ。日常的につかうルートとの重複を調べるための地図。それに、特定の日時にだれがどこにいたかが記録されたクレジット・カードといったさまざまなデータも——」

「好きな色、鼻をほじくるときどの指をつかうのかも、か。わかった。大がかりなクロス・チェックをするんだな。それで……？」

「五人の名があがった——実際には、全部で二百七十三人だったが、この五人がなかでももっとも可能性が高いということだった」

「その五人のなかに、ロニー・ウィリガーもはいっていたのか？」

「ああ、そうだ。宅配業者が報告書をもってきたのは金曜だった——午後四時ころだった」

「電話がはいった月曜の前の金曜日だな？」

「そうだ」

「なぜ、金曜日にその五人の自宅を捜索しなかったんだ？」

「名前がそのリストにあがったというだけでは、家宅捜索令状はとれない。特に、五人ともなると。その前に、報告書を読まなくてはならなかった。なぜその五人の可能性が高いのか、調べておく必要があった」

「では、報告書を読んだんだな？」

「月曜に電話を受けたあと、その夜ウィリガーの家を捜索したが、問題は、問題は週末のあいだ捜索が遅れたことだけではない。問題は、おれが報告書を家にもちかえって、読んだことだ」

「なぜそんなことをしたんだ？」

「報告書は八百ページ以上あるんだ、アル。家にもってかえったのは、金曜の夜と土曜、それに日曜日まで、どこにいるのか、なぜそこにいるのかジェイニーに説明し、出かけているあいだ十五分ごとに確認のための電話を受けるのがいやだったからだ」

「ヘレンから、ガールフレンドのことをジェイニーに知らせるために家にきた男がいたと聞いたんだが。ウェンディだったっけ?」

「ウェンディとは三年ほど前に別れた。ジェイニーが聞いたのはマーセラのことだ」

「そうか」

「マーセラの亭主――別れたのはかなり前で、元の亭主ともいえないいくらいだが――なにを血迷ったか、こいつがおれの家に押しかけてきた……」ミラーは両手を広げた。

「これまで警官として働いてきたなかでも、最大の事件を捜査しているときに。それに、おれには静かに考える場所が必要だった。家で大声でどなりあうような気分じゃない。逮捕されるようなことになってもいいと思うほど、おれはこいつに腹を立てていた」

この友人の無実についていだいていたほんのわずかの疑いが消えたのは、この言葉を聞いたときだった。


ミラーは首をふった。「最悪のタイミングだった。不運としかいいようがない」

レイプされ、殺害された女たちは、最悪の不運について別の考えをもっているだろう。だが、わたしはそれを指摘することを控えた。

「それだけじゃない。そのころ、ヘレンが大学から処分を受けて、家に帰されてきた」

「家に帰された?……なぜだ?」

「麻薬をつかっている連中と関わり合いになったんだ」彼の眼のまわりのくまがいっそう濃くなったように見えた。

「気が狂いそうだった。おれはあの子を愛している。子どもはみな同じだが、昔からヘレンは特別だった」

「〝関わり合った〟というのは、具体的には?」

「麻薬を服用し、所持しているときに、手入れを受けたんだ」

「麻薬の種類は?」

「〈ヴァイク〉だ」

「〈ヴァイク〉ってなんだ? コカインの新しい呼び名か?

はき古したスニーカーを煮詰めた液体みたいに聞こえるが」

「おい、アル、新しい麻薬についての知識くらい頭にいれておけよ。〈ヴァイク〉ってのは、アッパー系の鎮痛剤のことだ。正式な名は、ヴァイコディンだ。どこかで耳にしたことはないか？」

「ヘレンは告訴されたのか？」

「手入れをしたのは学内警察（大学敷地内におかれているが、管轄は大学の所在地にある）だった。〝相互了解〟にもとづいて、ヘレンは停学処分になった。カウンセラーの治療プログラムを終えて、学生部長の面接を受けて、麻薬依存から脱却したと判断されれば、秋には復学できることになった」彼は両手で眼を押さえた。

「ヘレンは、復活祭の日から家にもどっている」

「カウンセラーに会っているんだな？」

「そうだ。面接には欠かさず出席している。面接カードがあって、行くたびに女性のカウンセラーのやつが署名することになっている」

「その女が気にいらないような口ぶりだな」

「そいつの話はしたくない」中味がのこっているかどうか見るように、彼はビール瓶をのぞきこんだ。「なあ、アル、おまえが麻薬依存のカウンセラーだったら、相手の子どもになんという？　二度と麻薬に手を出してはいけません。麻薬は脳と肝臓と心臓と肺を冒し、習慣性をもつものですから、というようなことをいうんだろうな」

「妥当な意見のようだな」

「だが、おれの娘はまちがいなく刑務所入りするはずの連中とつきあっていた。こいつらは集まって、体験を話し合っていたんだ。ありとあらゆる麻薬についての知識をもっているだろう——天然のもの、人工的なもの、それに想像上にしか存在しないものについても。存在しない麻薬についての本も読んでいるかもしれない。麻薬の歴史も学んでいるだろう。それに、麻薬の未来についても。ヘレンは、麻薬についてくわしい知識も身につけているはずだ。体内から不法物質が排出されるまでどのくらいかかるか、短期的、もしくは長期的影響がどんなものか、どんな失調症をもたらすか、それがどのようにしてつくられ、精製されるのか教えてくれるだろう。阿片が温度の高い季節にケシの種皮から沁みだした液体からつくられるなんて、知っていたか？　おれは知らなかった。畜生、アル、頭がおかしくなりそうだ」

　ミラーは立ちあがり、カウンターのなかの男に手をふった。彼はビール瓶をもちあげ、わたしたちの好みの依存物質を二本注文した。

　わたしはいった。「ヘレンの態度はどうなんだ？」

「夕食のテーブルを立つときには、きちんと〝ごちそうさま〟という。麻薬のテストにも、すべてパスしている」

「よかったじゃないか」

「だが、子どもが帰ってくるときのためにおいてある車で、毎晩外出するようになった」

「どこに行くんだ？」

「知るもんか」

　わたしたちが見守るうちに、〈チビ〉と書いたTシャツを着た大柄な男がテーブルに近づいた。彼はテーブルに二本の瓶をおいた。「なにか食うか？　特別料理がある。子牛のソテーだ。それに……」

　ミラーがいった。「食い物はいらない」彼はバーテンダーに金をさしだし、もういいというように手をふった。彼はビールをのんだ。「大学にいるときに、ヘレンは借金をつくった」

「金額は？」

「聞かないほうがいい」

「いえよ、ジェリー。おまえが非難されている理由のひとつは、金に困っているってことなんだろう」

「カードの負債の総額は、一万七千ドルを少し超えるくらいだ」

「一万七千？　その〈ヴァイク〉ってやつはカードでも買えるのか？」

「いちばん大きな借金は、一万一千ドルで買った車だ」

「車を売れば、ある程度はとりもどせるだろう」

「買った数日後に、車は盗まれちまった」彼は深く息を吐きだした。「とにかく、ヘレンはそういっている。保険にははいっていなかった」

わたしが会ったときのヘレンは、そんなことを思わせるようなところはなかった。わたしは、ミラーにそういった。「今では、あのころとはすっかり変わってしまった。自分でもそういっている。カウンセラーの女も。毎週送られてくる請求書にも、そう書いてあった」

「その金はどうするつもりだ？」

「カウンセラーは、すべてを清算して、新たにやり直すべきだといっている」

「一万七千ドル払ってやるつもりか？」

彼は肩をすくめた。

「馬鹿なことをいっちまったな。ダイヤか油絵を売るだけのことだ」

「たしかに大きな問題だが、なんとかなるだろう」

このとき、わたしはようやく事態を理解した。「ほかに財政的な問題がなければだな？」

パンダのような顔で、ミラーは悲しげにうなずいた。

「厄介なことになったな」わたしはいった。

「なにもかも、ひどいことばかりだ」

「そうだな」

「もしこれが、濡れたクソじゃなくて、乾いたクソだったら……」

「そしてピーナッツがはいっていなければ、だろう」わたしはビールをもちあげた。「聞き飽きたセリフだな」

「そのとおりだ」

しばらく、沈黙がつづいた。

わたしはいった。「クロスレファレンス会社は、金曜日に五人の名前を知らせてきたんだったな」

「そうだ」

「なぜカーロ・サドラーが月曜日に電話できたんだろう？」

「週末のあいだに、おれ、いやもっと可能性が高いのは、おれが共謀したとされる人間が、名前のあがった連中を確認するために五人の家に忍びこんだということになっている」

「その週末に、ウィリガーの家にだれか侵入しているのか？」

「家宅捜索をしたとき、奥の入口の窓ガラスが割れていた。だれかがそこから手をいれて、錠を開けたように。だが、ウィリガーが自分でやることもできるからな」

「なぜそんなことをするんだ？」

「こいつは頭がどうかしていて、おれを地獄にひきずりこもうとしたんだろう」ミラーはいった。「裏口には、ガラスの破片が散らばっていた。だが、そんなものになんの意味がある？　尋問しているあいだ、あいつはだれかが忍びこんだなんて、一言もいわなかったんだぞ」

「尋問を受けているあいだ、なにかほかのことを考えていたのかもしれない」

「アル、だれかが忍びこんだのが、問題の週末だったことを証明するものはないんだ。彼は警察に電話してこの犯罪を通報してもいないし、保険会社に補償金を請求してもいない」

「法廷で、侵入事件はあったが、なにも盗まれたものはなかったといったら、弁護側は彼の話を情況的に補強するものだと主張するだろうな」

「だが、なんの証明にもならない」

これが情況証拠の問題点であることはわかっていた。わたしはいった。「家を捜索したとき、なにか見つかったのか？」

「電話で通報してきたように、寝室に金属の箱があった」

「中味は？」

「被害者のいわゆる〝記念品〟だ。運転免許証、組合員証、家族の写真、ロケット、それにティシューや口紅のような付属的なものだ。買ったばかりの花の種もあった」

「捜索では、ほかにウィリガーと事件を結びつけるようなものは見つかったのか？」

「それ以外のものについても、まだ鑑識作業が行なわれている」

「つまり、なにも見つかっていないというわけか」

「まだ、断言はできない」

「だが、ウィリガーの弁護側は、だれかが寝室に箱をおいたと主張するだろうな」

「あのうじ虫には、弁護の余地なんてあるもんか」

「おれのいっていることはわかるはずだ」

「この事件に関しては、ウィリガーは絶対に有罪だ。あいつに会えばわかる。眼を見るだけで、はっきりわかる」

「聞いときたいんだがな、ジェリー。〝眼を見ればわかる〟ってのが法的根拠になるのか？」

「とにかく、あいつの眼を見ればわかるんだ、アル。おれは長いあいだに、たくさんの人殺しを見てきた。あいつが犯人だ。まちがいない」

たしかに、ミラーはたくさんの殺人犯を見てきた。インディアナポリスのような大きな街では、毎年かなりの数の殺人が発生する。そのうちには、わたしが彼に通報して逮捕させたものもいる、だが、わたしがその決め手としたのは彼らの眼よりももっていたナイフや拳銃だった。だが、ロニー・ウィリガーに対するミラーの判断がまちがっているといえるものがいるだろうか？ 「おまえに向けられた非難について、説明してくれ。最初のキッカケはなんだったんだ？」

「知らん」

「どういうことだ？」

「あいつを逮捕したあと数週間は、おれは英雄だった。廊下を歩いていると、知らないやつらが、〝でかした、ミラー〟と声をかけてくる。広報課からは、学校でPR活動のための講演をしてくれといってきた。非公式にだが、つぎに異動があれば警視補に昇進するという話もあった」

「それから？」

「先週の月曜に出勤すると、だれもがおれから眼をそらした。おれが思いあがっていると考えて、思い知らせようとしているのかもしれないと思った」

「だが……？」

「副署長のオフィスに呼びだされた。ウィリガーの逮捕から、二十三日後だった」

「水曜日だな」

「午前十時二十分だった。副署長——デリントンってやつだが——こいつは署長にかわって、汚い仕事を処理している。本当ならおかしいと思って当然だったが、なにも考えずにオフィスにはいった。だが、そこにはデリントンと一緒にパルザック警視補がいた」

「パルザックってのは、おれの知っている男か？」

「ああ、たぶん。こいつはいつも署内を動きまわり、出世のチャンスを狙っている。現在、こいつは内部調査を担当する責任者の地位についている」

「そうか」

「パルザックは、〈内部告発委員会《ホイッスル・ブロワーズ》〉を通じて、おれに対する告発を受理したといった。それを聞いたとき、おれは笑いだした。パルザックは、これは笑いごとではないといった。だが、どう考えてもお笑いぐさだ。おれは、内部告発委員会をつくるのに協力したんだからな」

「それはどんなものなんだ……？」

「いわば、署内の〈クライム・ストッパーズ〉だ。経歴に傷をつける不安なしに、署内の警官がほかの警官の違法行為、あるいは不適当な行動について報告できるようにするためにつくられた」

「デリントンはなんといった？」

「おれのこれまでの業績は知っているし、この告発は根拠のないものだろうが、現在署長がおかれている立場では、可能なかぎり慎重に対処する必要があることを理解してほしい、といったセリフをならべたてた」

「ヘレンから、コール署長がおまえの家を訪ねたと聞いたが」

「ああ、きた」ミラーがこたえた。「今すぐ辞職すれば、全署をあげて支援するといった。畜生、あのロクデナシの偽善者め。あいつには、おれのクビを切る権限がある」

「ヘレンの話では、ジェイニーは受けいれたほうがいいという意見だということだったが」

「あんなにとり乱していなかったら、騒ぎたてて、おれを退職させていただろう」ミラーは携帯電話をとりだし、テーブルにおいた。「電話がかかってくるはずだ。どこにいるか確かめるために」

「今、どこにいると思っているんだ？」

「ここで、おまえと会っていることは知っている」

「それで？」

「だが、確認するために必ず電話をかけてくる」彼はビールをのんだ。「畜生、マーセラに会えればな」

「会っていないのか？」

「見つかったら、面倒なことになる。おれが尾行されていることは、ヘレンから聞いているだろう？」

　わたしはうなずいた。

「もちろん、マーセラとは話している。だが、公衆電話でしか話せない」彼は携帯電話をとりあげた。「これも盗聴されている。ひどいもんだろう？　マーセラとは会えない。職場の状況は最悪だ。家では、ジェイニーが待ちかまえている。畜生、気持ちのくつろぐ《ファッキング・リラックス》ときもない」

　くつろいでマーセラと寝る《リラックス・ファッキング》こともできない、というようないい方だった。

「マーセラ、これまで会ったうちでも最高の女だ。嘘じゃない、彼女とは特別の関係なんだ。素晴らしい女だ。それに心も優しい。マーセラと一緒にいると、本当に心が癒されるんだ」

　気の毒だが、彼女の別れた夫の場合はそうではなかったようだ。「マーセラは、この問題が解決するまで待ってくれるのか？」

「ああ、そういっている」

「疑うことはないのか？」

「疑う？　いや、疑うことはない。おれはただ、苛立ちと戦い、のんだくれているだけだ。まるで体のなかが蛆虫《うじむし》に食い荒らされているような気分だ。ときどき、こんなことが終わったあと、おれのなかに価値のあるものがのこっているだろうかと思うことがある。おまえに、こんな気持ちがわかるか？」

「今の話は、免許を失ったときのおれとそっくりだ」

　わたしたちは見つめあった。「おれを責めているのか、アル？　おれのしたことを？」

おい、それはもう過去の話だったはずだ。「もちろん、おれはおまえを恨んでいる。機会があったら、仕返しをしてやる」

　この言葉の底には、ちょっぴり真実が混じっていた。一瞬、彼が眼のなかの表情を読みとっただろうかと考えた。だが、彼のひとの眼を読む力は、殺人犯にだけつかわれるのだろう。彼は含み笑いした。

もしも彼がわたしの気持ちを知っていたら。

こんなことになるとわかっていたら？


それから、三十分ほど話をつづけた。彼は、リストにあがったほかの四人についての情報を知らせると約束した。問題の週末のあいだに、彼らの家にもだれかが侵入しているかもしれない。そこから、なにかがわかるかもしれない。警察が彼らのことを調べていないことは明らかだった。

「ウィリガーと例の箱が見つかってしまえば、ほかの人間なんて問題じゃないだろう」ミラーはいった。

彼は、クロスレファレンス会社の報告書を受けとったあとに起きたことを話してくれた。週末が終わっても、捜索令状を請求する準備はととのっていなかった。そして、〈クライム・ストッパーズ〉から電話がはいった。こうして、標的はウィリガーに絞られた。

「では、その電話は逮捕に大きな役割を果たしたんだな？」わたしはたずねた。

「逮捕が少しは早くなったかな」

「どのぐらいだ？」

「一日か二日。いや、もっとかもしれない」

「それなら、十一万ドルの価値はありそうだな」

「報奨金は、おれとは無関係なんだぞ、アル」

「それは聞いた」

「おれは、受けとった情報、それをどう処理したかを説明する書類をつくらなくてはならなかった。だが、それを除けば――報奨金を受けとるのはだれか、金額がいくらか、いつどこで支払われるのか――すべては警察の関知しないことだった」

「だが、内部告発委員会は警察内部の部署なんだろう？つまり、おまえを密告したのは警察のなかの人間だろう？」

「そうだな」

「では、その内部の人間は、〈クライム・ストッパーズ〉からどんな情報がはいったのか、いつ、だれがそれを通報したのか知ったのだろう？」

ミラーは首をふった。「わからん」

「告発の裏にだれがいるのか、調べてみなかったのか？」

「ほとんど調べていない」

「おまえが職を失って利益を得るものは？」

「考えていない」

「なぜだ？」

「おれにやましいことがないのはわかっている」その声は自信に満ちていた。「実際には、ほかに起きたことで頭が一杯で、なにも考えられなかったんだ」

「そんなひどい状況になったら、おれだってアルベルト・アインシュタインのようには頭が働かないだろうな」

「おれのためにやってもらえることがある。引き受けてくれれば、助かるんだが。ヘレンがなにをしているのか、調べてもらえないか？」

「ヘレンのこと？」

「あの子は、毎晩外出している。帰ってくるのも遅い。どこに行っているのかわからない。なにをしているのかもわからないんだ」

「聞いてみなかったのか？」

「もう、聞くのはやめた。なにを聞いても、あの子は石の壁みたいに黙りこんでいるだけだ。だが、車を調べてみると、六時半から深夜までのあいだに、十六マイルから七十八マイル走っている。おれは、あの子を追及したくない。家から飛びだすと考えるだけでもぞっとする。麻薬をやっていると、そんな状態になるものだろう？　心理的圧迫に耐えられなくなるんだろう？　だが、もしもあの子がなにをしているのかわかったら、ＩＰＤの問題に頭を集中できるかもしれない」

「調べてみて、悪い結果だったら？」

「どんなことだろうと、知らないよりはましだ」

少なくとも、こんなことなら、裏切りの意識に悩まされないで旧友のためにしてやれる。「できるかぎりやってみよう」

「やってくれるか。ありがとう。結果は約束しないってわけだな。おまえの気持ちはわかる」

「もう一本ビールをのむか？」

彼は腕時計をのぞいた。

「門限か？」

「夕食までには家に帰らなくてはならないんだが、その前にマーセラに電話したい。元気でやっているかどうか確かめるために、彼女の家によって、話をしてほしいんだが……おまえには、仕事があるんだったな……」彼は肩をすくめた。

「そうしてほしいなら、時間をつくる」

「よければ、マーセラにおまえの電話番号を知らせよう。なにか緊急の問題が起きたら、電話できるように」

「ああ、そうしてくれ。助けが必要なら、できるかぎりのことはする」

「ありがとう、アル」ドアの横には公衆電話があった。ミラーが立ちあがったとき、携帯電話が鳴った。彼は、なにかに嚙みつかれたようにびくりとした。「畜生！　いったとおりだろう？」

わたしは電話をとりあげた。「どうすればいいんだ？」

彼はまたたきし、ボタンを押した。受話器に向かって、わたしはいった。「もしもし？　私立探偵のアルバート・サムスンです」

電話の向こうでは、長い沈黙がつづいた。

「いいですか、奥さん、もう一度ワイセツ電話をかけたらどうするか、伝えたはずですよ。数分後には、警官がドアをノックするでしょう。さあ、これならどうだ、ジェリー？」


ミラーがマーセラに電話したあとで、わたしたちはバーを出た。駐車場では、握手も抱擁もしなかった。ゴルフのなかにすわって、携帯電話を耳にあててそっぽを向いている男のことを考えれば、握手だけで充分だろう。

ジェイニーとヘレンとともに幸せな家族を演じるために、ミラーはウィンデールに帰っていった。ヘレンがテーブルから立ちあがり、家を出ようとするとき、心のなかでする質問を考えるために。

彼は車の走行距離計を調べることができても、行き先を問いただすことはできない。これが家族というものか？

こうして、わたし――不適格な父親で、息子であり、友人でもあるわたしは――ヘレンの夜間の行動についてできるかぎりのことを調べることになった。もちろん、ヘレンに知られずに。彼女の父親についてひそかに調べる時間を、可能なかぎりつかって。

22

〈エルボウ・ルーム〉にはいると、メアリーは霜のついたグラスのステムをもってすわっていた。そのグラスには、今にも落ちそうな小さなパラソルがさしてあった。グラスの横には、もうひとつパラソルがあった。わたしは、彼女の横の椅子にすわった。「遅れたかな？　少し早めにきたつもりだったんだが」

「今夜は、もう酔っているの」

「なにかあったのか？」

「三晩つづけてあなたと会ってるのよ。ふたりともきちんと約束どおりにくるなんて」

灰色のスーツを着たやせたウェーターが、わたしの背後にやってきた。「この女性と同じものをもらおう」彼はテーブルにメニューをおき、新しい灰皿ととりかえ、去っていった。

「つづけて三晩」メアリーはいった。彼女はグラスに口をつけた。このとき、グラスにストローがついていることに気づいた。

「限度を超えたというのか？　それとも、素晴らしい記録なのかな？」

「大人のセリフじゃないわね。いい歳の大人は、そんな馬鹿げたことはいわないものよ」

「そうかな？」

「年齢のせいでそんな馬鹿げたことをいうのかもしれないけど、わたしはまだ若くて、女盛りなのよ。もっと、落ちついた態度をとらなくては。あなた、お酒はのまないの？」

「今、注文しただろう」

「ねえ、わたしはまだ、ネオンサイン業者以外の職業につくことだってできるはずよ」

「それに、オペラ歌手にも」

「ああ、三夜連続なんて」メアリーの頭がさがり、テーブルにぶつかりそうになった。グラスにはいっていたパラソルが髪にひっかかった。

「三という数字にはなにか意味があるのか？　それとも、〝つづけて〟というほうが問題なのかな？」

「そうね」

「というと？」

「うまくいえないわ。アルバート？」

「なんだい？」

「なぜわたしと同じ飲み物を注文したの？」

「もう一杯のみたくなっても、三杯目を注文するのを見られなくてすむからさ。なにも知らないほかの客に、大酒飲みと思われないように」

「あなたは優しいひとね、アルバート」

「こんな性格に生まれついたんだ」

「本当にいいひとだわ。でも、名前は最悪ね。〝アルバート〟なんて。一体、どこの名前なの？」

「トランシルヴァニアだ」

「本当？」

しばらく、沈黙がつづいた。わたしは、メアリーの髪にひっかかったパラソルをとった。「今日の仕事はどうだったんだい？」

「チューブを曲げる装置《チューブ・ベンダー》の調子がおかしくなってしまったの」

「それは、男、女、それとも機械のことかい」

「機械よ。二種類あるの。故障したのは、縦に曲げるほうよ。とにかく、これは機械の名前よ」

「そうか」

「横に曲げるほうは問題はないの。順調に働いているわ」

「よかったね」

「でも、縦に曲げるほうの機械のノズルの調子が悪いの。かなりひどいのよ。チューブに熱をくわえて曲げようとしても、均等に曲がらないの。そうなったらどんなことになるか、わかる？」

「いいことはないだろうな」

「最悪よ。チューブを均等に曲げることができなくて、ネオンサインなんてつくれると思う？」

「できても、かなりむずかしいだろうな」

「これじゃ、仕事なんてやっていけないわ」

「でも、たまにはそんなこともあるんだろう」

「そうね」

「では、なんとか直さなくてはならないな。それとも、専門業者に頼むか」

「でも、なかでもいちばん悪いことがなにかわかる？」

「というと？」

「直そうとして、専門業者に電話して、修理を頼んでいるとき、そのあいだに考えていたの……どんなことだったか、わかる？」

「教えてくれ」

「今夜あなたと会うことを考えていたの」

「それは悪いことなのかい？」

「いいえ、そんなことはないわ。いいことよ。とてもいい気分だったもの。暗いトンネルの先に明かりが見えたような気持ち」

「だが、この場合はネオンの明かりじゃなかったというわけか」

「ねえ、わたしたちは三晩つづけて会っているのよ」

「きみの見方からすれば、三度明かりが見えたことになる」

「ああ、最悪だわ」

「そうかな？　わたしには、悪いこととは思えない。むしろ、いいことに思えるんだが」

「いいことじゃないわ」

「なぜだい？」

「わたしがそれを喜んでいいいるからよ。わたしたちのあいだが、うまくいきすぎているからよ。わたしはあなたと会うのを楽しんでいる。だから……」

「だから？」

「光の向こうにあるはずの暗いトンネルが、ますます恐くなるの」

わたしの注文した飲み物がはこばれた。ウェーターがメアリーの空のグラスに手をのばし、わたしはグラスのなかのストローをとった。「ふたりで分けあえば、のむ量も半分になる」わたしはいった。

メアリーは笑い声をあげた。悲しい女がますます悲しくなるように、酔いがまわると、この心優しい女の魅力は増した。

おい、アルバート、もうよせ——いい歳の大人で悲しみをかかえていないものはいない。だが、メアリーのような心の優しさをそなえた人間は、この世界では稀な存在だ。

「今夜はお酒だけで、食事はとらないのか？」わたしはたずねた。

「酔いを醒ませたいの？」

「じゃあ、わたしが食べるのを見て、あとで決めればいい」

「食べたいわ」メアリーはいった。「ひとりで食事をとるようになるのは、危険な徴候でしょう？」

シーザー・サラダ、オニオン・リングを浮かせたアイリッシュ・シチュー、それにチーズケーキを食べ終えないうちに、メアリーの酔いは醒め、いつもの彼女にもどっていた。「あなたの一日はどうだった？」メアリーはたずねた。

　この問いには、慎重にこたえることにした。わたしはIPDの問題を避け、ミラーからヘレンの尾行を依頼されたことを話した。

「あなたを知っている相手を尾行して、気づかれないようにするというのね。そうでしょう？」

「ああ、そうだ」

「その子、まさか眼が悪いんじゃないわね？」

「運がよければ、行くのはひとのたくさんいるようなところで、気づかれないかもしれない」

「その子は何歳？　二十歳くらい？」

「そのぐらいだ」

「あなたがどこに行くとしても、サンタクロースの衣裳を着てバルミツヴァ（ユダヤ教の成人式）に出るくらい目立つわ」

「それは、わたしの身を隠す能力が信頼できないということかい？」

「麻薬で頭が朦朧としていれば、気づかれないかもしれないけど」

「ヘレンは麻薬の検査をパスしている」

「それには、アルコールも含まれているの？」

「とにかく、明るい要素を考えてみよう。きみと毎晩会っていれば、この仕事をする余裕はないかもしれない」

「サムがいいわ」

「どういうことだ？」

「サムはあなたの友だちの娘さんよりも年上だけど、あなたよりはずっと人眼につかないわ。前にも、仕事を手伝ったことがあるはずだし」

　はるか昔に、数カ月この街に滞在したときのことだが。

「ああ、そんなこともあった……」

「彼女に聞いてみるといいわ」メアリーはいった。「頼まれたら、きっと喜ぶわ」

「そう思うかい？」

「ええ」

「わかった。話してみよう」

「今、電話したら？」

「月曜の夜は、どこにいるかわからない」

メアリーはバッグから携帯電話をとりだした。「サムももっているんでしょう?」

「メアリー?」電話に出たサムがいった。

「いや、わたしだ」

「でも、メアリーの電話からかけているでしょ。ディスプレイに番号が出ているもの」

「ディスプレイ?」

「もっている電話を見てよ、パパ。小さなスクリーンがあるでしょ。電話を受けると、相手の番号が表示されるのよ」

わたしはスクリーンを見た。「うまい仕掛けだな」

手のなかから、サムのかすかな声が聞こえてきた。「電話を耳に当てて。よく聞こえないわ」

「わかった。おまえの将来の希望はわからないが、探偵の仕事に興味はないかと思ったんだが」

「わたしが? でも、このランチョネットで働いているのよ」

「この仕事は夜で、時間の余裕がないんだ」

「それに、人眼につきやすいという問題もあるし」メアリーが口をはさんだ。

「シッ。煙草でも喫ってこい」

「その話の前に、今どこにいるか話したほうがいいと思うわ」サムがいった。

「おまえにいったんじゃないんだ」

「ええ、わかったわ」

「今、どこにいるんだ?」

「あなたのオフィスで、コンピューターをつかっているの。ママが見つかったようだわ」

23

「ケンタッキーにいることはまちがいないわ」メアリーとわたしがオフィスにもどると、サムはいった。「あなたと話したあと、はっきり確認できたの」

「ケンタッキーなんかで、なにをしてるんだ？」わたしはたずねた。

「わからないわ」

「つまり、ケンタッキーで……？　おまえの母親が一体……？」

「くわしく調べたわけじゃないけど、ヨーロッパではなんの手がかりもなかったの。だから、提督の姓をつかっていると仮定して、アメリカのサイトを検索してみたの。運よく、グーチェレイス・モーラティンという名は多くはなくて、ママのファーストネームの女性はもっと少なかったわ。でも、たくさんのゴールド・カードをもっていて、ロンドンに銀行口座があるの。地図サイトから見たかぎりでは、住所はママの好きそうなレキシントンの瀟洒な郊外の住宅地域だったわ」

「電話番号はわかったの？」メアリーがたずねた。

「ええ」

「電話するつもり？」

「そうね……どうかしら」サムはいった。「その前に、四カ月も前からこんな近くにいるのに、なぜ連絡してこないか考えてみるわ」

「なぜお母さんがレキシントンにいるのか、思いあたることはないの？」

「ケンタッキー海軍の提督を追いかけているのかもしれない」わたしは口をはさんだ。

「あなたは黙っていて、アルバート」メアリーが制止した。「捨てられた夫じゃなくて、父親らしく対応して」

「でも、パパのいうことは正しいかもしれないわ」サムがいった。「ママは頭が良くて、物事を処理するのは有能だけど、男が中心にいない暮らしをしたことはないから」サムはわたしに話しかけ、母親の問題を打ち切った。「それで、さっきいっていた仕事ってどんなことなの？」

わたしは、大学から家にもどったヘレンについて、ミラーから聞いたことを考えてみた。夜娘が外出する理由がわからなかったら、父親はどんなに心配するだろう？

「ジェリーおじさんが会いたいといっていたのは、ヘレンのことを話すためなの？」サムはたずねた。「警察から休職処分を受けたことじゃなくて？」

「休職処分？」

「今夜のニュースでいっていたわ。名前は知らないけど、政治家と結婚したことがあるレポーターがいるでしょ？情報源から、ジェリーおじさんが休職処分を受けたと聞いたって」

「わたしの聞いているかぎりでは、公式な休職ではないということだった」

「理由は、トランク詰め殺人の巨額の報奨金のことなんでしょう？」

「警察はその一部を手にいれようとしたといっているが、彼はそんなことはしていない」

「あの女性レポーターは、警察の内部調査が行なわれているといっていたわ」

「そのとおりだ」わたしはこたえた。

「それとヘレンのことと、どんな関係があるの？」

「ヘレンのことが心配で、この非難に精神を集中することができないんだ」

「毎晩外出するの？」

「そうらしい」

「ほかにわかっていることは？　もっているお金が多すぎるとか？」

「それとも、少なすぎるか？」メアリーがいった。

「ジェリーは、金のことはなにもいわなかった」わたしはこたえた。「だが、いい質問だ」

「すべてを調べあげるには、かなり時間がかかりそうね」サムがいった。「特に、わたしが調べていることを気づかれないようにするなら」

「そのとおりだ。おそらく、そうなるだろう」

「でも」メアリーがいった。「お金はちゃんと払ってもらえるのよ。充分な報酬よ。そうでしょ、アルバート？　それに、必要な経費も。ヘレンがクラブに行ってお酒をのんだり、サムがひとにお金をつかませることにもなるんだから。ただし、九ヤード以内には近づかないようにして」

このとき、わたしの寝室と母の部屋のあいだのドアをノックする音が聞こえた。「わたしなら、八ヤード以上は一インチだって近づかないな」わたしは立ちあがった。「この条件でいいな？」

「いいわ」

また、ノックする音がくりかえされた。わたしはサムとメアリーのそばをはなれて、ドアを開けた。ドアを開けると、ママが立っていた。

「あら」母はいった。「いたのね」

「ほかのだれがこのドアを開けるのか、聞いてもいいかな？」

「わたし……サムがここにいるといっていたから」

「いるよ」

「サムと話したいことがあるの、アルバート」

「なにか悪いことかい？」

サムとメアリーが背後にあらわれた。サムがいった。

「なにかあったの、お祖母ちゃま？　コンピューターのこと？」

「いいえ、ちがうの」母はメアリーに眼を向けた。「この若い女性はおまえの友だちかい、サム？」

サムがいった。「メアリー、お祖母ちゃまよ。お祖母ちゃま、このひとはメアリー。パパの新しいガールフレンドなの」

「ありがとう」メアリーはいった。「はじめまして、ミセス・サムスン」

「はじめまして、メアリー。ところで、サム、今忙しくなければ、話があるんだけど？」

「ボリスとフォンテーンのこと？」

母はうなずいてから、廊下にもどった。

わたしはいった。「きみも秘密は守れるな？」

メアリーはこたえた。「わたしの前では、話したくないかもしれないわ、アルバート。わたしは、奥の部屋にいるわ」

だが、わたしはメアリーだけをひとりにするつもりはなかった。わたしのガールフレンドなのだから、彼女には知る権利がある。これは、彼女が望むかどうかとは別の話だ。わたしは、母と娘にいった。「これから、あんたたちはどうするんだい？」

母がこたえた。「少し前に、サムと話したことなの。それだけ。おまえまで巻きこむつもりはないわ」

母はわたしをのこして行きたいようだったが、わたしにはそんな気はなかった。だから、わたしはひきさがらなかった。わたしたちが無言のまま立ちつくしているうちに、サムがいった。「お祖母ちゃま？」

母は腕時計をのぞいた。「ボリスのことだよ、アルバート。電話に出ないの。フォンテーンが三、四回電話したけど応答がないので、心配しているの」

「どうするつもりだい？」

「フォンテーンのところに行くつもりだけど、これがどういうことか……」

「なにかわたしにできることは？」サムがたずねた。

「おまえが忙しくなければ、できれば……一緒にきてくれるかい、サム？」母はゆったりしたシャツの下から、ベルトにはさんだリボルヴァーをとりだした。「これをつかわなければならないときは、すぐには携帯電話で警察に通報する余裕がないときだけだよ」

24

即座に、サムは祖母の申し出を受けいれた。わたしがどういうことなのかと考えているうちに、サムと母はメアリーとわたしの前を通って去っていった。数歩あとを追いかけたが、母は外に通じるドアのところでふりかえった。

「おまえはくることはないよ、アルバート。おまえが銃をもつことを認めないのはわかっているし、お客さんもいるだろう」

「母さん、これは一体どういうことなんだ?」

「友人から救いを求められたんだよ」

ドアが閉まった。

「きみはここにいてくれ」わたしはメアリーにいった。「携帯電話を貸してくれ。くわしいことがわかったら、ここに連絡する」

「わたしがここにのこると思っているのなら、頭がどうかしているわ」メアリーはいった。「このボリスとフォンテーンが何者なのか、教えてちょうだい」

「見当もつかない」

ポーチに出ると、母とサムは階段を降りて、歩道に出たところだった。左手には〈アルバート……ゲイター〉というネオンの文字が赤い光を放っていた。

本物のアルバート・ゲイターは、歯が抜けたような思いを味わっているにちがいない。「メアリー?」

メアリーはわたしの腕をとり、わたしたちはポーチの前の階段を降りた。「なあに?」

「レイプ犯人狩り以上に面白いことができるなんて、思ってもいなかっただろうな」

「わたしの気をひくためにこんなことを考えたのなら、もうよして。充分満足したわ」

「いっておきたいことがある。ネオンサインが壊されて、きみと会えたことを心から喜んでいる」

「ねえ、なんだか恐くなってきたわ」

サムと母はヴァージニア街をわたり、右に折れた。わたしたちもそのあとにつづいた。ふたりは今度は左に曲がり、西に向かう通りにはいった。ふたりは数ブロック先にいた。通りの建物のほとんど、そして数百軒の小さな家は、市街をかこむ多車線ハイウェイ、ルート四六五を建設するため、市の父親ともいうべき有力者たちによって立ち退き処分になっていた。

　かつて、家族と庭とペットと子どもたちがいたところには、夜昼ともなくはるか先の標的に向かって発射される、機関銃のような車の流れが行きかっていた。インディアナポリスの上層部に母のような存在がいれば、こんなことにはならなかった、と考えたときもあった。だが、拳銃をもった母のあとに従うときのわたしには、どうしてもそう思えなかった。

「アルバート」メアリーがいった。

「なんだい?」

「この道はどこに出るの?」

「袋小路《デッド・エンド》だよ」

「なにか、ほかにいい方法はないの?」

　だが、前方では、母が最後の十字路のところで立ちどまっていた。近づくと、母は携帯電話で話をしていた。「フォンテーン? それで、今どこにいるの」そして。「ああ、見えたわ」

　わたしたちは母の見ているほうに視線を向けた。通りの突きあたりの街灯の下に、太った女が立っていた。片手を耳にあてていた。彼女は、もう一方の手をふった。

　母がいった。「すぐ、そこにいくわ。通信終了」

　わたしたちは、ならんでフォンテーンのいるところに向かって歩きだした。近づくと、ランチョネットに集まる母の仲間であることがわかった。「たくさんひき連れてきたのね、ポジー?」フォンテーンがいった。「ねえ、みんな。助けにきてくれて、ありがとう」

「ボリスはどこにいたの?」母がたずねた。

「この通りの突きあたりまで行って、右に曲がったの。角の近くに木があって、身を隠すことができるし、偵察もできるといっていたわ。ここで待機して、州間道路に通じる広い道からだれかがきたら教えてくれという指示だったわ」

「最後に彼と話したのは？」

「最後に連絡をとったのは……」フォンテーンが黒く大きな懐中時計のボタンを押すと、文字盤が明るくなった。「四十七分前よ、ポジー。バイブレーション・モードで、十五分おきに連絡をとることになっていたんだけど。でも、連絡が途絶えてから三十二分たっても、すぐにはあなたに連絡しなかったの。小用を足すか、なにかしているかもしれないでしょ。でも、それから五分、八分、いや十分たっても、まだ応答がなかったから」

「その前には、なにも異常なことはなかったのね？」

「ええ、なかったわ」フォンテーンがこたえた。「とても……そう、退屈だったわ。どんな気持ちだったか、わかるでしょう？」

「ええ」母はサムに携帯電話をさしだした。「万一の場合にそなえて。まず最初はボリスを見つけることよ。フォンテーン、あなたはここにいて、だれかきたら連絡してちょうだい」

「了解、ポジー」

ママは拳銃をとりだし、弾倉を開けてから、くるりとまわし、もとにもどした。そして、シャツの下におさめ、まっすぐにではなく、暗がりをたどって路地を進んでいった。サムは、そのあとを追った。

そのあとにつづく以外にできることはなかった。

「アルバート」メアリーがささやいた。「あのひと、拳銃所持の免許をもっているの？」

「もちろんだ」

「そう」

「きみは、フォンテーンとここにのこってくれ。だれかが一緒にいたほうがいい」

「あなたがのこりなさいよ、カウボーイ。前から、拳銃をつかうところを見たかったの」

前方で、母が立ちどまった。おし殺した声で、母はいった。「アルバート、おまえとそのガールフレンドは、黙っているか、どこかに行って。それに、煙草を消してちょうだい」

わたしたちは口をつぐんだ。煙草の火が消えた。わたしたちは母のあとに従った。

母が立ちどまると、わたしたちも足をとめた。母が歩きだすと、わたしたちもそれにつづいて路地の暗がりを通って進んだ。

暗闇のなかで、わたしは周囲の街から生みだされる音を意識した。この深夜の街でいつもとちがうのは、わたしがその音に耳を傾けていることだけだった。

通りの突きあたりの近くで、家の裏口のドアが開いて、細い光が洩れているのを見つけた。わたしたちはさりげなく立ちどまった。下着姿の男が、スクリーンのついたポーチに出てきた。その男は、ポーチのドアに鍵をかけ、なかにはいっていったが、暗がりから彼を観察するのはひどく不作法なことのように思われた。不当なこと、人間の住む場所にふさわしくない行為のように。

今では、わたしたちは生活の多くのものを自分がつくりあげ、金を支払い、ととのえているため、それを自分が管理しているという錯覚に陥っているのがふつうだ。だが、不当で、得体の知れない力はつねにその背後に身をひそめている。わたしたちの知らない、そしていつ姿をあらわすか予想もつかない力が。

その男の姿が鍵のかかったポーチのなかに消えると、わたしたちはまた歩きだした。路地の突きあたりで、わたしたちは角を曲がって、歩道を進んだ。つぎの角のところに、枝の垂れさがった大きな柳の木が見えた。ボリスがフォンテーンにいった木だろう。だが、ボリスの姿は見えなかった。おし殺した声で、母がいった。「あなたたちは、この木の下にいて。角のところまで行って、彼を探してみるから」

わたしたちの考えは一致し、なにもいわずにその指示に従った。この判断は正しかった。四人が一緒に行動するよりも、母ひとりのほうが眼につきにくいだろう。

油断なく、だがゆっくりとした足取りで、母は路地の角から角へと前進した。だれが見ても、逃げた犬を探している老女としか見えないだろう。

このとき、彼女はなにかを見つけた。そして、手をふって、わたしたちを招きよせた。わたしたちは大木の枝の下から出て、ボリスのかたわらにひざまずいている母に近づいた。

ボリスは駐めた車の横の歩道にうずくまっていた。彼のかたわらにひざまずいた母に近づくと、顔に血がついているのが見えた。

「サム、〈九一一〉に電話して、救急車を呼んでちょうだい」

わたしはいった。「おれの車をもってこよう。救急車より、そのほうが早い」

「急いで、アルバート」母はいった。

わたしは指示に従った。そして、小さな、みすぼらしい車に乗って、もどってきた。苦しげに息をつき、よく聞きとれない言葉を呟きながら、ボリスが後部座席に乗せられて、母の膝に頭をのせたところで、遠くからサイレンと思われる音が聞こえてきた。すでに被害者がはこばれたことを駆けつけた救急車に説明し、フォンテーンを乗せて、あとから病院にくるように告げて、メアリーとサムを現場にのこして、わたしたちはサウスサイド救急病棟へと向かった。

救急病棟では、不測の事態が起きることもある。よい結果は少ない。だがこのときは、手慣れた担当者がすばやくボリスを車輪つきの担架に乗せ、ボリスは数分後には医師の診察を受けた。

医師は、ボリスの頭をX線撮影した。わたしは母とともに事務手続きをした。それが終わると、ほかの人間たちが気づくようなベンチを見つけ、腰をおろした。

ベンチにすわると、わたしはいった。「話してくれ」

「なんのことだい?」

「この連中は何者なんだ? このボリスとフォンテーンのことだが?」

「近所に住んでいるただのひとたちだよ」

「近所の人間が、夜路地や街角で、張り込みをするのかい?」

「一緒に拳銃の射撃場にいっている友だちだよ」

「では、今夜はだれかを撃つつもりだったんだな？」

「おまえの馬鹿げた冗談を聞いているような気分じゃないんだよ、アルバート」

「それなら、言い逃れはやめて、ボリスとフォンテーンがあそこでなにをしていたのか話してくれ。それに、なにか起きたとき、フォンテーンが電話してきた理由も。どうなっているのか、今までわたしになにも話してくれなかった理由も」わたしは苛立っていた。

「ここ数年くらい、おまえはずっと苦しんでいただろう、アルバート」

「それで？」

「いつも上の空で、ふさぎこんでいたね。それに、自滅的にもなっていた」

これは、アデルに捨てられたあとのことだった。わたしはこたえた。「ああ、しばらく、ある程度は」

「半端な仕事や運動で体を動かし、苦しみと戦っているように見えたんだよ――なにも考えないですむように」

「そんなこともあったかもしれないけど、少し大げさだと思うな」

「そうかしら？　そうは思えないね。たとえば、おまえはサムが人生に迷っていることに気づいていなかっただろう」

「サムがもう大人だってこと、忘れないでくれ。だが、母さんのいうことは認めるよ。気づいていないこともたくさんあったし、馬鹿なこともしてしまった」

「お酒を飲みすぎて、逮捕されたように」

「それに、いかがわしい映画もたくさん見た。でも、ようやくもとの自分にもどったんだ、母さん。いろいろなことに気づくようになった。あんたとフォンテーンが〝連絡終了〟とか〝了解〟というような軍事的連絡用語をつかっていることも気づいた。少し前に、イヴォンヌがあんたの手にキスしていることにも気づいた。あんたと友だちがなにかゲームをしているとサムはいっていたけど、その〝ゲーム〟が今夜ボリスの身に起きたようなこともその一部だなんて思っていなかった。あるいは、こんなことになる可能性もあるなんて。だったら、それがどんなゲームなのか知りたいんだ。その詳細とルールを知りたいんだ。あんたたちがなにをしているのか、話してほしい」

母は、深く息を吸いこんだ。そして、ゆっくりと待合室を見まわした。まるで、これから話すことを聞いているものがいないかどうか確かめる私立探偵のように。

そのとき、ひとりの人間が母の眼をとらえた。十代の少年だった。彼は片足を高くあげ、近くにすわっていた。十代の少年だけにしかないような暗い表情だった。

母の眼は、その少年を観察していた。彼が聞くことを気づかっているはずがない。では……なぜだろう？ ここ数年のわたしが、このように見えたといいたいのだろうか？ 自分ひとりの世界に閉じこもり、ほかのことには眼を向けず、なにも気づかなかったのだろうか？ わたしも、彼のようだったのだろうか？ そう考えると、ぞっとした。だれか、時計の針を逆にもどすことを教えてくれるものはいないだろうか？

母がいった。「時計の針を逆戻しすることはできないんだよ」

どうしてそんなことが……？ わたしは体をまわして母を見たが、母はまだ少年を見つめていた。このとき、少年のとなりに女がすわっていることに気づいた。少年と同じくらいの歳ごろに見えた。だが、彼女が少年の髪をかき乱し、口汚く罵るあいだに、少年は何度かママと呼びかけた。

わたしの〝ママ〟がいった。「現代の生活には不都合なことが多いだろう。昔は、ファウンテン・スクエアは小さな村のようなものだった。とても住みやすいところだった。みんな顔見知りだったしね。わたしがランチョネットをはじめた理由のひとつは、友だちや近所のひとたちのために料理をつくりたいと思ったからだった。あの店では、だれかが問題をかかえていたら、できるかぎりの力を貸してやったものさ。あのころはそうだったんだよ。おまえがどう思うか、わからないけどね」

たしかに、今のファウンテン・スクエアはそんな街でなくなっていた。

このとき、両開きのドアから、ボリスの担当の医師が出てきた。母とわたしは立ちあがり、医師に近づいた。母に向かって、医師はいった。「お友だちのミスター・ホワイトリーの状態を診たところです。彼は完全に意識をとりもどしました――もちろん、これはよい徴候です」

「元の状態にもどるでしょうか？」

「あといくつか検査しなくてはなりませんが、正直にいって、治癒を妨げる要素はないようです。それに、彼はあなたに会いたがっています、ミセス・サムスン」

「面会できますか？」

「いいえ、残念ながらまだ面会はできません。だが、彼から伝言するように頼まれています。あなたのお友だちは、芯の強いひとですね。彼はこういっていました……」医師は、手の甲を見た。「待ってください。たしか……そうだ。こうつたえてくれといわれました。〝やつらはふたりいた〟どういう意味かわかりますか、ミセス・サムスン？」

「ええ、わかります。ありがとう、医師《せんせい》」

「いいえ。彼が面会できるような状態になったら、連絡させましょう」医師は去っていった。

「ああ、よかったわ」母がいった。

「ふたりだったことが？」わたしはたずねた。

「ボリスが回復するってことだよ」

「同感だ。でも、これがどういうことなのか、話していたところだっただろう」

「話すと……長くなるね」

「最後まで、寝ないで聞いているよ」

「この地域で破壊行為がつづいただろう。最近までは、みなヴァージニア街の東だったんだけど。今では、西にまで広がるようになった」

わたしたちは、すわっていたベンチにもどった。暗い顔つきの少年はもういなかった。

「このところずっと、悪戯騒ぎがつづいていただろう。このファウンテン・スクエアが神聖なところだ、なんていうつもりはないけどね。でも、昔はこんなひどいところじゃなかったよ。時計を逆にもどすことはできないけど、この破壊行為や泥棒……死んだペットを郵便受けに投げこまれたひともいるんだよ。自分の飼っていたペットを。想像できるかい、アルバート？　そんなことをするのはどんな人間だろう？」

「あるいは、なぜそんなことをするのだろうか？」わたしは首をふった。

「もちろん、昔のようにはならないだろうけど」母はいった。「でも、ただ手をこまねいていることはできないだろう。少なくとも、わたしは黙って見ていることはできないね。そんなことはできない性格なんだよ。問題が起きたら、解決したいんだ」

これは、この私立探偵という仕事に導き、その仕事にとどまることを重要だと考えたわたしの生き方の説明になるかもしれない。

「たとえば、おまえが免許を失ったときもそうだった。うちひしがれたおまえを現実にひきもどせなかったとき、胸の張り裂けるような思いをしたものさ。人生は貴重なもので、毎日をムダにすごすようなものじゃないってことを知らせたかった」

「できるかぎりの努力はしたんだよ、母さん」

「知っているよ。もちろんわかっているさ、アルバート。でも、これはひとつの例だよ。今直面している問題に対してできることはないかもしれないけど、そうしたいと考え、試みることはできるからね。たとえば、今起きている破壊行為だけど。友だちと話をしているとき、だれかが近所で起きた悪い出来事について話さなかったのがいつだったか、思い出せないくらいだよ。暴行を受けた孫、たたき割られた車のウィンドウ、花壇にまかれた除草剤、というようなことをね」

「母さん、そんな問題をかかえたすべての人間を救うつもりじゃないだろうね」

「わたしが？　わたしはただの老いぼれた女だよ」

わたしは関心をそそられ、この老いた女性を見つめた。

「でも、近所には同じ不安をかかえている人間がたくさんいる」

ひとつの考えが頭にひらめいた。気づいたのは、このときはじめてだろうか？　母は老人たちの集団の先頭に立ち、ファウンテン・スクエアの破壊者に対する抗議行進を組織しているというのか？　「母さん」

母には、わたしの考えていることがわかっているようだった。その眼を見れば、はっきりとわかった。

「そのために、射撃場に行くようになったんだね？」

「それもあるわね」

「でも、行きはじめたのは何年も前だった」

「きちんとやりたければ、せいてはいけないからね。もちろん、とても楽しかったし。とても、なごやかにすごしたものよ」

「では、ボリスとフォンテーンと、それに……」ランチョネットに集まる母の老いた友人たちをかぞえると、指が足りないくらいだった。軍団とはいえないまでも、老兵士の旅団といえるかもしれない。

「いっておくけど、探してみれば才能のある人間がどれだけいるか、驚くほどだったよ」母はいった。「それに、彼らが学べることも」

「だから、コンピューターの勉強をはじめたんだね？」

「おまえだって、コンピューターを学んだだろう」

「母さんに教わることはたくさんありそうだ」

「そうだろうね」母はハンドバッグからハンカチをとりだし、鼻をかんだ。「わたしは、すべてきちんとするのが好きだから。ほかの人間たちを助けるという目的があれば、新しいことも学びやすくなるしね」

老いたる武装パトロール隊か？

また、別の考えが浮かんだ。「バトル司祭の教会で張り込みをさせてたのも、母さんだったんだね」

「教会にあんなことをするなんて、忌まわしいことだからね。信徒でなくても、いい気持ちのするものはいないさ」

老いたる十字軍か？

「ねえ、アルバート、おまえがそのことを話してくれたからいうんだけど……」

「警察にEメールで写真を送ったね？　そんなことまでできるのかい？」

ファウンテン・スクエアの復讐の女神か？

「仲間に、ダニエルという男がいてね。名前は知らないかもしれないけど、顔は知っているはずだよ。ダニエルのまん中の息子エドがカメラ会社に勤めていて、好きなときにはいつでも、赤外線デジタル・カメラを借りられるんだ。これが、わたしたち老人の利点のひとつだよ。わたしたちはたくさんのひとたちを知っているし、それにほとんどは家族も多いからね。なんらかの方法で、たくさんのひとたちの力が借りられるんだ」

まるでバイアグラで精力をよみがえらせた自警団だ。

「もちろん、一日目の夜に望む結果が得られたのは本当に幸運だったわ。張り込みをするときにはふつう、何日も、いや何週間もかかるもんだからね。でも、統計上からいえば、ときによっては幸運に恵まれることもあるだろう?」

この老いた復讐者たちの活動はどのくらいの規模なのだろう?

母がいった。「それに、昔みたいにたくさん眠らなくていいのも、ありがたいことだね。それに、もうひとついいことがあるんだよ。ほかの人間がわたしたちに注目することはないから、ほとんどの場合、わたしたちは眼に見えない人間になるということさ」


問題は、わたしが彼らの活動に気づいていなかったということだった。自分がなにも知らないでいたことに気づくと、心は暗くなった。

メアリーとサムとフォンテーンが飛びこんできたのは、このときだった。

「サムの車できたのよ」メアリーがいった。「サムは、あなたが喜んで家まで送ってくれるだろうといっていたわ」

「いいとも」わたしはこたえた。

「アルバート、なにかあったの? ボリスの状態は……?」

「ボリスは意識をとりもどした。医者は、心配することはないといっている」

「なにか気がかりなことがあるようね」

「ここから出ないか?」

病院の駐車場を出たところで、メアリーがいった。「アルバート、この問題の処理は終わったんでしょ……あなたのところにもどったら、すぐに家に帰りたいの。もうかなり遅いし、明日も仕事がたまっているから」

「ああ、いいとも」

「〝いいとも〟だけ？　ダメだといわないの？　哀願も？　わたしの魅力はそんなに薄れてしまったの？」

「きみは魅力的だよ」

少し、彼女は黙りこんだ。「なにかあったの、私立探偵さん？」

「母と話をしたんだ。彼女がつくった集団のことを話してくれた」

「ポジーの自警団のことね？」

「知っていたのか？」

「車のなかでサムとフォンテーンから聞いたの」

「どんなことを？」

「あなたのお母さんと友人たちが、近所の住民を助けるために活動していることよ」

「これは、風邪をひいた近所の人間のために市場に買い物に行くようなことじゃないんだぞ」

「わかっているわ。あのひとたちは、みんなが不満をもっていることを実行に移したのよ。あなたのお母さんと仲間たちは、老齢の人たちが若いころよりももっと積極的に活動できることを武器にしているわ。なにが心配なの。素晴らしいことだと思うけど」

「ああ、素晴らしいことだ。いや、驚くべきことだ」

「だったら、なにが問題なの？」

「問題は、今夜までわたしがなにも知らなかったことだ」

「同情するわ、アルバート」メアリーはいった。「なぜ射撃場に通うようになったか、あなたには話さなかったのね」

「いちばん気になっているのは、わたしがそのことをなにも聞かなかったことだ。不審に思うこともなかったし、母にたずねることもなかった。長いあいだ、家族のなかで部外者だったような気がする」

「周囲の女たちのしていることに注意をはらっていなかったというのね？　眼を覚ましなさい、私立探偵さん。あなたは男でしょ。長い歴史のなかでつづいてきた立場を引き継いだだけよ」

「だが、母さんは——母さんと仲間たちは、何年も前からこの活動をはじめ、熱心に取り組んできた。それなのに、わたしはなにも知らなかった」

「でも、もうわかったんでしょ。ひとつだけいわせて。自分に変えられないことで自分を哀れんで、落ちこむのなら、わたしはこれ以上つきあってはいられないわ。わたしはもう、自分を哀れんで、暗い気持ちに落ちこんだひとを励ます気なんてないの。わたしも、そんなことがあったわ。ひどい打撃を受けたことも。でも、家に帰る前に、楽しい時間をすごしたことに、ありがとうといっておきたいの」

「〝楽しい時間〟?」

「ええ、とても楽しかったけど、それ以上のことはいえないわ」

「正直にいって、三夜連続して会った女性からの言葉とは思えないんだが」

「まさか、四夜連続して会いたいなんていうんじゃないんでしょうね。わたしは子どもじゃないのよ。わたしには現実の生活があるのよ」


「それを疑ったことは、一度もなかった」

「それならいいわ」

「わたしたちは大人だろう?」

「ええ」

「では、大人らしくふるまおう。ふたりとも大人なんだから、明日の夜、どこか会えない場所を決めておこう。七時ではどうかな」

25

夜明けに電話が鳴って、眼を覚ました。夢のなかでなにをしていたのかわからなかった。新しいガールフレンドを得た私立探偵は、もう子どもではない。たとえ夢のなかであっても、大人で自分がなにをしていたのか覚えていなくては。たとえそれが、七時に〈モー&ジョニー〉で会う約束をしていない新しいガールフレンドだったとしても。

ふたたび眠りにつくまでどのくらいの時間がかかるのか意にもとめないように、電話は鳴りつづけた。まるで、永遠に鳴りつづけるかのように。そのあいだに、いろいろなことが頭のなかを駆けめぐった……

やがて、留守番電話のメッセージが流れはじめたとき、ようやく受話器をとりあげた。「アルバート・サムスンです。これは録音ではありません。このままお待ちください」

メッセージが流れているあいだに、ようやく頭のギヤがはいった。ギヤはロウだったが。

ピーという音のあとで、男の声がいった。「トム・トーマスだ、サムスン。エイムズ・ケント・ハーディック法律事務所に所属している。先週末に、電話をくれただろう。職員のフェイスと話したはずだ」

彼のいうとおりだった。先週、わたしはエイムズ・ケント・ハーディック法律事務所に電話した。そして、だれか職員と話をした。「ええ、覚えています」

「免許をとりもどしたということだったな」

「そのとおりです」

「それなら、意欲に燃えているだろうな？　どんな仕事でも引き受ける、とフェイスから聞いている。どんな小さな仕事でも」

たしかに、そうこたえたはずだ。「ええ、どんな仕事でも拡大鏡をもっていますから」

「仕事にもどった人間にとっては、当然の言葉だ。聞いているところでは、もう仕事がはいっているようだが」

　このエイムズ・ケント・ハーディック法律事務所に所属するトム・トーマスはどうやら仕事の依頼をするつもりらしい。まっとうな私立探偵の仕事はとても魅力的なものだった。すでに引き受けている、不愉快な仕事に費やす時間を少なくできるなら、どんな仕事でもいい。あるいは、断わることができれば。パーキンズ・ベイカー・ピンカス&レスターヴィック法律事務所の着手金をカール・ベントンの顔に投げつけることができたら、どんなに気分が明るくなるだろう。

　わたしはいった。「あなたの聞いた噂はある程度まで正しいものです、ミスター・トーマス。仕事の依頼は受けていますが、ほかの仕事をする余裕はあるでしょう」

　彼の仕事は大仰な切り出し方ほど大きなものではないかもしれないが、ある程度の仕事なら、なんとか処理することができるだろう。手にあまる仕事は、フリーランスの私立探偵を雇うこともできる。以前にも仕事を頼んだことがあったが、彼もわたしの〈青の時代〉の犠牲者となってしまった。わたしの〈青の時代〉は、ピカソよりも陰鬱なものだっただろうか？

　トム・トーマスがいった。「ローレンス・チャッスンとマーティン・サラビーの逮捕には、きみの力があったという噂だが」

「だれの逮捕といいましたか？」

「ローレンス・チャッスンとマーティン・サラビーだ」

「そのふたりの名前は、聞いたことがありません」

「名前を知らなくても、写真をEメールで警察に送ることはできるだろう」

「ああ、教会の放火犯人のことですね」彼は、ふたりを逮捕させたのはわたしだと考えているようだ。バトル司祭のことを母に話さなかったら、自警団のダニエルに張り込みをさせることはなかっただろう……「たしかに、なんらかの関わりはありました」

「手をひきたまえ」

「なんですって？」

「教会に近づくな、と忠告しているのだ。これは、単なる忠告だ。いかなる意味でも、きみを脅しているのではない。わたしは本名を告げた。この会話は録音されている。わたしに不当な非難をすることは、考えないほうがいい」

「よく理解できないのですが」

「わたしは、きみに忠告しているのだ。この街で生きていくつもりなら、有益な忠告だろう」

まったく理解できなかった。まだ、眠気が覚めていないのだろうか？　「あなたの仕事をするために、時間を空けておけというのですか？　そうですか？」

「教会から手をひけ」

「それがなぜ有益な忠告なのですか？」そうたずねたとき、発信音が聞こえてきた。

電話を切ってから、わたしはもう一度頭のなかでその問いをくりかえした。

そのとき、電話のベルが鳴った。わたしは受話器をとりあげた。「なぜです？」

ミラーの声が聞こえた。「それは、人生のもっとも古典的な難問だな」

「別の人間かと思ったんだ」そんなことぐらい、だれでもわかるだろう。愚かなセリフだった。「すまん、今おかしな男から電話があって、教会に放火した犯人に関わるのをやめろといってきた——いや、そいつの言葉をつかえば、〝忠告〟してきた」

「おまえは教会に放火するような連中と関わることが多いのか？　そいつらが二十一歳以上で、合意のもとであればいいがな」

「説明すれば、長い話になる。用件はなんだ？　今何時か、わからないのか？」

「そうだな……十一時十五分すぎだ」

「そうか」今日の夜明けは早い。

「いいか、これから出かけるところなんだが、いわれた名前を調べておいた」

「なんの名前だ？」

「ウィリガーの名前があったリストのなかの、ほかの四人の名前だ。昨日、おれのために調査をしてくれるといっただろう。おれの電話を盗聴している連中に、このことを知られてもかまわん」

盗聴？　では、この会話も録音されているのだろうか？　わたしは、精神を集中して考えた。「そうか。あの連中のことか。こいつらの家にも侵入したものがいたかどうか、調べるんだったな。思い出した」

「そのことについては、もう話は決まったはずだ、アル。余裕があれば、金は払う。約束する。おれは、ただで仕事をさせるのは嫌いだ」

「ああ、わかっている。もちろん、引き受けた」

「それにもうひとつ問題がある」彼はいった。「覚えているか？　若い女性のことだ――ここでは名前をいえない女の件だが？」

ヘレンがなにをしているのか調べることは覚えていた。だが、それとは別の話だろうか？　たとえば……あの女の名前はなんといったっけ？　そうだ、マーセラだ。「つまり――」

「名前を明かせない女だ、アル」

このとき、わたしは理解した。ヘレンのことだ。だが、電話が盗聴されている場合にそなえて、名前をいうことができないのだ。「ああ、わかったよ、警部」

「そうか」そして、彼はいった。「昨夜は三十一マイルだった」

「三十一マイルか……かなり広い範囲になるな。およそ、百平方マイルか」

「そんな数字になにか意味があるのか？」

「ないこともない。それで、おれに知らせる名前と住所があるんだったな」


ミラーとの電話を終えると、階下に降りて、今夜六時半からのヘレンの尾行について確認することにした。だが、着替えを済ませたとき、また電話が鳴った。

また、ミラーがなにか思いついてかけてきたのだろうか？　なにかジョークをいおうかとも考えたが、ただ名前を名乗った。「サムスンです」

「まだ、直すつもりはないようだな？」

「というと？」

「いいネオンサイン業者が見つからなくて、あのままにしているのかと思ったんだ。よければ、探してやってもいいぞ」

　ジミー・ウィルスンだった。ネオンの見張り番のジミーだ。「いや、心配はいらない。腕のいいネオン業者に電話した」

「だが、まだなにもしていないようだな」

　いや、そんなことはない……「もう、仕事にはかかっているんだ。本当だ」

「信じてくれ、か……昨日、同じ言葉を聞いたばかりだ。〝信じてくれ。わたしは医者じゃないんだ〟」

「それで？」

「その男は医者じゃないってことさ（欧米では、医師は必ずしも本当のことをいわないというイメージがある）。わかるかね」

「ああ、わかった」

「いいだろう、ところで、お母さんはどうしている？」

「母がどうしたんだ？」

「きみのように同居していれば、朝食も一緒で、いつも顔を合わせているはずだ」

　ウィルスンが自警団の一員などということがありうるだろうか？　彼がランチョネットにいるのを見たことはないが、だからといって否定はできない。たしか、彼はあのとき母とはじめて会った。たしか、そういったはずだ。「まだ、今朝は会っていない。昨夜、少し寝るのが遅かった。トラブルがあったんでな」

「お母さんの身にはなにもなかったんだろう？」

「ああ、元気だ。だが、ボリスという友人が病院にはこばれた」

「ボリス？　お母さんのグループの一員か？」

　みんながわたしより早く母のしていることを知っているのだろうか？　「そうだ」わたしはこたえた。

「わたしは、きみのお母さんに心から敬意をいだいている。これは本当だ。嘘じゃない」

「だから、いつも電話をかけてくるのか、ジミー？　わたしの母に熱をあげているから？」

「わたしなら、そんないい方はしないな。母親に対してつからべき言葉じゃない」

「これはあんたのことだ。母とは関係がない」

「そうだな」彼は笑いだした。「そのとおりだ。だが、きみは母親が女であろうとしているとき、それを嫌うような子どもじゃないだろうな？　きみの母親は素晴らしい女性《ピストル》だからな。心からそう思ってるんだ」

　わたしには、オートマティック・ライフルのように思えるときもある。理解できないのは、母にではなく、わたしにそれをいう理由だ。

「正直にこたえてくれるかね？」

「ああ、どうしてもというのなら」

「お母さんにはボーイフレンドはいるのか？　こんなことを聞くのは、事実を知って落胆したくないからだ。こたえてくれるかね？　決まった相手がいるのかね？」

「お役には立てないな、ジミー」

「なぜだね？」

「母にボーイフレンドがいるかどうか、知らないからだ。いわれる前にいっておくが、わたしは鈍感で、注意が散漫で、頭の鈍い息子なんだ」

　ようやくひげを剃り終えたところで、また電話が鳴った。今度はメアリーだった。「やあ」わたしは呼びかけた。「どうしたんだ？　きみと会うことはない。だが、ひょっとして場所が変わったんじゃないだろうな？」

「ボリスの状態はどうだろうと思って」

「知らない。まだ、階下に降りてもいないんだ」

「もう正午よ、アルバート。ふつうのひとは、何時間も前から起きて、働いているのよ」

「それで？」

「ふつうのひとは、もう仕事をはじめているわ」

「きみのように」

「ふつうのひとなら、なんらかの理由で中断した仕事について、午前中に検討しているものよ」

「ひょっとして、それはここのネオンサインのことかい？」

「ふつうだったら、ネオンサイン業者とどんな話をする

?」

「サムスン探偵事務所にしよう。今と同じ大きさで、新しいものにする。単純な赤の文字で」

「〈サムスン探偵事務所〉なら、サムもくわわることができるわね」

「そうだな。だが、望まないかもしれない。そうだろう?」

「友だちの娘さんを尾行する仕事は、喜んで引き受けたんでしょ?」

「ああ」

「つまり、それがわたしの意見よ」

「そのとおりだ。もっともな意見だ」

「でも、脅迫状の文字をつかうことは認めないようね」

「最近、ほかの人間のことをすっかり忘れてしまうんだ。最悪の人間になったような気がする」

「わたしは、忘れられたような気はしないわ、探偵さん」

「知り合ってから一週間たっても、同じ考えだといいんだが」


階下に降りたが、ランチョネットにはいる前に少し立ちどまって、周囲を見まわした。昼食時のラッシュがはじまったところだった。サムはカウンターの奥に立って、金を受けとっていた。母の姿は見えなかったので、働いているノーマンを見守った。ふだん、こんなことをしたことはなかった。わたしは、片腕で操るフライパンの動きに眼をとめた。彼は腕のいいコックだった。もちろん、これまでも腕が悪いと考えたことはない。そんなことなど、考えたことはなかった。

このとき、まるでわたしがずっとここにいたと知っていたように、彼は肩ごしにわたしをふりかえった。だが、なにもいわず、舌を突きだそうともせず、サムにジョークをいうこともなかった。そして、彼はまた仕事にもどった。

そんな彼を見て、わたしは考えた。昨夜、わたしは寝る前にいろいろ考えごとをした。だが、そのときもノーマンが母の自警団の一員かもしれないなどとは考えもしなかった。今、その考えは驚いて立ちどまったフクロネズミのように、頭に浮かびあがった。最初から、この男は自警団の一員だったにちがいない。母が最初に射撃練習場に行ったときも、彼が一緒だった。

母の自警団は、それぞれの技術をもつ近所の老人たちの集団だと考えていたが、ノーマンの若さ——それに、場合によっては彼のオートバイも——役に立つこともあったにちがいない。考えてみればすぐわかるほど、明白なことだった——眼でしっかり見て、耳に注意をはらうものには。

ノーマンが事故で片腕を失うことになったのも、ポジーの自警団の任務の途中だったのかもしれない。

わたしの知らなかったことが多すぎた。

わたしが質問しなかったことも。

また、ノーマンはわたしを見た。今度は、かすかな笑みを浮かべていた。

このとき、母がはじめてわたしに自警団のことを話し、ノーマンがそれを知ったことに気づいた。

母はなぜ、わたしよりも先にノーマンにこのことを話したのだろうか？

免許を失っていたとき、わたしは頼りにできる人間ではなかったからだ。

そのころのわたしは正常な状態ではなかった。

母の射撃練習場通いがはじまったのは、わたしが免許を停止されるずっと前のことだった。

そんなに遠い以前から周囲の人間に気づかなかったなんて、そんなことがありうるだろうか？　身を縮こめて、ピンボール・マシンの下にもぐりこみたくなった。

「パパ？」

後ろに、サムが立っていた。サムが近づいたことに気づいていなかった。そんなことに注意をはらう余裕もなかった。

「なんだね？」

「その顔、まるで……体の調子でも悪いの？」

わたしは娘の顔を見つめた。娘のサムは可愛い子だった。顔は卵形で、ピンク色の肌、かすかに浮いたそばかす、濃い茶色の眼は美しかった。耳の上は妖精のように尖り、耳たぶは大きかった。いつから明るい褐色の髪にメッシュをいれ、肩の長さで切ったのだろうか？

「パパ、心配になってきたわ」

「おまえのこれからの人生について考えを聞きたいんだ、サム」

「人生についての考え？」

「インディアナポリスのランチョネットのカウンターのなかで人生を浪費するつもりはないだろう。おまえには豊かな才能がある。将来のことを考えてみないか？」

「計画なら考えているわ、パパ。いろいろと」

「じゃあ、聞かせてくれ。真剣に聞く。約束する」

「最初はまず今夜ヘレン・ミラーを尾行することだけど、それにはジェリーおじさんの住所が必要だわ」

「そんなことを聞いていているんじゃない」

「それに、経費も前払いして。メアリーから、払ってもらうべきだといわれたの」

「まともな道を進まなければ、ある朝眼を覚ましたとき、人生が過去のものになっているかもしれない」

「パパ、その話は今じゃなくてはいけないの？」

「大切なのは、本当に求めるものだけを追求することだ、サム。思いどおりにはならないかもしれないが、自分ひとりではなく、だれかほかの人間にできないといわれるまで努力することだ。それだけじゃない……おまえは子どもがほしくないか」

「あなたにだって、もう手もとにおいておきたくない子どもがいるんでしょ？」

「これは冗談なんかじゃない。おまえの話を聞き、考え、理解しようとしているんだ」

「いいわ、パパ。でも、わたしの話を聞いて、考え、理解して。今、わたしに必要なのは、ミラーの住所と二十ドルよ。わかるでしょ？　レジの前で、三人のお客が昼食の代金を払うために待っているの」


お客から金を受けとったあとも、サムは大切な話をするのを避けつづけた。だが、これは問題ではなかった。わたしは、サムの気持を理解していた。人生でもっとも重要なことは、話したり、他人と共有することはできない。

「落ちついてちょうだい、パパ」仕事の途中で近づいたサムはいった。「ピンボール・マシンでもしてきたら？　今日なら、きっと記録がつくれるわ」

「そんな気分じゃないんだ、サム。今は、時間の浪費としか思えない」

「それなら、仕事があるんでしょ？」

たしかに、やるべきことはある。オフィスにあるミラーのリストだ。


だが、オフィスにはいったとき、電話が鳴った。クリストファー・P・ホロウェイだった。「これから、カールと会って、ウィリガーの事件について話し合うんだが。きみの友人のミラーについて、報告すべきことは？」

「報告？」かなり時間を費やしてさまざまな問題について考えたが、カール・ベントンのための仕事はそれには含まれていなかった。

「昨日からずっと、なにもしなかったわけではあるまいな？」


「ええ、もちろんです。ただ、なんといえばいいのか、口頭の報告よりも、正式な報告書をわたすほうがいいと思ったのです」

ホロウェイは低い声でいった。「われわれは、その両方のために高額の報酬を支払っているはずだ。そうだろう？」

「ええ、もちろんです。ミラー警部とは、長時間かけて話し合いました。会ったのは、昨日でした」

「それで？」

「これから、リストのほかの四名に会って、話を聞くつもりです」

「なんのリストだね？」

彼はリストのことを知らなかった。「カーロ・サドラーが〈クライム・ストッパーズ〉に電話した三日前に、調査を依頼した高性能のコンピューターをそなえたクロスレファレンス専門会社から容疑者のリストが送られてきたのです。そのリストのなかには、あなたの依頼人の名も含まれていました」

「われわれの依頼人だ」

「ええ、われわれの依頼人です。何者かが証拠を依頼人の家においたというのがわれわれの弁護方針の軸ですから、ミラーがリストを受けとり、ウィリガーが逮捕されるまでのあいだに、この四人のなかでウィリガーの家に侵入した可能性のある人間がいるかどうか確かめたいと考えたのです」

少し沈黙してから、ホロウェイはたずねた。「なぜだ?」

「警察がウィリガーの家を捜索したとき、裏口の窓は破られていました。これは、だれかが証拠をそこにおいたという推測と合致するものです」

「ガラスが割られたことは知らなかった。逮捕報告書にも出ていなかった」

「これは、ミラーから聞いた事実です」

「そうか、なるほど」

わたしはいった。「ミラーが休職処分を受けたことはご存知ですね?」

「知っている」

「理由も?」

「それは、きみから聞きたい」ホロウェイはいった。

「サドラーと共謀して、ふたりで報奨金を受けとろうとしているという疑いです」

「そうか」

よし。彼は、もう知っていたのだ。「警察は、ミラーとサドラーはそのリストをつかって、ウィリガーの寝室から証拠品を〝発見〟したと考えています。だが、侵入されたのがウィリガーの家だけだったことを証明できれば、本当の犯人はリストを見られる立場にいて、そのなかの名前を知った。それがたまたまウィリガーの名前だったと主張できるでしょう」

ホロウェイは、少し考えた。「もしも、ほかの人間たちのなかに家に侵入されたものがいたとしたら?」

「その場合、この推測はわれわれの役には立たず、別の方向を追及することになるでしょう」たとえば、ウィリガーが有罪だというような……

「よろしい。今の話をカールにつたえることにしよう」

受話器をおくと、荒かった息づかいが少し楽になった。予想もしていなかったときにホロウェイにつかまったが、なんとか切り抜けることができた。彼の知らなかった事実をつかんでいて、あくまでも偶然だが、報酬分の働きができたのは幸運だった。だが、もう二度と不用意な状態で尻尾をつかまれるようなことがあってはならない。

デスクに腰をおろしたとき、ロニー・ウィリガーが本当は無実だったらという考えが頭に浮かんできた。今では、事件のさまざまなことを新しい視点から考えられるようになっていた。疑いをかけられた犯罪に関して無実であったとしても、それは彼が白雪姫のような人間であることを意味するわけではない。ミラーは彼の眼のなかに、この犯罪とは別の罪の意識を読みとったのかもしれない。

では、ウィリガーが罠にかけられたのだとしたら……だれかが、彼を有罪へと導く証拠のはいった箱を家に隠したとしたら……

警官であれ、一般市民であれ、その箱をもっていたものは、本当の殺人犯以外にはいない。なぜ、その本当の犯人は犯行の〝記念品〟である証拠を手放したのだろう？

ほかの人間に罪を着せ、自分から疑いをそらすためだ。だが、なぜ今の時点で、こんなことをしたのだろう？　はじめて犯罪に手を染めてから、長い時間が経過したこの時点で？　逮捕されることを恐れたためだろう。

では、なにがそいつの不安の引き金になったのだろう？どんな状況の変化があったのだろうか？

その新しい要素は、あのリスト以外にはない。五人の名前がもっとも疑わしい人間としてリストにあげられ、きびしい捜査の対象となった。

真犯人は、この五人のなかのひとりだろうか？　そして、なんらかの理由で自分の名がリストにあげられたことを知ったのか？　そのため、リストにあったほかの人間の家に証拠品のはいった箱を隠し、〈クライム・ストッパーズ〉に電話して、こんなに見事にウィリガーを犯人に仕立てあげたのだろうか？

ミラーはこういっていた。「ウィリガーとこの箱を見つければ、ほかの人間なんて問題じゃないだろう」

わたしは無表情のままデスクにすわりこんでいたが、この明晰な推理が導く結果にショックを受けていた。

もしも、わたしの仮定が正しいとしたら……これが真実だとしたら……これに付随して、いくつもの仮説が浮かびあがってきた。

まず第一の仮説。殺人犯は名前と住所を知らされた、四人のなかのひとりだということだ。

第二の仮説。リストとその内容を知っているとすれば、彼は——なんらかの意味で——IPDとつながりのある人間ということになる。

第三の仮説。〈クライム・ストッパーズ〉への情報を提供したこの男は、カーロ・サドラーを知っていた。

そして、第四の仮説。カーロ・サドラーはこの男を知っていた。

もしも、ロニー・ウィリガーが無実だったとしたら……

26

この仮説が頭に浮かぶと、ホロウェイに告げたこれからの予定はこの状況にふさわしいものとは思われなくなった。リストにある四人の男の家を訪ねるには、母と武装した自警団の支援が必要だ。

彼らの家を訪問するものがいるとすれば、それは警官だろう。だが、すでにウィリガーを逮捕した彼らが、そんなことをするはずがない。

IPD内部の人間が調べれば、IPDとリストのなかの人間のつながりをつかむのは容易なことだろう。だが、そんな人間がいるだろうか？　ミラーには不可能だ。プロフィットは？　破壊行為を捜査しているあの警部補が、関心をもつとは思えない。では、パウダーは？　最近のわたしには、警察とのつながりがすっかり乏しくなってしまったようだ。

だが、ミラーならリストを見た可能性のある人間を調べられるだろう。わたしは彼に電話をかけた。彼は外出するといっていたが、携帯電話の番号は聞いていた。

だが、彼は電話に出なかった。メッセージが聞こえてきた。「世間の人間に知られてもいい用件だったら、ピーという音のあとで伝言をのこしてくれ」世間の人間全部が彼のことなど気にしていない、といおうかと考えた。だが、電話してくれとつたえただけで、受話器をおいた。

このときはじめて、携帯電話があったらと考えた。このままオフィスにすわって、ミラーの電話を待ってはいられない。ふたつの考えが頭に浮かんだ。ひとつは、外に出て、バスケットボールをすることだった。体調を整えておくのは大切なことだ。だが、そんな気分ではなかった。もっと積極的で、意味のあることがしたかった。わたしは、もうひとつの考えをえらんだ。カーロ・"チップ"・サドラーと会ってみることにした。

最後に会ったときには、メアリーとわたしは一刻も早く逃げだすことになった。あんなことがあったあとで、話をしてくれるだろうか？　とにかく、試してみるしかない。

〈ミルウォーキー〉にはいると、サドラーはカウンターのなかにはいなかった。男と女がいるだけだった。男のほうは、メアリーと一緒にきたとき、サドラーとともに働いていたバーテンダーだった。メアリーが最初に話しかけた男だ。わたしは、女のほうに近づいた。

「ご注文は？」その女はいった。

私立探偵は、相手を納得させ、もっている情報を吐きださせるための気のきいた嘘をいくつか用意していなくてはならない。わたしの気のきいたセリフは、カウンターにおいた二十ドル紙幣だった。「聞きたいことがあるんだ」

彼女は紙幣を見た。「どんなこと？」五十代のととのった顔だちの女だったが、そのきびしい顔はわたしのような人間など楊枝がわりにつかいそうなほどだった。

「わたしは私立探偵だ。新聞ともテレビとも無関係だ。チップ・サドラーの身に危険が迫っている、と考える理由がある。彼と話したいんだが、電話番号も住所も知らないんだ」

「チップが?」彼女は、裁判所の前の階段に立っているサドラーの写真の載った《スター》をとりだした。少し傾けたインディアンズの帽子をかぶっていた、顔には怒りの表情を浮かべていた。「報奨金の分け前にあずかろうとする人間がくるだろうといってたわ」

「新聞には、彼がここで働いているとは書いていなかった。いったとおり、わたしは私立探偵だ。彼が報奨金を受けとったとしても、それには関心はない」

彼女はわたしを見つめた。

「もう二十ドル出したら?」

「そうね」

わたしは、最初の紙幣の上にまた二十ドルおいた。

「あなたの話を信じてはいないけど」そういって、彼女は紙幣をとりあげた。「チップは嫌なやつだから」

カール・ベントンの四十ドルのおかげで、サドラーの住所と電話番号はわかった。公衆電話から電話してみることにした。サドラーは、わたしの声など覚えていないだろう。特に、少し声を高くすれば。そして、いつもより早い口調で話せばいい。そして、愛想よく話そう。「おい、チップ、おまえがただのうすのろだなんて思っていないぞ」

応答したのは留守番電話だった。伝言をのこす気はなかった。

彼の家に行くことにした。

彼の家は、ウエストサイドのかなりさびれた地区にある、朽ちかけた木造家屋だった。多くの家は改装されて、アパートメントになっているようだった。家の周囲には、〝貸間あり〟の看板がいくつもあった。サドラーの住んでいる家には、玄関の横にブザーがついていた。建物の大きさは四つのアパートメントの半分がやっとという程度だったが、名前をしるしたブザーは三つだけだった。見覚えのある名前はなかった。わたしは四つ目のブザーを押した。そして、またもう一度。かぞえきれないほどブザーを押しつづけた。

ドアについた小さなガラス窓の奥で、黒い人影が動くのが見えた。やがて、ドアが開き、ベストにジーンズをはいたカーロ・〝チップ〟・サドラーが出てきた。顔は、無精ひげにおおわれていた。ほどいた髪が垂れかかっていた。眼は、起きたばかりのようにはれぼったかった。「なんだ?」彼はいった。「なんだって、うるさく騒ぎたてやがるんだ?」

すぐに、わたしの顔を覚えていないことがわかった。世の中には、観察力の乏しい人間もいる。「ミスター・サドラー、どうしてもお話ししたいことがあるのです。目的はお金ではありません。マスコミの人間でもありません。わたしは私立探偵で、あなたの身に危険が迫っていると考える理由があるのです」

彼は眼を細めて、わたしを見た。「なぜこの住所がわかったんだ?」

「〈ミルウォーキー〉の女性から聞きました」

「なんて女だ?」

名前は聞いていなかった。「メアリーです」

彼はメアリーという女がだれか考えた。だが、思い出せなかったようだった。

「長居はしませんが、どうしてもあなたと話す必要があるのです」いれてくれるまでブザーを鳴らしつづけることを表情にあらわして、わたしはいった。

どうやら、成功したようだった。彼は吐きだすようにいった。「ふん」わたしは彼につづいて部屋にはいった。

彼はベッドに腰をおろし、シガリロの箱から一本ふりだした。ひとつだけの椅子にすわり、周囲を見まわしているあいだに、サドラーはシガリロに火をつけ、煙を吸いこんだ。部屋のなかは、比較的整頓されていた。ビールの空き缶がならんでいることもなく、食べかけのケンタッキー・フライド・チキンのボックスもなかった。それに、音楽でプロの道に進むために報奨金をつかいたいと考える人間のような、音楽に関係したものも。アカペラ歌手として、ショウビジネスの世界を目指すつもりだろうか? 眼にはいったなかで彼の私物といえるのは、シャツとパンツと靴がはちきれそうなほど押しこまれた、開けっぱなしのクロゼットだけだった。

シガリロを灰皿におき、サドラーはいった。「危険が迫っているといったな?」

「わたしは、きみが罠にかけられたと思っている」

彼は顔をしかめた。それから、深く息を吐きだした。そして、また息を吸いこんだ。「それは一体どういうことだ?」

「ロニー・ウィリガーはトランク詰め殺人の犯人ではないと信じる理由があるからだ」

わたしが見守る前で、彼はこの言葉について考えた。彼は、その意味を理解したようだった。

わたしはいった。「本当の犯人は、きみにウィリガーの名前と寝室に隠した箱のことを知らせた男だと考えている」

ようやく、サドラーは関心をそそられたようだった。彼は、だれかから情報を入手したという指摘に反論しなかった。

「そいつがウィリガーを犯人に仕立てあげたのは、自分の身を守るためだ。そいつはウィリガーの寝室に箱を隠してから、〈クライム・ストッパーズ〉に通報する情報をきみに知らせた。彼と事件を結びつけるのはきみしかいない。そいつを知っているのはきみだけだ。身を守るためには、そいつはきみの口をふさぐしかない」

マスコミの追及を受けていたときのように、さまざまな思いがカーロ・"チップ"・サドラーの頭のなかをよぎるのがわかった。今度彼の口から飛びだしたのは、こんな言葉だった。「だが、おれはそいつを知らないんだ。突然、電話がかかってきた。それだけだ。電話は一回だけだった。そいつは、大金を稼ぎたければ、この番号に電話して、ウィリガーの名前と箱のことを知らせろといった。だが、今すぐ電話するのが条件だ。その電話をかけても、損はないだろう、とそいつはいった。しばらく考えてから、そいつのいうとおりにしても損はないだろうと判断した。だから、電話したんだ。それだけだ。おれはそいつのことはなにも知らない。嘘じゃない」

「報奨金の分け前については?」

「分け前のことはなにもいわなかった。だから、おれが全額受けとることになる」

「その電話があったのは、きみが〈クライム・ストッパーズ〉に電話した月曜日だな？」

「ああ、一時間くらい前だろう」

「なぜきみに電話してきたと思う？」

「わからん。ただ、電話がかかってきただけだ」

「声に聞き覚えはなかったのか？」

「さっきもいったとおりだ」彼は声を荒らげ、腹立たしげにいった。

わたしはいった。「〈クライム・ストッパーズ〉に電話したとき、ミラー警部と話したいかといわれたはずだ」

「おい、なぜそんなことを知ってるんだ？」

「彼らは、ミラーを知っているような口ぶりだったといっている」

「〈ミルウォーキー〉で働いているものはみな、ミラーを知っている。店にやってくるコチコチの堅物の警官で、でっかい黒人だ。店の連中は愛想良く笑いかけ、奢ってくれる酒をのみ、女房の話をしてから、そのうちに帰っていく」

「では、電話の男はミラーではないんだな？」

「いっただろう？　だれなのか、見当もつかない」

「だが、ミラーの声はわかるな？」

「声だけではな。わかるもんか」

野心に燃えた音楽志望者ならわかるはずだ。「では、そいつはどこからきみの電話番号を知ったのだろう？」

「知るもんか」サドラーはこたえた。

「きみの電話番号を知っている人間は多いのか？」

「ほんの少しだ。いや、もっといるかもしれない」そして、彼は言葉をつづけた。「あんたがこの住所を知ったのと同じようにしたのかもしれない」

すわっているサドラーをのこして、わたしは部屋を出た。どこかに腰をおろして、考えてみるつもりだった。

彼はわたしが推測していた事実のひとつを確認してくれた――〈クライム・ストッパーズ〉に電話した情報を知らせた男がいる。その男の目的は金ではなかったようだ。I

PDの捜査官が〝チップ〟から事情を聞けば、それだけでミラーの無実は証明されるだろう。

だが、電話をかけたのはだれだろう？　サドラーを知っているもの……ウィリガーの寝室に箱があることを知っているもの……このような行動をとったのは、リストがIPDにとどけられたためだろうか？

突然、すべてが不気味に感じられてきた。そして、現実的なものに。

リストの内容を知ることができるものがだれか、調べる必要がある。わたしは、公衆電話の前で車を停めた。それから、また走り、故障していない電話を見つけた。オフィスに電話して、留守番電話にメッセージがのこされていないか確認した。のこされていたのは、朝電話に出るのが遅れたため出られなかったときの、教会の破壊行為から手をひけといったトム・トーマスからのメッセージだけだった。わたしはそのメッセージを消去した。そのあと、ミラーの携帯電話にかけてみた。メッセージが流れた。わたしは彼の自宅に電話した。

数度発信音が聞こえてから、低い女の声が聞こえてきた。

「もしもし？」

少なくとも、ジェイニーではない。「アルバート・サムスンです。ヘレンかい？」

「ええ、ミスター・サムスン」

「ある重要な件で、お父さんと話したいんだ、ヘレン」

「また、テラ・ホウトに行っているの。お祖母ちゃまが入院したの」

「同情する」そして、わたしはいった。「きみは行かなかったんだね」

少し間をおいてから、ヘレンはこたえた。「ええ。ここでしなくちゃいけないことがあるから」

それを調べるのはサムにまかせよう。わたしはいった。「話したいことがあると、お父さんにつたえてくれ」

だが、電話を切ったとき、待つ気はなくなっていた。一刻も早くミラーに会いたかった。

リーロイ・パウダーの家に向かう途中、自分がこの仕事にふさわしい人間だろうか、ムダ足を踏むことはないだろうかと考えつづけた。

パウダーがわたしの話を聞いてくれると信じる理由はなかったが、プロフィットと比べれば、可能性は高いだろう。

もちろん、彼が家にいるかどうかはわからなかった。

だが、彼は家にいた。「パウダー、これは警官として成果をあげる貴重な機会だ。あんたにチャンスをあげることにした。おめでとう」

彼がわたしを見る眼は、牛乳が凝固するほどきびしいものだった。幸いなことに、雌牛でないのが幸いだった。

「どういうことだ?」

もう一度同じ言葉をくりかえそうとしたが、彼は顔をこすってから、いった。「途中で邪魔されるとはな」彼はわたしに背を向けた。だが、ドアを閉めようとはしなかった。

彼につづいて、わたしはキッチンにはいった。テーブルには、スパゲッティを盛った皿、それにフォークとスプーンが添えられていた。「今日は、なにをしてるんだ? 中国娘と夕食をとるために、スパゲッティを食べる練習をしているのか?」

「ちがう」彼は、皿の前のプラスチックの椅子にどっかりと腰をおろした。「今度は日本人だ」わたしは彼の向かい側の椅子をひきよせたが、彼は手をあげて制した。「なぜさっさと家に帰らないでぐずぐずしているのか、わけを話してくれ」彼はフォークをとりあげた。

「トランク詰め殺人の件だ。ロニー・ウィリガーが本当に容疑をかけられている犯罪の犯人だったかどうか調べている」

また、パウダーはフォークをおいた。「ウィリガーの家でなにが見つかったか、知っているだろう?」

「だれかがあそこにおいたという疑いがある」

「だれだ?」

「このなかのひとりだ」わたしは、名前と住所をしるしたリストを見せた。

パウダーは、リストに眼を走らせた。「どこの電話帳から、この名前を見つけてきたんだ?」

わたしは、このリストの出所を説明した。「それに、逮捕されたとき、ウィリガーの家の裏口のガラスが壊されていた」

「ガラスが壊れていただけで、こんなことを思いついたのか？」

「ウィリガーのことを〈クライム・ストッパーズ〉に通報した男は、その朝氏名不詳の男から情報を提供されたといっている。リストのほかの人間を警察の捜査の対象からはずすため、本当の殺人犯がウィリガーを犯人に仕立てあげたのは、このリストが警察にとどけられたからだろう」

パウダーは、無言のままわたしを見つめていた。

「もしも――あくまでも、もしもだが――この考えが正しいとすれば、この男はリストのことを知ることができるような、ＩＰＤに関わりをもつ人間ということになる。それに、そいつは〈クライム・ストッパーズ〉に情報を提供した男ともなんらかの関係がある」

まだ、パウダーは黙りこんでいた。

「警官はふつう、犯人と容疑との関わりを証明する明白な証拠が見つかれば、事件は解決されたと考える。そして、ほかの方向からの捜査をうち切ってしまう。ミラーもそうだった。だが、優秀な警官ならこう考える。〝だが、待てよ…〟そして、ほかの可能性が成立しないことを確認するまで、捜査を継続する。あんたなら、ＩＰＤと関わりをもつ人間、サドラーを知っている可能性のある人間を調べ、このリストのなかの名前とそいつを結びつけることができるだろう」

パウダーは片手をあげた。「いいたいことはわかった、サムスン」彼は顔をこすった。そして、ポケットから携帯電話をとりだし、トキという名の女に電話した。

27

〈モー&ジョニー〉に着いたのは、七時を二十分ほどすぎたころだった。「わたしに当てさせて」メアリーはいった。「また、タイヤがパンクしたんじゃないわよね……バッテリーがあがったの?」

「きみに、見え透いたごまかしが通用しないのはわかっている」

「わたしがまだここにいた理由、わかるでしょ?」

「そうだな、きみも遅れてきて、わたしは時間どおりにきて帰ったのか、きみよりももっと遅れたのか確かめたかったんだろう?」

メアリーの顔を見ると、この推測が正しかったことがわかった。彼女は、前にあったビールをのんだ。「わたしたち、長く一緒にすごしすぎたようね」

「今日一日、意外な事実にたくさん出くわした」

「どんなこと?」

わたしは、ひとつひとつ説明した。ノーマンが自警団の一員かもしれないこと。ロニーが無実かもしれない可能性。パウダーがわたしの依頼に応じて、わたしにできないIPD内部の調査をしてくれそうなこと。「今日は、本当にツイているようだ。宝クジの番号を聞きたくないかい?」

「そうね、いって」

わたしは、頭に浮かんだ最初の数字を告げた。

メアリーはビールをのみほした。「行きましょう、アルバート。クジを買わなくちゃ」

メアリーの車に乗って、カレッジ通りを北に向かった。ブロード・リップル街の運河の向こうに宝クジを売っているドラッグストアがあった。わたしは外で待った。

わたしはパウダーのことを考えていた。あいつはおかしな男だ。百歳以上の年寄りに見えながら、まだ意欲に燃えている。名誉や金を求める意欲ではない。周囲の状況を、あるべきものに変えたいという意欲だ。そこまでは母と同じだが、パウダーの警官としての熱意は宗教的なものとすらいえるほどだった。彼はトキとのスパゲッティのデートを断念して、IPDに行き、ロニー・ウィリガーが無実かもしれないという署の大勢に反した仮説を検証することを受けいれた。

だが、本当にウィリガーは無実だろうか？　彼の家からは、有罪を立証する証拠が発見されている。だから、彼が自分でそこにおいたというのが、もっとも簡単な説明だ。オッカムのかみそり、すなわちなにかを証明するいちばん単純な説明はもっとも真実に近いという古い格言に従えば、ウィリガーは有罪ということになる。

だが、現実はつねに単純だとはかぎらない。事実が、見かけとまったく異なることもある。もしもロニー・ウィリガーの事件が、そのわずかな例外にあたるとしたら……

いずれにせよ、パウダーがわたしのために活動してくれるのは素晴らしいことだ。今日一日、わたしは幸運に恵まれた。このところ、幸運な日々がつづいている。

車にもどってきたメアリーがいった。「気分はいかが、アルバート？　まだ、ツイているような気持ち？」

「きみと知り合えて幸せだ」

「もう一度いって」

「きみはざらにはいない、特別の女性だ」

「宝クジが当たっても、分けてあげないわよ。ケチだと思うかもしれないけど、自分からこの番号を教えてくれたんだから。腕をねじあげるようなことはしていないし、女にとって安定した未来をあたえられる機会は少ないから」

「真面目にいってるんだ」

「わたしもよ」

「ただ……きみは素晴らしい女性だと思っている」

メアリーはふりかえり、わたしに顔を向けた。「冷静になれないなら、その気持ちを口にしないで。まるで……これからどこか危険なところに行き、これがわたしへの最後の言葉になるかもしれないと思って、そんなことをいっているようだわ」

「わたしは、どこにも行くつもりはない」

「だったら、黙ってて。いいわね？」

「今日、これまで見すごしてきたさまざまなものがわかったというだけだ。これまで気づかなかったものが、見えるようになった。いろいろなことを見直して、新しい角度から考えられるようになったんだ」

「でも、それを気にしすぎないほうがいいわ。ときどき、人間はすべてが見えるような気持ちになることがあるけど、長くはつづかないわ。すぐにまた、見たいものを見て、聞きたいものだけに耳を傾けるようになるんだから。でも、もちろんそれはあなたにとって有益で、実りの多い思考法よ。あなたは素晴らしいひとだから」

わたしは、この言葉について考えた。

メアリーは溜息をついた。「わたしの家にきたことがあるでしょ?」

「ああ」

「わたしの人生について、あなたに話していない重要なことがあるの。家には、そのいくつかを解く鍵があったのよ。わたしの家でなにを見たか、いって」

わたしは、メアリーの家を思い浮かべた。一九二〇年代に建てられた、三階建ての木造の家で、三面がポーチでかこまれていた。家の前にはブランコがあった。敷地は広くはなく、正面からは車庫もドライブウェイも見えなかった。唯一変わったところといえば、二階の上の屋根裏についている小塔だけだった。この小塔のため、家はゴシック風に見えた。女性がひとりで住むような家には見えなかったが、これが親から受け継いだ家であることはわかっていた。

入口のドアの奥は玄関ホールになっていて、右手には簡素なリビングルームがあった。磨きあげられた木張りの床、広いスペースをとってならべられた家具。左手には両開きのドアがあったが、ドアは閉ざされていた。そこがどんな部屋なのか、聞くこともなかった。わたしたちが階下にいた時間はわずかだった。

「写真はどう、アルバート? たとえば、ベッドわきの写真は?」

彼女の寝室は、階段の上の右側だった。ベッドの両側にライトがあって、ドアのスイッチをいれると明かりがついた。ライトは明るくはなかった。わたしは、ベッドの周囲を思い浮かべた。彼女の私物とならんで、額にはいった写真。灰皿、水のはいったグラス、本、電話、時計。どんな写真だっただろう？　写真には、ふたりの人間が映っていた。若かったか？　年寄りだったか？　男か？　女か？　断定できるほど注意して見てはいなかった。それに、これはだれかとたずねることもなかった。

メアリーがいった。「どう、覚えていないでしょ？　だから、新しい見方ができたなんて考えるのは、まだ早いわ。ところで、どこで食事するの？　できれば、近いところがいいけど」

〈ミッドタウン・グリル〉は、通りをわたったすぐ先にあった。メアリーがメニューに眼を走らせてから、わたしたちはテーブルについた。「いい店のようね」彼女はいった。

「すまなかった……興奮してしまって」飲み物と料理を注文してから、わたしはいった。「昨夜いろいろなことに気づいたおかげで、眠れなかったんだ。そのほかにも、いろいろあって」

「ボリスの状態は？」

「いや……わからない。今日は母に会っていないんだ」

「お母さんと会おうとはしたんでしょ？」

わたしの顔を見て、返事がノーであることがわかったようだった。「最初から、おかしな一日だった。電話で起こされてから──」

メアリーの注文したウォッカ・トニックがはこばれた。「もうひとつ注文したほうがよさそうね」彼女はウェートレスにいった。「お母さんと会おうとしなかった理由を納得させるために、長話を聞かせられそうだから」

「ねえ、お客さん」ウェートレスはいった。「飲み物はダブルにしましょうか」

メアリーは携帯電話をとった。「お母さんの番号は？」だが、聞こえてきたのはメッセージだった。「お母さんの携帯電話の番号は？」

「知らない」

メアリーは溜息をついた。「サムが知っているはずよ。家には、サムに通じる電話はあるかしら？」

「携帯電話にかけるといい。だが、簡単にはつかまらないかもしれない。問題は、ヘレンがどこにいるかだ」

「サムがひとりで外出していて、どこにいるかもわからないの?」

わたしは顔をしかめた。「ああ、わからない」

「危険に出くわした場合、連絡する電話番号もなしに?もちろん、あなたにはかけられないわね……」

「わたしは、携帯電話をもっていない」

「ミラーの娘がどこに行くかわからないのに?」

「まあ、そんなところだ」

「麻薬をやっている連中と関わり合って、ヘレン・ミラーは停学になっているのよ」

「そうだ。だが、ヘレンは麻薬のテストにパスしている」

「だれの尻かわからないでしょ」メアリーは電話のキーを押してから、耳にあてた。「もしもし?サム?異常はない……?ええ……お父さんはわたしの前にいて、居心地悪そうにしているわ。昨夜、お祖母さんがほかの人たちをきちんと支援しているのを見ているのに、あなたが危険に遭遇したときの支援態勢をとっていなかったから……それで、今どこにいるの?本当?」メアリーはわたしに眼を向けた。「わたしたちのお気にいりのバー、〈ミルウォーキー〉の外にいるんですって」

「なんだって?」

「ええ、サム、そこは知ってるわ。二日ほど前に行ったばかり。いい店よ」

ヘレンの年齢から考えれば、いいバーなんかない。だが……ヘレンは〈ミルウォーキー〉と関係があったのか?

メアリーがいった。「ミラーの娘は水道栓の前に車を駐めて、なかにはいって……ええ、いいわ。わかったわ。待って。ミラーの娘は出てきたわ……男と女が一緒よ。ヘレンの車に乗りこんだわ……いいわ、サム。わかったわ。電話を空けておくようにするわ。どこかに着いて、ヘレンがなにをしているか、それがなんのためかわかったら、電話して。お金は、お父さんが払うわ。それに、わたしの分も。じゃあね」

メアリーはボタンを押して、電話を切った。「サムは、お祖母さんから拳銃を借りていったかもしれない」メアリーはまた別の番号を押し、かなり長いあいだ耳を傾けてから、電話をおいた。「お母さんが電話に出ないの」

ウェートレスが、ダブルのウォッカ・トニックをもってきた。「ちょっと、問題が起きたの」

「お客さん、タクシーを呼びたいならそういって」ウェートレスはいった。「このひとが追いかけないようにできる人間を、何人か知ってるわ。いったん、腹を立てると、めったなことではあとにひかないわ。嘘じゃないわ」

「問題は、すぐにここを出なくちゃならないってことなの。注文した料理をつつんで、プラスチックのフォークとナイフを添えてくれない。わたしの分だけでいいわ。このひとは運転するんだから」

28

料理をつつんでもらうあいだ、メアリーはまた母に電話し、そのあとサウスサイド病院にも電話した。電話に出た相手は、ボリスはまだ入院しているといった。「彼に会いに行きましょう」メアリーはいった。「お母さんの居場所を知っているかもしれないわ」

病院に向かう車のなかで、メアリーは舌を鳴らしてつつまれた料理を食べた。

ボリスの状態は、単に意識をとりもどしたという以上のものだった。「あのヘボ医者がなぜ入院していろというのか、わけがわからん」顔を包帯でつつまれたボリスはいった。「どういうことなんだ？　おれは頭を殴られた。それがどうした？　殴られたことぐらい何度もある。すぐに、もとにもどった」

病室にくる途中話した看護婦は、それとはちがう意見だった。「ご家族ですか？」彼女はたずねた。

「ええ、そうです」メアリーがこたえた。「かわいそうなボリスおじさん。よくなればいいけど」

「見かけほどよくなったかどうか、わかりません。明日、ラファエル医師は綿密に検査をしてから、状態を見てみようといっています。だが、確実なことは、ミスター・ホワイトリーが重症の脳震盪《コンカス》を起こしているということです」

ベッドに近づくと、彼が相変わらず強情《カス》であることはすぐにわかった。ボリス・ホワイトリーは、われわれに話をする余裕もあたえずにしゃべりまくった。

「あいつらは、頭痛がするだろうというが、頭痛なんてずっと前からのことだ。おれの頭のなかを知っているのは、あいつらか、それともおれか？　なあ、お嬢さん、そこにあるティシューの箱をとってくれないか？　ああ、それだ。喉にたまった痰を吐きだしたいんだ。ここの食事は最低だ。ひどいもんだ。あんた料理はできるかい、お嬢さん？　いや、いかにもうまそうだな」

メアリーはティシューをわたした。ボリスはティシューを三枚とって、口にあて、瀕死の人間のように喉を鳴らした。「これで、少し楽になった。ありがとう」彼は枕に頭をのせた。「おい、あんた、素敵な女だな。連れの男から見ると、あんたは歳上の男が好きらしいな。どこかで、おれと会う気はないか？　おれは家ももっているし、心臓が悪いんだ。どうだい？」

一瞬、ほんのわずかだが、メアリーはこたえる言葉を失ったようだった。わたしは口をはさんだ。「ここにきたのは、わたしの母がどこにいるか知っているかもしれないと考えたからだ、ミスター・ホワイトリー」

「たしかに、父親ではないことはたしかだな。ハハハ……。悪いが、おれはこの女性と話しているところなんだ」

「そうね」メアリーはいった。「邪魔しないで。あなたの家に行くの？」

「明日なら、まちがいなく退院できるはずだ。明日の夜ではどうかな？　あんた、ラインダンスは好きかな？」

「母のことを聞きたい」わたしはいった。「ポジー・サムスンのことなんだが……？」

　メアリーに色目をつかっていたボリスは、わたしに眼を向けた。「あんた……ポジーの息子か？」

「ええ」

「おい、アルバート、母さんとは仲良くしてるかい？」

「ずっと、電話に出ないんだ」

「パトロールに出ているからだろう。任務についているときは、一般市民からの電話には出ないんだ」

「パトロールに出かけるとしたら、あんたが昨夜襲われたところか？」

「あのあたりだろうな。仲間のひとりが襲われたからって、中止するわけにはいかないからな。特に、また新しい破壊行為がはじまったんだから」

「ヴァージニア街の西側の一帯のことだな？」

「そうだ、アルバート。先週まで、破壊行為が行なわれたのはヴァージニア街の東だけだった。北と東だけだ。それに、こいつらはひとを傷つけるようになった。ふたりいるとわかっていたら、あんなことにはならなかったんだがな。ひとりが車の窓ガラスを割っているのを見つけたんで、おれはこいつだけだと思った。だが、そいつの仲間がやってきて、おれを押さえつけ、最初の男がおれを殴りつけやがった。ただ、おれを殴り倒して逃げただけじゃない。そんな軽いものじゃなかった。ここに話を聞きにきた警官にいったように、ここを出たらすぐに、このふたりの人でなしを探しだしてやる。必ず、お返ししてやる。だが、そんなことはいいんだ」彼はメアリーにいった。「だが、まだ女性とデートするぐらいはできるからな。すまんが、ティシューをとってくれないか？　また、痰がつまっちまった」

　そのあと、十分ほど患者のそばにいた。一時間もここにいたように長く感じられた。メアリーと病院の廊下を歩く途中、わたしはいった。「わたしの母は、昨夜あの男が襲われた場所をパトロールしている。電話にも出ない」

「パトロールしているあいだは、おたがいの連絡しかしない。そういっていたのは聞いたでしょ？」

「そうかもしれない」

「もしも、わたしがこの世界、あるいは近所を守ろうとしたら、意味のないゴシップのために友人が電話をかけてきても、行動を中断して電話に出るようなことはしないわ」

「そうだな、いいたいことはわかる」

「でも、今こうして話しているあいだも、血だまりのなかで倒れている可能性もないわけじゃないわね」

「きみの想像力は素晴らしい」

「あるいは、撃ち殺した十数人の死体の前に立っているかもしれない」

「母の拳銃には、六発しか弾丸がはいっていない」

「それで、これからどうするつもり、アルバート？」

「昨夜の事件現場に行ってみる」

「どうして……？」

「長いあいだ、わたしは最低の息子だった」

「だから、最低のボーイフレンドになろうってわけ……？」

メアリーの言葉には一理あったが、わたしは別の問題をもちだした。「そう思っているんだね？　わたしはきみのボーイフレンドだと？」

「だって、四夜連続で会っているのよ。わたしの口からいいたくないけど、わたしたちは婚約者みたいなものでしょ」

「そうか」

「〝そうか〟ってどういう意味？」

「うれしい言葉だな」

「ああら。こたえるとき、ほんの少し口調が冷たくなったような気がするけど」

「では、きみはどうすればいいと思う？　ヴァージニア街のはずれでわたしを降ろすつもりか？」

「そして、もう一度暗い路地を歩くチャンスを見すごすってわけ？」

「ここから、タクシーに乗ってもいいんだ」

「そう簡単に婚約者と別れることなんてできないわよ、アルバート。あなたが運転しているあいだ、サムがどうしているか確認しておくわ」

メアリーの声を聞いているかぎりでは、サムがなにをしているか明瞭ではなかった。「ええ……ああ、そう……本当？　彼らはなにをしているの？……それで？　ええ、わかったわ……じゃあ、なかにはいるのね？……ええ、わかるわ……ええ……そう……いいわ。ええ……もちろん。じゃあね」

「サムの話も、きみみたいにそんなにわかりやすかったのか？」

だが、メアリーはしばらく黙りこんだ。

「どうしたんだ？」

「ボリスがいったことだけど」

「というと？」

「なぜ、こんな歳になっても、お母さんと同居しているの、アルバート？　ふつうはそんなことないでしょ？　離婚してからずっと、あそこに住んでるの？」

「家ができあがるまで、あそこに住んでいるだけだ」

「わかったわ」

「サムはどうしているんだ、メアリー？」

「ヘレンと友人たちは、サンシャイン・ブリッジというところにいるらしいわ。あなた、知ってる？」

「いや」

「わたしも。でも、サムの話では、ノースウエスト地区のかなり先にある老人ホームのようだったわ」

「老人ホーム？」

「ヘレン・ミラーとふたりの友人は、老人ホームにいるといっていたわ」

「なんのためだ？　漆喰の壁か虫食いだらけのセーターでも盗むつもりか？」

「老人会のヘルパーをしているってこともあるでしょ」

「そいつらは、本当に老人ホームのなかにはいったのか？」

「ええ、十分ほど前に。なかにはいったら、ヘレンに見つかるかもしれない、とサムはいっていたわ」

「だが、一体なにをしてるんだろう。そのなんとかいう……？」

「サンシャイン・ブリッジ老人ホームよ。ヘレンの親戚がそこにいるってことはあるかしら?」

「病気の祖母がテラ・ホウトにいるし、ジェリーの両親は死んでいる。祖父については、なにも知らない」

「叔父さんや叔母さんは?」

「いるかもしれないが、もう何年も、ミラーの家族のことは聞いていない。ハイスクールのころから、家族の話はしたことがない」

「本当?」

「あのころは、兄弟のことを含めて、家族の問題から逃れるのはおれたちにとって大きな問題だった」

「あなた、兄弟はいるの?」

「たとえばの話だ。ベッドわきに写真があっただろう」

「あなたのベッドわきには、写真なんてなかったわ」メアリーはいった。「でも、前からひとり息子だと思っていたの。この歳で親の家にいることも含めて」

29

わたしたちは、ボリスが監視していた大きな柳の近くに車を駐めた。数分ほど、わたしたちは車のなかから、周囲の様子を観察した。

時刻は、前夜母を追ってここにきたときより少し早かった。あのときのように、あたりは静かだった。わずかな明かり。野良犬。ヴァンが通りすぎた。周囲では、なにも動きはなかった。静まりかえった都心の住宅地域。

「どうするの?」メアリーがいった。

「車から降りて、木の下を調べてみる。それから、暗がりをたどって、附近を見てみよう。ふたりなんだから、話しながら散歩しているように見せかければいい」

「どうやって?」

「通りの左右をうかがうときには、きみがわたしの肩ごしに片方を見て、わたしはきみの肩ごしに反対側を見る。通りすがりの人間には、探偵なんかじゃなく、散歩しながら話をしているカップルのように見えるはずだ」

「いいわね。これが仕事だということさえ忘れなければ、手をとってもいいわ」

わたしたちは車から降りた。そして、柳の下に出た。わたしは、だれか——たとえば、母——が最近ここにいた形跡を求めて、あたりを見まわした。だが、街灯の光は柳の枝に隠され、煙草の火で照らした程度の明るさもなかった。

メアリーは煙草に火をつけた。ライターがかすかな光を投げかけたが、地面にはなにも眼につくものはなかった。

声をひそめて、わたしはいった。「ボリスが襲われた場所に行ってみよう」メアリーはわたしの手をとった。わたしたちは柳の下を出て、ゆっくりと通りを横切った。

ボリスが襲われたのは、車の窓ガラスを割っていた男を見つけたときだった。排水溝にガラスの破片が散らばっているのが見え、わたしたちは少し、相手の肩ごしに周囲をうかがった。眼につくものはなかった。

「昨夜ボリスを襲ったのが、若い連中だったか大人だったか、わかっていればいいんだが」わたしはいった。「それに、警察の対応も。母の話を聞ければよかった」

「今夜、お母さんたちの真似をするなんて、考えてもいなかったんでしょ」

「母は病院で、この野蛮な破壊行為は数ヵ月前からつづいているといっていた」

「被害を受けたのは車だけ？」

「車、家の窓、殺されたペット。ひどいことばかりだ」

「でも、なぜなの？ なぜそんなことをするのかしら？」

「それは……」想像もつかないといいかけてから、考えた。ひょっとしたら……？ そんなことがあるだろうか……？

「どうしたの？」

「きみの住んでいる地域でこんなことが起きたら、どう思う？」

「そうね、腹が立つわ」

「そうか」

「これからどうするつもり、アルバート？」

「昨夜行った路地にもどってみよう」

「どうして……？」

「昨夜、ボリスとフォンテーンはあそこで張り込みをしていた」

「わかったわ」

わたしたちは、路地の入口に向かって歩きだした。「きみなら、こんなことが起きたらその街から出たくならないか？」

メアリーがこたえた。「それが目的だと思っているの？だれかがここに住んでいる人たちを追いだすためにしたことだと？」

「あるいは地価をさげるためか、それとも……まだ、なんともいえない。だが、たとえ偶然のように見えることでも、たび重なればただの偶然とはいえなくなる。野蛮な行為がつづいて起きれば、だれかがその裏にいる可能性がある。なにもパターンがないように見えれば、パターンがないことが問題かもしれない」

「ねえ、わたしなんだかセクシーな気分になってきたんだけど」

「ああ、わかったよ。もちろん、これはただ分別のない子どもの破壊行為かもしれない。だが、今日のわたしは勘が働く。地域の住民の不安をかきたてるためだという気がしてならないんだ」教会の破壊行為から手をひけという、トム・トーマスからの電話のことを思い出し、わたしは立ちどまった。

「アルバート？」

「今朝、おかしな電話がかかってきた。これも、この仮説の裏づけになるかもしれない」わたしはまた、歩きだした。「住民に土地を売らせるためではないかもしれない。この地域がさびれて、住民が変化を求めるようにして、再開発に反対する運動にただ水をかけるためだけかもしれない」

昨夜の路地に出るまで、ふたりとも黙りこんでいた。

「この先は、とても暗いわ」メアリーがいった。

わたしは先に立ち、近くの暗がりにはいった。そして、メアリーの腰に腕をまわした。「きみはざらにはいない、特別の女性だ……きみと会えて幸運だった」

「それで?」

「たまたま、これから危険な場所に行くことになったが――

――」

「よしてよ」

わたしは先に立って、歩きだした。母のように慣れた動きではなかったが、わたしたちは暗がりをたどって、ゆっくりと移動した。

前方のどこかから、物音が聞こえた――なにかがぶつかる鈍い音だった。低い音だった。わたしは立ちどまった。そして、耳をすませた。また、音が聞こえた。「なんの音?」メアリーが、おし殺した声でいった。

「わからない」危険を感じさせるような音ではない。だが……

また、歩きだしたが、また鈍い音が聞こえ、メアリーがわたしの腕をつかんだ。「どうしても、先に進むつもり?」

「それしかないだろう。薄暗い路地でおかしな音が聞こえたといっても、警察がとりあうはずがない。もちろん、方法があれば母に連絡してもいい。だが、手段がない」

「わたしたち、なにもしなくてもいいのよ」

わたしは、少し考えた。なにもしない……それは、周囲の出来事をただ呆然とながめることしかできなかった、長い年月を象徴しているように思われた。

わたしはいった。「このまま、見すごしにはできない。きみはここにのこったら?」

「ひとりで? 絶対に嫌よ」

わたしたちは、また歩きだした。鈍い音はくりかえされ、近づくとだれかが太い棒で殴りつけている音のようだった。音はやんだ。だが、すぐにまたはじまった。

ガラスが割れる音、甲高い叫び声、さっきまでとは別の鈍い音、それにうめき声が聞こえてきた。

わたしは暗闇のなかを駆けだした。一軒の家の車庫、そしてもうひとつの車庫を通りすぎたとき、家の裏側の窓で蠟燭の火が揺れるのが見えた。一瞬、蠟燭の光はなにかに隠された。だれかが庭にいる。

蠟燭の光の見えたほうに向かって歩きだしたが、二歩進んだところで、右足がなにか堅く動かないものにぶつかった。バランスを崩し、ふらつき、あお向けに倒れた。

背後の路地から、メアリーが呼びかける声が聞こえてきた。「アルバート？」

このまま倒れていることはできない。身をよじって立ちあがると、頭がなにか硬いものの角にぶつかった。わたしは、また地面に倒れた。

片手で頭を押さえ、もう一方の手を地面について、方向を確かめ——今度はもっと注意深く——蠟燭の見えるほうに顔を向けた。地面に膝をつき、頭の上に立ちあがるだけの空間はあるだろうかと考えた。手を頭からはなし、上にのばした。

このとき、だれかが駆けだす足音が聞こえてきた。足音はわたしのいるほうに近づいてきた。かなり早い速度だった。足音は大きくなった。右手になにか硬いものがぶつかった。

指の骨が折れるのがわかった。

わたしは悲鳴をあげた。周囲から、叫び声が聞こえた。近くで、エンジンのかかる音が聞こえた。眼のくらむようなライトが照りつけた。オートバイだ。さっきぶつかった動かないものは、このオートバイだった。

オートバイに乗っている男が見えた。もうひとりがわたしのすぐそばを通って、オートバイの後ろにまたがった。タイヤにはねあげられた小石が顔にぶつかった。ヘッドライトが、驚愕したメアリーの顔を照らしだした。

オートバイは走りだした。そして、メアリーにぶつかった。

30

「メアリー?」凍りついた顔がヘッドライトに照らしだされたあたりに向かって駆けだした。「メアリー?」彼女の姿はなかった。「メアリー? メアリー?」

はるか遠くで、高らかなエンジン音を響かせながら、オートバイの赤いテールランプが路地を曲がって消えた。メアリーは、オートバイの前部に乗せられて連れ去られてはいなかった。「メアリー?」

どこかに明かりはないか? 暗闇のなかに浮かんでいるのは驚きに歪んだメアリーの顔だけだった。彼女はわたしについてきた。わたしを助けるために。「メアリー?」

電話の鳴る音が聞こえた。

携帯電話だった。メロディは《冷たくしないで》だった。

「メアリー?」

わたしはその音を追い、ようやく彼女を見つけた。彼女は蠟燭のともった庭にはいる前に通りすぎた、車庫の前にうずくまっていた。わたしは、彼女の横にしゃがみこんだ。

「メアリー?」

低い声で、メアリーはこたえた。「あら、アルバート」

「メアリー……大丈夫か?」

「さあ……どうかしら」

「痛みは?」

「そうね……痛みはないわ。はねられたの……」

「意識はあるようだな」いいほうの手で、メアリーの顔にふれた。それから、肩をなでた。

「コンドームなしじゃダメ」メアリーはいった。

「気がかりなんだ……」

「お願いがあるんだけど」

「いいたまえ」

「あの電話に出てくれる?」携帯電話は、彼女の横の地面にころがっていた。わたしはボタンを押し、耳にあてた。

「もしもし?」

「おたがいの電話に出るようになったわけ？」サムはいった。「ずいぶん、仲がいいのね」

「そんなことをいってる場合じゃないんだ。異常はないか？」

「現在の状況を報告したかっただけ。ヘレン・ミラーとふたりの友人は、まだサンシャイン・ブリッジのなかにいるわ。退屈なんてものじゃないわ」

「では、問題はないんだね」

「もちろんよ。危険なんかないわ。じゃあ、やりかけていたことにもどって義理のママによろしく。じゃあね」

わたしはいくつかボタンを押したが、電話は切れなかった。「メアリー、切るにはどうしたら……？」このとき、彼女の首がぐったりと垂れていることに気づいた。「メアリー？」

「ただ、頭を休めていただけ。でも……」

「でも？」

「気分がよくないの」

わたしはパニックに陥った。話しかけ、状態を確かめ、できるかぎりのことをしてやりたかった。だが、メアリーがヘッドライトを浴びたときのように、体は動かなかった。

「アルバート？」

だがすぐに、わたしは我にかえった。「車をもってくるが、その前に手足が動くところを見せてくれ」

メアリーはこたえなかった。

「メアリー？」

「受け身な女は嫌いなんでしょ？」

「背中か首に異常があるなら、どこでもいい――」

「わかってるわ。ただ、冗談をいっただけ」そして、彼女はいった。「ほら」

「ほらって？」

「足を動かしているの」

わたしは彼女の足があると思われるあたりに手をのばした。だが、手は足にはふれなかった。「どこだ……？」このとき、右手が足にぶつかった。「ああ、畜生！」

「どうしたの？」

「力のいれすぎだ。よし、今度は手を動かしてくれ」

「腕立て側転でもしろというの？　ねえ、お願い、車をもってきて」

手を動かせるかどうか、確かめなくてもいいだろうか？

「お願い、アルバート、車をもってきてよ」

31

サウスサイド病院の救急病棟で、眼についた最初の移動係をつかまえ、担架を車のところまでもってくるように頼んだ。彼はわたしの顔を覚えていた。「またきたのか、あんた？」

わたしも、彼の顔は覚えていた。「昨夜は、ありがとう。また、力を借りることになった」

「あんた、だれかに頭を殴られたようだな」

「わたしじゃないんだ。車のなかに、オートバイに轢かれた女がいる」

「あんたが排水溝に落ちるのを守ろうとしたのか？」

「おしゃべりはよして、早く降ろしてくれないか？《ステップ・オン・イット》」

「おれをあんまり急がせたら《ステップ・オン・イット》、ころんで担架を押せなくなっちまうぜ」

「かなりひどい状態なんだ」

「もちろん、パーティのために連れてきたんじゃないだろう」

　どうすればこの男をせきたてられるのか、必死に考えた。だが、そのうちに彼は車のところにやってきた。「意識はあるのか？」彼はたずねた。「聞こえるかい、お嬢《スイーティ》さん？　名前をいえるかい？」

「スイーティよ」メアリーがいった。

「そうか、思ったとおりだったな。おれの勘は当たるんだ。OK、スイーティ、降ろしてやるからな。できるだけ気をつけるつもりだが、担架に乗せなくてはならない。いいな？」彼はメアリーの体をもちあげた。「つらくはないだろう？」

「歯医者のほうがずっと楽よ」

「気をつけろよ、お嬢さん。おれの気分を害したりしないようにな。さあ、これからなかにはいる。なにかにぶつかるかもしれない。だが、なにかいっていてくれ。意識を失っていないことを知りたいんだ。いいな？」

「スイーティ・パイよ」メアリーはいった。

「なんだって？」彼は担架を押しはじめた。

「わたしの名前よ。スイーティ・パイというの」

「わかった、ミズ・パイ。そのまま、話しつづけてくれ」

　メアリーがカーテンで仕切ったベッドに寝かされると、わたしは受付に行き、知っているかぎりのことを話した。住所、電話番号、姓はわかっていた。だが、生年月日、保険についての詳細、ペニシリンのアレルギーはあるか、最近親についてはわからなかった。「すまん、知り合ってから、まだ数日しかたっていないんだ」

　受付係の顔は青白く、首が長く、冷ややかな表情だった。彼女は通りすがりの看護師を呼びとめた。「四号室よ、ハワード」彼女はクリップボードをわたした。

「彼女をはこびこむあいだに、わたしの傷も診てもらいたいんだが」わたしはいった。

「傷？」彼女は眼を細めて、わたしを見た。「頭には異常がないようだけど」

わたしは右手を見せた。はれあがり、紫色に変色していた。かなりひどい状態だった。

彼女は眉をひそめた。「ここにはこびこまれた女のひとを殴ったんじゃないでしょうね？」

わたしはこの笑顔ひとつ見せない受付係に、傷を負った状況を説明した。

「そこにおすわりください、ミスター・サムスン。医師の準備ができたら、お呼びしますから」

「友人のところで待つことはできないのか」

「ここは病院ですよ。デート斡旋所じゃありません。かけてください」

わたしはカウンターからはなれた。メアリーと一緒にいたかったが、指の状態はかなり悪化していた。それに、小指もおかしな角度に曲がっていた。指はずきずきと痛んでいた。立ったまま見ているうちに、痛みはますます激しくなった。わたしの手は、あの路地で聞こえたのと同じ鈍い音を立てているようだった。

あの音……うめき声……

突然、路地であの鈍い音に聞き耳を立てたとき、うめき声が聞こえたのを思い出した。その声は、記憶にはっきりとのこっていた。

そうだ……メアリーをのぞけば、あのうめき声のことを知っているのはわたしだけだろう。メアリーを轢いた男たちは、ほかの人間にも危害をくわえたのだろうか？

まさか、母では？

急ぎ足で、四号室に駆けつけた。救急病棟の医師がこういっているところだった。「痛みがあったら、いってください。ここは？　では、ここは？」

「三カ所全部痛かったら、治療費が安くなるの？」メアリーはいった。

「失礼します」わたしは声をかけた。

「はいらないでください、ミスター・パイ」医師がいった。「おわかりのように、奥さんの診察をしているところです。外でお待ちください。できるだけ早く診察を終えて、お話しします」

「メアリー、悪いんだが、出かけなくてはいけない」

「どこに行くの?」

「あのオートバイがあった庭に……だれか倒れていたような気がするんだ。もどって、確かめてくる」

メアリーは無言のままだった。

「メアリー、聞こえただろう? わかってくれるだろう?」

「ここにひとりでおいていくからといって、夫を冷たい人間だと思わないでね、先生」彼女はいった。「彼は気が弱いひとなの。病院でひとが治療を受けているのを見るのが耐えられないの」

「できるだけ早くもどってくる」わたしはいった。

「メアリーといいましたね」病室を出ようとしたとき、医師がいった。「あなたの名前はスイーティだと思っていたんだが。まさか、患者をまちがえているのではないだろうな?」

32

ヴァージニア街とあの路地に近づくにつれて、人間の生命がわたしの手のなかにあるという不安が高まった。あるいは、その生命はすでにわたしの手をすりぬけているかもしれない。今、わたしの手はあまり信頼のおける状態ではない。

あそこにいるのが母だと考える理由はなかった。母は今、外出してどこかにいるというだけだ。わたしは、母かもしれないという予測を頭からはらいのけた。

自分でくるよりも、病院から警察に通報するべきだったかもしれない。だが、そこに負傷した人間がいると考えた理由を説明するには、かなりの時間がかかるだろう。それに、その負傷した人間のいる場所を説明するのはむずかしい。あるいは、死体がある場所を。いや、やはり自分で調べたほうが早い。

だれにも求められてはいないが、避けられない責任のことを考えると、心は暗かった。それとも、頭をなにかにぶつけてしまったせいだろうか？

路地の突きあたりの近くに車を駐めた。このとき、メアリーのこの車に懐中電灯があるかもしれないという考えが浮かんだ。だが、どこにあるだろう？

グラブ・コンパートメントのなかを見た。懐中電灯ははいっていなかった。トランクのロック解除レバーをひいた。車の後部にまわる途中、トランクの中から死体を見つけたらと考えると、背すじが冷たくなった。

馬鹿なことを考えるな。

死体はなく、懐中電灯が見つかった。弱かったが、明かりがついた。電池をとり替えるようにメアリーにいわなくては。

メアリー……いや、心配はないだろう。

暗い路地に精神を集中した。

メアリーのことも考えたくなかった。わたしは、前方の懐中電灯はバットがわりになるほど大きくはなかったが、いざというとき武器になる程度には頑丈で重かった。

だが、これをつかう相手はどんな人間だろう？

手の痛みが激しくなった。

畜生。わたしは暗がりに向かって罵り、早い足どりで道のまん中を歩きだした。

現場に行くのは簡単だと考えていたが、歩きつづけるうちに、自信がもてなくなった。わたしは、あの蠟燭を探した。すぐに、同じ窓辺で光が揺れているのが見えた。あれは人生の象徴だろうか？

人生には、なんと不可解なことが多いのだろうか？ うめき声をあげていた人間は、重傷ではなかったかもしれない。彼、あるいは彼女は、家に帰り、だれかに助けを求めたかもしれない。

あのとき聞いたうめき声は、メアリーを轢いたやつらのひとりだったかもしれない。だとすれば、この庭には負傷したものはいないことになる。

だが、どの仮定も信じることはできなかった。だれか負傷した人間がここにいるという確信があった。だれか助けを必要としているものがここにいる。わたしの助けを求めているものが。

車庫の角を曲がった。薄暗い光で庭を照らしながら、わたしは慎重に家に近づいた。

蠟燭の光まで四分の三ほど庭を進んだとき、その男を見つけた。あるいは、女を。眼に映ったのは、つま先を下にして芝生に横になった足だった。そして、足の先のももも。だが、ももから上は藪に隠れていた。まるで、藪にはいこみかけて、途中で動作を止めたように。

「おい」わたしは声をかけた。「おい、きみ」

反応はなかった。

懐中電灯をつかって、藪をかきわけた。ももの上にスカートが見えた。ああ、神よ、母でなければ……

藪にはいこんで、小枝を押しのけると、スカート、背中、そしてわたしから顔をそむけた頭が見えた。髪は灰色で、なにか黒いものでおおわれていた。顔は見えなかった。

「息をしてくれ」思わず、声が出た。「頼む、息をしてくれ」だが、わたしの呼吸はこの相手の声が聞こえないほど荒くなっていた。口と鼻に顔を近づけたかったが、これ以上上体をのばすことはできなかった。

左手と右ひじ、それに体を使って、女の頭に耳を近づけた。途方もなく長い時間に感じられたが、実際はほんの数秒だっただろう。

なにかが聞こえたような気がした。息づかいだろうか？　この女はまだ生きているのだろうか？　わたしはすべての神経を耳に集中した。

このとき、まぶしいライトがそそがれた。

わたしは身をひいた。そのひょうしに、バランスを崩した。傷ついた女の上に倒れないように、右手で小枝を押した。手が激しく痛んだが、体はあお向けに地面に倒れた。眼の前は、まるで太陽を見ているようにまぶしかった。男の声が聞こえた。「つかまえたぞ！」

わたしはいいかけた。「この女は――」

「いいか、動くなよ。ほんの少しでも。体を動かしたら、引き金をひく」

「この女は負傷している」

「ああ、それにやった人間もわかっている」

「おれじゃない――」

「黙れ。わかるな？　懐中電灯を捨てて、その女からはなれろ。また殴るようなことをしたら、おまえは死ぬ」

「この女を殴ってはいない」

「それなら、おれは法王だ。おまえが殴るのを見なかったと思うか？」

「いや、見ているはずがない」

「じゃあ、殴ろうとするところといってもいい」

「この女を助けにきたんだ」

「ああ、そうだろう。神さまに会うのを助けるんだろう。いいか、若いの、おれは老いぼれだが、頭はたしかだ」

わたしは、ゆっくりと両手を彼らの見えるところまであげた。「救急車を呼んでくれ」そういったとき、わたしは気づいた……この男は、自警団のメンバーかもしれない。

「ポジーかもしれない、と思ったんだ」

「おまえ、なぜポジーのことなんか知ってるんだ」その男はたずねた。

これにこたえようとしたとき、電話が鳴りはじめた。自警団の仲間が電話してきたのか？　「電話に出ないのか？」わたしはいった。

このとき、メロディが《冷たくしないで》であることに気づいた。上着のポケットには、メアリーの携帯電話がはいっていた。無意識のうちに、右手をポケットにいれた。

「ああ！　畜生！　痛い！」左手で、痛む右手をなでた。

電話は鳴りつづけた。左手をつかって携帯電話をとりだし、ボタンを押した。

わたしがこの老人だったら、引き金をひいていたかもしれない。だが、わたしは運よく魔法の言葉を口にしていた――母の名を。「もしもし？」

「パパ。前に電話したとき、メアリーとしていたことは終わったの？」

「サム、そんなことをいっている場合じゃないんだ」

「パパ……」

「今、負傷した女のそばにいるんだが、見たところ……」

それ以上のことはいえなかった。「救急車を呼ばなくては」

「あなたは大丈夫なの？」

「ああ。いや、そうはいえないな。だが、大したことはない」

「メアリーも大丈夫なの？」

「そうだな。いや、そうはいえない。メアリーはサウスサイド病院にいる」

「今、そこにいるの？」

「どこかの家の藪のそばにいて、おまえのお祖母さんの自警団に拳銃を突きつけられている」

「パパ！」

「おまえは元気なんだろう、サム？」

「ええ。ただ、退屈なだけ」

「チャンスを見つけて、また電話する」電話を切る方法がわからなかったが、いくつかボタンを押すうちに、発信音が鳴り、電話が切れた。

　老人の懐中電灯の後ろで、なにか動く音が聞こえてきた。

わたしは彼にいった。「電話をもっていたら、救急車を呼んでくれないか？」

　返事はなかった。

「畜生、救急車を呼んでくれ」わたしは叫んだ。

「アルバート？」

新しい声。女の声。自信に満ちた声。「母さん？」

33

病院に行く、とわたしは母に告げた。

「ダメよ」母はいった。「これは殺人事件よ。ここで見たことと聞いたことを警察に話す義務があるわ」

「母さんには話しただろう。それを警察につたえてくれ。なにか思い出したら、電話する」わたしはメアリーの携帯電話を突きだした。

「その手はどうしたの？」

わたしの右手は、動物の風船のようにはれあがっていた。

「踏まれたんだ」

「救急車がきたら、救急医療士が手当てしてくれるわ」

「サウスサイド病院に行くんだ」

「たしか、そこで新しいお友だちが信頼できる医師《ケイパブル・ハンズ》の治療を受けているはずね」

「今は、手《ハンズ》という言葉さえ聞きたくないんだ、母さん」

「そんなつもりでいったんじゃ——」

「ああ、わかっている。警察がきて、なにか聞きたいことがあったら、サウスサイド病院にいるといってくれ」

「どうしても行くというのなら……」

「ああ、絶対に行く」

「それなら、その前にオートバイのプレート・ナンバーを思い出してみて」

わたしは、オートバイのエンジンがかかり、ライトがついたときのことを思いかえした。だが、頭に浮かぶのは驚きに歪んだメアリーの顔だけだった。メアリー。彼女があそこにいたのはわたしについてきたからだ。「すまないが、なにも思い出せない」

わたしは歩きだし、路地を出た。遠くから、サイレンの音が聞こえてきた。

サウスサイド病院の受付係のほうが、先にわたしに気づいた。長い首のせいだろう。「もどってきたのね」彼女はいった。

「前にここにはこびこんだ女性のことだが……」

彼女はわたしの手を見た。「まあ、痛そう」

「今、彼女は……」

「もう、手当ては終わったはずです。彼女がどうしているか聞いてから、医師に連絡して、あなたの手を診察してもらいましょう。用意ができたら声をかけますから、そこにすわってお待ちください」

わたしは、ベンチにはすわらなかった。そして、四号室に向かって歩きだした。だが、メアリーの姿はなく、看護婦がまだ十代らしい少年の頰の傷を縫っていた。「なにかご用ですか?」顔をあげようともせずに、看護婦はたずねた。

「前にここにいた女性のことですが。今、どこにいますか?」オートバイにはねられた女性です。今、どこにいますか?」

「わたしにはわかりません」十代の少年は、苦痛のうめき声をあげた。「ねえ、頭を動かしたらどうなるか、わかってるんでしょ?」看護婦がいった。


病室の外に出て、これからどうすればいいのかわからぬまま、廊下の左右を見た。諦めて、受付係のところにもどろうとしたとき、廊下の先のドアが開いて、首にギプスをはめた患者を乗せた車椅子をひいた看護婦が、後ろ向きに病室から出てきた。わたしはふたりのいるほうに歩きだした。

近づくと、看護婦は車椅子をまわして、わたしのほうに向けた。はこばれている患者はメアリーだった。わたしは車椅子に駆けより、膝をついた。

「見た、ドリンダ? わたしの前に出ると、男はみなこんな態度をとるのよ」メアリーはいった。

「あなたは幸せね」看護婦がいった。

わたしはいった。「ねえ……メアリー……きみは……?」

「わたしの前に出ると、男はみなうまく口がきけなくなるの」メアリーがいった。「羨ましく思うかもしれないけど、正直にいうと、厄介なこともあるのよ。だって、こんな調子で会話すること、考えてみて」

「メアリー、体の状態は……大丈夫なのか？」

「ええ、ルンバでも踊れるくらい」

「なんだって？」

「しっかりしてよ、アルバート。切り傷と打撲傷もたくさんあるけど、いちばんひどいのはむち打ち症なのよ」

わたしの眼は車椅子に吸いよせられた。

「それだけじゃないわ。わたし、もう歩けなくなるかもしれない。そうなったら、わたしの世話をするのはあなたの責任よ。明日、あなたの家に荷物をはこびこむことにするわ」

わたしは、口をぽかんと開けていたにちがいない。

「口を閉じて、アルバート。ただ、笑えばいいのよ」

わたしは立ちあがった。「ハハハ……」

眉をひそめ、ドリンダがいった。「聞いてもいいかしら？　あなたのその手、前からずっとそんな状態なの？」

レスラーのような体つきの男が骨折した指に副木を施しているあいだに、わたしはあの蠟燭のともった家で起きたことを頭のなかで検討してみた。

「その女のひとは死んでいたの？」メアリーがたずねた。

「母はそういっていた。かなりショックだったようだ。その女性は母の友人だった」

「同情するわ」メアリーは、暗い表情でいった。

「痛い！」

「どうしたの？」メアリーがたずねた。

「きみじゃない。この男にいったんだ」

「痛かったですか」レスラーのような男がたずねた。

「ああ、痛かった」

「なぜだろう？　こうしたら……どうですか？」

また、痛みが襲いかかった。「殺された女を見つけたばかりなんだが、おかげで、一瞬そのことが頭から吹き飛んだ」

「患者さんのために尽くすのが、わたしたちの仕事ですからね」

メアリーがいった。「その女のひと……いつ殺されたかわかっているの？」

「もっと早く思い出していたら、まだ生きていたかもしれないということか?」

「そうじゃないけど……」

「わからない」母が彼女の状態を調べていたときのことを思いかえしてみた。「そうだな、頭にひどい傷を負っていた」

レスラーのような男は、手を止めた。「その殺人事件というのは本当の話ですか?」

「もういいわ、アルバート」メアリーがいった。「起きてしまったことだもの」

「そうだな」わたしはいった。「わかったよ」わたしはレスラーのような男にいった。

「手当てが終わったら、どうするつもり?」メアリーがたずねた。

「そうだな」家に帰るといいかけたとき、その前になにか考えることがあるような気がした。なんだっただろう?

「アルバート?」

答は出てこなかった。

「ここには、ときどき殺された人間がはこばれてくることもある」レスラーのような男はいった。「そんなときは、なにもできることはない」

「手当ては終わったのか?」わたしはたずねた。

「もうすぐ終わる。だが、はれがひいたら、必ず包帯をとりかえにきてくれ」

わたしはメアリーにいった。「家に帰ろう」

「警察と話さなくてもいいの?」

「母に電話して、家にいると警官につたえてもらう。きみの電話がポケットにはいっていたはずだ」

メアリーはわたしのポケットをたたいてから、電話をとりだしたが、ボタンを押そうとしたとき、レスラーのような男があわてて制止した。「ここでは、携帯電話はつかえません。規則で決められています。表示があるでしょう」

「大目に見てもらえない?」そういって、メアリーは首のギプスと包帯を巻いたわたしの手を指さした。

「電話するなら、外に出てからにしてください」

「ファシスト! 行きましょう、アルバート」

自由を保証された世界、入口に向かって歩きだしたところで、わたしはいった。「さっきの言葉は素晴らしかった。きみを誇りに思うよ」

だが、このときサムの大きな声が聞こえ、メアリーの返事は聞こえなかった。「ここにいたのね。あなたたちを探して、駆けまわっていたのよ」廊下の先から、サムは小走りにわたしたちに近づいた。

わたしたちは表示に従って、カフェテリアへと向かった。夕刻をすぎていたので、自動販売機の食べ物で我慢するしかなかった。だが、そんなことは気にならなかった。味気ないホット・チョコレートでも、疲れをいやしてくれた。

「あなたたち、戦争にでも行っていたの?」トウィンキーの箱を開けながら、サムがいった。

「どんなひとがトウィンキーを食べるのか、いつも考えていたの」メアリーがいった。

「フランスにはないのよ」

「野蛮な国ね」

わたしはホット・チョコレートをすすった。

サムがいった。「パパが電話で、ここにいるといったでしょ。まっすぐここにこようかとも思ったけど、そのときヘレン・ミラーと友人が出てきたの」

「心配することなんかなかったのに」わたしはいった。「電話でも、そういったはずだ」

「そうはいわなかったわ」

メアリーが口をはさんだ。「だから、あなたはヘレンのあとについていったのね?」

「とにかく、ヘレンは街に向かっていたわ。イリノイ通りと三十八丁目の交差点で友人たちを降ろすまで、あとをつけていたんだけど。そのあと、ヘレンは西に向かって走りだしたから、尾行を中止することにしたの。両親の家に行くと判断したから。でも、すべては報告書できちんと説明するわ」

わたしはまた、ホット・チョコレートをのんだ。

メアリーがたずねた。「老人ホームでなにをしているのか、わかったの?」

サムは首をふった。「でも、明日また昼間に行って、聞いてみるつもり。パパが経費を認めてくれればだけど」

「認めてくれるはずよ。そうでしょ、アルバート？」

「もちろんだ」わたしはいった。

「このおかげで、彼はなんでも頼みを聞いてくれるの」メアリーはギプスを指さした。「これはすべて彼の責任だから、わたしの足もとにひざまずいて……」

　サムの視線が、わたしたちのあいだを往復した。「まさか、デートで変態的なことをして、そうなったんじゃないでしょうね？」

「冗談じゃない」

「鞭でたたかれたりしたんじゃないわ」メアリーはこたえた。「むち打ち症よ」

「だれかがオートバイのところに行くとき、手を踏んづけたんだ」

「そいつと仲間の男が、女を殺したあとで」

「そのあと、彼らはメアリーを轢いた」

「むしろ、はね飛ばしたといったほうがいいわね」

「待って」サムがいった。「殺人？　本当なの？」

「ああ、そうだ」

「恐ろしい話ね。だれを殺したの？　知っているの？」

「その女が殺されていたのは、昨夜あなたのお祖母さんのあとを追っていたときに行った、路地の奥の家だったわ」メアリーが説明した。

　わたしはいった。「母さんの話では、ローシェル・ヴィンセントという名前だった」

「ローシェル・ヴィンセント？」サムがいった。「まさか。ローシェルが死ぬなんて」サムは首をふった。「一週間前に会ったばかりよ」

「彼女と親しかったの？」メアリーがたずねた。

「親しいとはいえないけど、破壊行為が始まったころ、お祖母ちゃまはよくヴァージニア街の西に行って知り合いと話をしていたし、わたしも何度か一緒に行ったことがあったわ」

「一体いつから……」ヴァージニア街の西の破壊行為はいつはじまったのか、といいかけ、わたしは口をつぐんだ。

考えがひらめいた。この事件を解く鍵が。

「パパ?」

「アルバート?」

34

病院を出る前に、メアリーの携帯電話から母に電話した。

「今、どこにいるの?」母はたずねた。

「メアリーの車で、病院を出るところだ」

「そこにいて、アルバート。警察がそこに行って、話を聞くといっているの」

「家で話すといってくれ。今、家からかけているんだろう?」

「ええ……でも」

「警察に電話をかけてくれ。数分後には、家にもどる」

「わかったわ。サムがどこにいるか、知っている?」

「後ろの車に乗っている」

「元気なの?」

「もちろんだ。話はそれだけかい?」

「こんな夜には、なにか聞くのが恐いのよ」

「ローシェルとは親しかったのか？」

「親友で、もっとも古い友人だったわ。いつ知り合ったのか、覚えていないくらい」

「彼女のことには同情している」

「忌まわしい出来事ばかり……この街はどうなっているのかしら……どうしても、こんなことやめさせなくては」

「もどったとき、起きているかい？　少し話したいことがあるんだ」

「今夜は、眠れないかもしれないわ」

母は、親友の死にうちひしがれているようだった。「ノーマンは……一緒にいるのか？」

「彼はいい若者だよ。心も優しいしね」

「彼が一緒だといいんだが、と思っただけさ」

電話を切ると、メアリーがたずねた。「お母さんは元気だった？」

「元気とはいえないな」

「これから——」メアリーはいいかけたが、その言葉は《冷たくしないで》のメロディにさえぎられた。「出てくれる？」いいかけた言葉をのみこみ、彼女はいった。

サムは腹を立てているようだった。「なぜメアリーに運転させてるの？　ギプスをつけているのよ。むち打ち症なのよ」

「メアリーが運転しているのはこれが自分の車だし、自分から運転したいといったからだ。自分の運命は自分で決める、現代の女だからだろう」

「あるいは、あなたが手を骨折しているから、運転させないほうがいいなんて馬鹿なことを考えたのかもしれないわね」

「いや、メアリーはむしろ、よく気がつく優しい女だから、折れた手を気づかって運転するといってくれたんだろう。だが、すべてに気のまわる優しい父親として、ここで電話を切ることにする。運転しながら電話するようなことを、させたくないからだ」

少し沈黙したあとで、メアリーはいった。「お母さまとは、どんな話をするつもり？」

「死んだ友人について、いくつか質問するだけだ。それほど重要なことじゃない」

「〝重要なことじゃない〟？」

「だが、重要な問題になるかもしれない」

「どんなこと？」

「些細なことさ」

「わたしには話せないというの？」

「ただ、こんな一日のあとで、いろいろな新しい視点や新しく気づいたことがあるんだ」

「では、運転に精神を集中させて。いいわね？」

「メアリー、なにか今まで考えていなかったようなこと、これまで考えていたのとはちがっていることがあるような気がするんだ。それに――」

メアリーは歌いだした。「聞かないわ。聞くのは嫌。絶対に聞きたくないの」

だが、わたしは彼女の歌う声に耳を傾けた。メアリーの声は美しく、低く、豊かな響きをもっていた。ごくありきたりの言葉までが、説得力を持ち、彼女の個性があらわれていた。「歌がうまいんだな」わたしはいった。

「もうダメ。最近は、煙草を喫うようになったから」

「オペラ歌手になりたいというのは本当だったんだね？」

「しばらく黙っていてくれる、アルバート？」

わたしは口をつぐんだ。この女性について知らされることは、まだたくさんあるようだった。


家にもどると、母はオフィスにいたが、ひとりではなかった。「アルバート、このひと――」

「ああ、知っている」

ホーマー・プロフィットが、わたしのデスクの角に腰をかけていた。「犯罪現場をはなれたことで、あんたを逮捕することもできるが、あんたの母親から重傷を負ったと聞いた」彼は立ちあがって、わたしの手を見た。「その手を負傷したんだな？」彼はメアリーに視線を向けた。「あなたは？」

「貧乏じゃないけど、だれも知らない平凡な女よ」

母がいった。「アルバートの友人のメアリーよ。メアリー、このひとはプロフィット警部補」

「はじめまして、警部補」

「そのギプスをした首は、重傷でないのでしょうね？」

「ローシェル・ヴィンセントを殺した犯人が、逃げるときメアリーを轢いたんだ」

「ただのむち打ち症よ」メアリーがいった。

「〃ただの〃むち打ち症なんていわないでください」プロフィットはいった。「あるとき、わたしが追いかけていた武装した強盗が突然ふりかえって、頭からわたしの車にぶつかったことがあります。そのときは、無事だったのは幸運だったと思いましたが、むち打ち症が治るまで一年ほどかかりました」

「つづけて。気分が明るくなるように」

このとき、サムがはいってきた。「こんにちは、プロフィット警部補。ミセス・ヴィンセントの事件を捜査しているの？」

「ええ。ようやく、あなたのお父さんと友人を見つけて、事情聴取を行なうところです。殺人犯は、必ず逮捕できるでしょう」

「わたしたちのいるところは知っていたはずだ」わたしはいった。「移動するたびに、母に居場所を知らせておいた」

「そして、ようやくここにやってきた」彼は手帳をひらいたが、それを見ようともせずにいった。「お母さんの話では、あんたが死体の発見者だったということだが」

「そのとおりだ」

「では、そのときの一部始終を聞かせてほしい」彼は周囲を見まわした。「ふたりだけにしていただきたいのですが」

母がいった。「わたしたちは席をはずすわ、警部補」

「メアリー」プロフィットはいった。「あなたはこの家にいてください。アルバートの事情聴取が終わったら、あなたのお話を聞きたいのです」

「いいわ、そのときには口笛を吹いて」メアリーはこたえた。

メアリーがプロフィットとふたりだけでここにいる情景

が頭に浮かび、不快な気分になった。わたしはいった。

「メアリーは、事情聴取を耐えられるような状態じゃない」この言葉を聞くと、全員の視線がわたしに向けられた。

「おかしいか？　メアリーは大変なめにあったんだぞ」

「アルバート、これは殺人事件なのよ」母がいった。

「メアリー、あなたはどうですか？」

「大丈夫よ。しばらく椅子にかけて、水を一杯のめば落ちつくわ」

「さあ、行きましょう」母がいった。

わたしはプロフィットとふたりきりになった。あまり、いい気分ではなかった。だが、避けることはできない……

わたしはデスクに腰をおろした。プロフィットは依頼人用の椅子に腰をおろし、手帳の新しいページをひらいた。

「今夜二度目にミセス・ヴィンセントの家に行ったとき、彼女の死体を見つけたと聞いている。そうだろう？　見つけたのは二度目のときだったな？」

彼がここから話をはじめるとは考えていなかったが、なにを質問するかは彼が決めることだ。「そうだ」

「最初のときからどのくらいたったあとで、あの家にもどろうと考えたんだね？」

「正確な時間はわからない。メアリーがオートバイにはねられたあと、病院にはこんだ。充分な治療を受けたのを確認したあと、ミセス・ヴィンセントの家にもどった。念のためにいっておくが、指の手当てを受ける前だった」

「たしかに、瀕死の女性のほうが指の痛みよりも重要だろう……だが、最初のとき、なぜ現場にのこって、救急車を呼ばなかったのだね？」

「自分ではこぶほうが、早く治療を受けられると思ったからだ」

「ミセス・ヴィンセントのことは？」

「彼女があそこにいるとは知らなかった」

「まちがいないな？」

「もちろんだ」

「ミセス・ヴィンセントがあそこにいることを知らなかったのなら、なぜあそこにもどったんだね？」

きわめて論理的な質問だ。

「どうだね?」プロフィットはうながした。

「病院で、ミセス・ヴィンセントの家の奥のほうから、だれかがうめくような声を聞いたのをおぼろげに思い出したからだ」

「おぼろげに?」

「そうだ」

「だから、またそこにもどったんだな?」

「そうだ」

彼は手帳にメモしてから、質問した。「ローシェル・ヴィンセントのことはよく知っていたのか?」

「まったく知らなかった」

「あんたは、なんというか、ほとんどなにも知らなかったというんだな?」

「一体なにがいいたいんだ?」

「彼女を知らなかったのなら、なぜあの家に行ったんだ?」

「彼女の家に行ったわけじゃない。メアリーと路地を散歩していたとき、物音が聞こえた。だれかが暴行を受けているような、鈍い音だった。だから、彼女の家の裏庭にはいったんだ」

「メアリーは、今のあんたのガールフレンドだな?」

「ああ」

「ふたりで、狭い路地を散歩していたというのか?」

「あんたも、やってみるといい。いつか、奥さんを連れ、路地を散歩してみろよ、ホーマー。記憶が正しければ、きっと喜ぶだろう」

想像もしていなかったような激しい声で、ホーマーはいった。「今夜、老いた女が殺されたんだぞ。くだらんことをいっているときじゃないだろう。あんたの立場を考えて、寛大な態度をとっているのに、それをぶちこわしにしようというのか、アルバート?　今問題なのは、この人殺しを逮捕することだ。過去のことなんて、もちだしている場合じゃない」

彼のいうとおりだった。「わかった。いいだろう」これが、精いっぱいの謝罪の言葉だった。

「あんたがきたとき、手錠をかけて署に連行しなかったのは、あんたの母親が素晴らしい女性で、友人の死を知ってとり乱していたからだ。だが、いっておくが、死体を発見しながら現場からはなれるのは、われわれにとっては重大なことだ」

「今夜したことはすべて、理由があってしたことだ」

「では、あんたとガールフレンドが今夜あの路地にいた理由を聞かせてくれ」

わたしは深く息を吸いこんだ。「昨夜、ミセス・ヴィンセントの家から少しはなれたところで、暴行を受けた男のことは知っているだろう?」

彼は首を傾げた。「それで?」

「ボリス・ホワイトリーという男だった。通りを歩いていたとき、駐車した車のウィンドウ・ガラスを割っていた男を見つけた。ボリスはそいつを止めようとしたが、そいつには仲間がいた。そいつらは逃げようとはせずに、意識を失うまでボリスを殴りつけた。ボリスは重症の脳震盪で、サウスサイド病院に入院している。状態は、もっと悪化するかもしれない。彼は、警官がきて事情聴取を受けたといっていた」

プロフィットはいった。「報告書は読んだ。アルバート、昨夜ふたりの男がボリス・ホワイトリーに暴行をくわえた。そいつらは今夜ミセス・ヴィンセントを殺したふたりと同じ人間だと思っているのか?」彼は肩をすくめた。「そうだったとしても、ホワイトリーは犯人の特徴を証言することはできなかった」

「今夜、わたしたちがあの路地にいた理由を話そう。ボリス・ホワイトリーは母の友人だった。昨夜彼の身に起きたことを考えて、その近くを歩いてみようと思ったんだ」

「ガールフレンドを連れて、ホワイトリーに暴行をくわえた連中を捕まえようとしたのか……」彼は、まるで宇宙からきた生物を前にしたような眼でわたしを見つめた。

彼の考えは正しいのかもしれない。「いいか、プロフィット、聞いてほしいことがある。ここ数日わたしは幸運に恵まれている。ひとつ、あんたに頼みがある」

「いってみろ」

「この地域では、破壊行為が頻発している。なかにはひどく悪質なものもあるし、それがここ数ヵ月つづいている。だが、昨夜のボリスまでは、ひとに危害をくわえることはなかった」

プロフィットはうなずいた。

「なぜ事態が変わったのか、考えてみたんだ」

「なにがいいたいんだ、アルバート?」

「だれかローシェル・ヴィンセントが死ぬことを望んでいて、その意図を隠すために、破壊行為を利用したのかもしれない」

「今夜の殺人は計画的なものだというのか?」

「ボリスに対する行為を考えているうちに、思いついたんだ。こいつらはなんらかの意図にもとづいて暴行をくわえた、とボリスはいっていた」

「たしかに、そうだが」

「それまでとちがう事態が起きた場合、犯人は別の目的をもったちがう人間かもしれない。それなら、どんな目的だろう? 今夜起きた事態を考えてみろ。ローシェル・ヴィンセントは死んだ。もちろん、この考えはまちがっているかもしれないが、ミセス・ヴィンセントが死んで利益を得るものを調べるべきだと思う。いずれ、そうすることになるだろうが、今すぐ調べるべきだと思う」

プロフィットは、じっとわたしの顔を見つめた。

「ホーマー、さっきもいったように、わたしはこのところ幸運に恵まれている。ツイている人間がいれば、それに賭けてみるほうがいい。わたしは、彼女の死によって利益を得るものがいると思う。わたしの予測では、まだ若く、必要に迫られた、愚かな人間だろう。あまりにも馬鹿げた考えだからな。だが、この男と――それに、友人を――短時間のうちに逮捕すれば、彼らの体にはまだミセス・ヴィンセントの血がついているだろう」

35

プロフィットは長居しなかった。彼はメアリーを呼んだが、明朝なら時間がとれると約束すると、すぐに帰っていった。

「なぜ、こんなに早く帰ったのかしら?」ふたりだけになると、メアリーはいった。「なにかいったの?」

「自白したからだ」

「今夜でも、話せる状態だったのよ」

「疲れきって、きみを守れるような状態じゃなかったんだ、メアリー。プロフィットが帰ったのは、今すぐにも捜査したくなるようないくつかの考えを知らせたからだ。それだけのことさ」

「どんな考え?」

「いろいろある……」わたしは、本当に疲れきっていた。疲労が肩にのしかかっていた。このまま、倒れこんでしまいそうだった。「いろいろと」

「いつものあなたらしくなく、ひどく口数が少ないのね」

「魅力が増したかな?」

「魅力のことなんか、気にしてるの?」

「今は、起きているだけでやっとだ」

「お母さんとサムから、プロフィット警部補のことを聞いたの。別れた奥さんのことも」

「彼は今夜、母の友人を殺した犯人を探すために警官としてここにきただけだ」わたしの母……「母さんはまだ起きているかな?」

「サムと一緒に、居間にいるわ」

サムはソファにすわり、祖母の肩に手をまわしていた。わたしは声をかけた。「母さん、大丈夫かい?」

「そうはいえないね、アルバート」かなり生気が衰えていた。めっきり老けこんでいた。弱々しく見えた。

「プロフィットは帰ったよ」

母はうなずいた。

「彼は、犯人の逮捕のために全力を尽くすだろう」

「可哀そうなローシェル」母はわたしを見あげた。「あのひとを覚えているかい、アルバート？　ずっと前から、養《ナー》樹場《サリー》をやっていたんだよ」

「覚えているよ」そうこたえたが、母がそれを求めていたからだった。

「子どものための保育園じゃないよ。植物や木や花を育てる養樹場だよ。ローシェルの夫と家族は、小さな農場をやっていたんだけど。街が大きくなって、農場まで広がるようになると、小さな農場より大きな養樹場のほうがいいと考えたのよ。彼女の養樹場はきれいなところだった。何度か、ノーマンのバイクに乗って訪ねたものさ。もちろん、彼が事故にあう前のことだけど」

「ワイアットはまだ生きているのかい？」

「ワイアット？　もう、何年も前に死んだわ。息子もヴェトナムで死んでしまったし」

「ローシェルは、まだ養樹場をやっていたのかい？」

「いいえ。支配人にまかせていたわ。でも、ローシェルはいつも忙しく活動していたよ。たとえば、数年前に図書館のファウンテン・スクエアの分室が閉鎖されることが計画されたときにも」

ローシェル・ヴィンセントが街のはずれに農場ができるだけの土地をもっていたとしたら、これは殺人の動機にならないだろうか？

それとも、疲れきっていて、ひとつの角度からしか状況を見られなくなっているのだろうか？

疲労は極致に達していた。

母に視線を向けると、母はメアリーに話していた。「あんたは、本当にいいひとだね」

「ありがとう、ミセス・サムスン」

「彼があなたにちゃんと接していればいいんだけど」

「今までは、不満はありません」

「それに、あなたが煙草を喫わなければいいのにね」

メアリーとともに部屋にもどると、わたしはいった。

「今夜、きみは泊まって行くんだ。これは命令だ」

「アルバート、もういったはずよ」

「そうだったかな?」

「疲れているのね、かわいそうなアルバート」彼女は軽くわたしの頭をたたいた。「それで、どっちが先に浴室をつかうの?」

「きみだ」

　わたしはベッドに寝そべり、メアリーが入浴をおえるのを待った。つぎに気がついたときには、朝になっていた。まぶしい朝の光が流れこんでいた。

　口のなかは、皮つきのポテトを丸ごとゆでた水の底にたまった滓がへばりついているようだった。

　どこか近くから、メアリーの声が聞こえた。「はじめて朝まで一緒にすごした夜ね。なんてロマンチックなんでしょう」

　必要最低限の会話をかわしただけで、わたしたちは手早く手と顔を洗い、コーヒーをのむためにゆっくりと階段を降りて、カフェテリアへと向かった。

　鉄網の前にいたノーマンが顔をあげた。「やあ、恋人たち《ラブバード》のお出ましか」

「あなたは、恋人なんて気がする? わたしは、そんな気はしないけど」

「クー」わたしは鳩の鳴き声を真似たが、自分にも鴉の鳴き声にしか聞こえなかった。たぶん、手の痛みのせいだろう。骨折した指には、どのくらいのモルヒネの投与が認められるのだろうか?

　サムがわたしたちの前にあらわれた。腹立たしいほど健康的で、頬はピンク色に上気していた。前夜、寝るのが遅かったり、なにかつらいこと、ふだんにないようなことがあったような形跡はなかった。わたしのひとり娘は人生の岐路に立ち、悪魔に魂を売ったのだろうか?「おはよう、メアリー。おはよう、パパ。コーヒーはいかが?」と呼びかけるときの大きな声は、悪魔と手を結んだからなのだろうか?

　盟約があろうとなかろうと、サムの声はまるで悪魔のようだった。わたしは耳をふさいだ。「うるさい子どもは嫌いなんだ。きみも、そうだろう?」

「わたしは、子どもはみんな嫌い」メアリーがいった。

わたしたちは、ぐったりとテーブルの椅子にすわりこんだ。

近くから、なにか異臭がただよってきた。その匂いの源はわたしだった。

わたしはメアリーの顔をうかがい、それに気がついているか確かめようとした。メアリーは、首をまわしていた。ときどき、顔に苦痛の色が浮かんだ。むち打ち症のせいだろう。「ギプスはどうしたんだ?」

「ギプスなんて嫌い」彼女はまた首を動かし、顔をしかめた。

「ジム・ブートン（元ヤンキース投手）は、野球選手はケガをしたときより、ケガが治ったかどうかテストするときのほうが苦しいといっている」

「わたしの考えでは、私立探偵はほかのどんなことを合わせたよりも、ジム・ブートンを引用するほうがずっと苦しむものよ」

わたしは沈黙し、メアリーがその沈黙を彼女の言葉に対する賛辞と考えるように祈った。

コーヒーをもったサムがやってきた。「知らせておくべきだと思うけど」サムが大きな声でいった。「朝食のラッシュが終わったら、サンシャイン・ブリッジに行くつもりなの」

「飛びおりるのを忘れないようにね」メアリーがいった。

「おい」わたしはいった。「これがわたしの娘だということを忘れないでくれよ」

「悪かったかしら?」

「サンシャイン・ブリッジのことは知っているわね……?」サムがいった。「昨夜、ヘレン・ミラーが行った老人ホームのことだけど……」

「わかっている」わたしはいった。

「コーヒーのおかわりはいかが?」

「もちろん」わたしたちは、同時にいった。わたしたちまで、大声になっていたようだった。

サムはコーヒーをついだ。「正直にいうけど、ふたりともひどく顔色が悪いわ」サムはテーブルをはなれた。

　メアリーはわたしを見た。「サムのいうとおりね」

「わたしには、きみはとてもきれいに見える」

「ちゃんと眼を開けて、わたしを見て」


　コーヒーの刺激が体に広がると、人間らしい気分になってきた。メアリーは〈モー&ジョニー〉まで送っていくといった――そこには、わずか半日ほど前だが、一生の二十回分に思えるほど遠い昔に、メアリーが宝クジを買うときおいていったわたしの車があった。

　だが、わたしはこの申し出を断わった。どこかに出かける前に、シャワーを浴びて、着替えをしたかった。

「じゃあ、また電話してね」そういって、メアリーは店を出ていった。

　わたしはしばらくテーブルにのこって、片手でトーストを食べた。そのあと、二階にもどって、シャワーを浴びることにした。

　いい気分だった。

　もとの自分にもどった。

36

留守番電話には、メッセージがのこされていた。

ひとつ目は、ミラーからだった。「昨夜の走行距離は六十二マイルだった、アル。どこに行ったかわかったか？　携帯に電話してくれ。圏外だったら、メッセージをのこしてほしい。だが、くれぐれも注意してくれ。これだけ長く心配したあとでは、結果を聞くのが恐い」

サンシャイン・ブリッジ老人ホームがそんなに恐いところだろうか？　ヘレンと友人たちは職員の眼をかすめて老人用の薬を盗んでいるというのか？　それとも、宝石でも？

ジェリーの携帯電話にかけると、メッセージをのこしてくださいという言葉が流れた。「問題の若い女はふたりの友人をひろって、サンシャイン・ブリッジという老人ホームに行った。彼らは、三時間くらいそのなかにいた。そこでなにをしているか、思いつくことはあるか——たとえば、両親をそこにいれるために、どんなところか調べているとか？　考えがあったら、知らせてくれ。とにかく、彼女は昨夜そこにいた。おまえ、今日はどこにいるんだ？」

ふたつ目は、クリストファー・P・ホロウェイからのメッセージだった。「カールにせっつかれて、毎日きみを探すのはもううんざりだ」

おりかえし電話すると、デライラはすぐにホロウェイに電話をつないだ。「どうだ、リストの男たちについてなにかわかったか？」ホロウェイはたずねた。

「今のところは、まだわかっていません」

「会ったが収穫がなかったのか、それともだれにも会えなかったのか？」

「調査の方向を変えました。昨日電話を切ったあと、新しい考えが浮かんだのです。つまり、わたしの考えでは——」

「計画を変えるのなら、まずわたしと話して、合意を求めてからにすべきではないのかね？」

「〈クライム・ストッパーズ〉への情報提供者カーロ・サドラーなら、リストのなかのどの男が彼に情報をあたえたのか、知っているでしょう。だから、ほかの人間より前に彼に会うべきだと考えたのです。これは、同じことを別の角度から追及しただけです」

ホロウェイは溜息を洩らした。「サドラーと会って、わかったことは？」

「残念ながら、なにもありません。〈クライム・ストッパーズ〉に連絡する一時間ほど前に、その男からの電話を受けています。だれだかわからない、といっていました」

わたしはいった。

ホロウェイは沈黙していた。

わたしはいった。「このタイミングは、証拠がだれかの手でウィリガーの家に隠されたという仮説とも一致します」

「だが、なんの証明にもならない」

「そのあと、ロニー・ウィリガーが無実であるという仮説に従って、あるIPDの警官にリストにある名前を調べるように依頼し、その四人の身辺を洗うことを承諾させました」

「警察は、事件を再捜査することになったのだね？」

「警察ではありません。そのうちのひとりです。公式の調査ではありません。その警官は……」依頼人に対しては、少し事実を誇張する必要がある。「わたしの友人です」

「名前は？」

「いえません」

「もちろん、ミラーではないな」

「ええ」

「カールは名前を知らせろというだろう」

「残念ですが、いえません。絶対に、彼の名前を明かすことはないでしょう」

「ひょっとして、その男も黒人ではないだろうな？」

「それはどういう意味ですか？」

「いや、それはいい。では、その名を明かせない友人だが……彼はなにをしてくれるというのだね？」

その答を必死に考えていたとき、電話の向こう、ホロウェイの背後から物音が聞こえた。「少し待ってくれ、サムスン」彼はいった。そして、オフィスのだれかに声をかけた。「なんだね？」

女の声、そして紙をめくる音がした。

ホロウェイは電話口にもどった。「サムスン、この《スター》の記事はどういうことだね？」

「記事？　なんのことです？」

「昨夜、きみが死体を発見したと書いてある。年寄りの女だ」

「その記事が新聞に出ていたのですね？」

「きみは、並行してほかの事件に関わらないという取り決めだった。最初に、それがカールの希望だと説明したはずだ。きみはわれわれのために働き、並行してほかの仕事はしないという条件だった」

「これは偶然の出来事です。外出中に、たまたま——」

真実を認めることができないのは、弁護士の共通の特徴なのかもしれない。彼らは真実を聞くことが少ない。「カールがこんなことを知ったら、どんなに腹を立てるだろう」クリストファー・P・ホロウェイはいった。「今すぐ、ここにきたほうがいい」

「それには、少し問題があります。今、車が家にないのです」つまり、幸運に恵まれた一日だったから、明日約束のないガールフレンドが宝クジを買いたいといい……「事情を説明すれば、長い話になります」

「そんな話は聞きたくない。タクシーをつかえ。歩いてもいい。スケートボードを盗め。好きなものをえらべ」

家とのあいだのドアをノックする音が聞こえてきた。だれかがくる予定はなかった。「ちょっと待ってください、ミスター・ホロウェイ」

サムがはいってきた。そのあとには警官がつづいていた。

「ミスター・ホロウェイ、警官がきたようです」わたしはいった。

「年寄りの女たちを殺した容疑で逮捕しにきたのか？」

「冗談はよしてください」

「きみを起訴するためなら、カールは快く協力するだろう」また、電話口の向こうから物音が聞こえてきた。「噂をすれば影だ」

わたしはいった。「この警官を無視することはできません。それが終わったら、電話するか、オフィスにうかがいます」わたしは受話器をおき、サムに眼を向けた。

「パパ、ガーリック巡査よ」

サムは、髪が長く、拳銃のはいったホルスターを腰につけた、制服の女性警官を紹介した。今朝、プロフィットがやってくることは半ば予期していたが、訪問者が警官だとすれば、ガーリック巡査のほうがはるかに好ましい相手だった。「すわってください」わたしはいった。

「ありがとう」彼女は椅子に腰をおろし、緊張したように体を動かした。

わたしはサムにいった。「すぐに出かけるつもりか?」

「ええ、あと数分で」

「サンシャイン・ブリッジのスタッフとの話が終わったら、電話してくれ」

「口頭の報告でいいのね? わかったわ、パパ」サムは部屋から出ていった。

ガーリック巡査がいった。「娘さんも一緒に仕事しているんですか?」

サムの免許を問題にしようというのだろうか? 「正式に働いているわけではありません」

「でも、一緒に暮らしているのは素晴らしいことです。わたしは父を知りませんから」

「そうですか」この言葉が昨夜の出来事とどう結びつくのかわからなかった……

「わたしが七歳のとき、父は離婚したのです。ときどき、それがすべての底にあるのかもしれないと思うときもあります」

話が今日ここにきた用件にはいるのを待ったが、彼女はただ黙って、部屋のなかを見まわしていた。わたしとくらべると、彼女のほうが落ちつかない態度のようだった。警官を前にしたとき、こんな思いを味わうことはめったにない。年齢は三十代のように見えるが、警官としての経験は長くないのかもしれない。「ガーリック巡査、ちがっているかもしれませんが、今朝のあなたの訪問の目的について推測させていただけますか」

「ええ、どうぞ」彼女は笑みを浮かべた。気持ちのいい笑みだった。

「ローシェル・ヴィンセントの件でしょう?」

彼女は黙りこんでいた。見事な対応だ。警官はつねに、尋問する相手に話をさせ、知らないことを口にするのを待つ。

わたしはいった。「昨夜の事件について、公式な証言を聞くためにきたのでしょう。わたしが何度かあの小路に行ったときに起きた事件のこと。そして、死体を発見した時刻。そういったことでしょう」

巡査は、少し間をおいた。そして、いった。「なにをおっしゃっているのか、理解できません、ミスター・サムスン。〝アル〟と呼んで、かまいませんか?」

「あなたをベティと呼んでいいのなら?」

「ベティ?」彼女は眉をひそめた。「わたしの名は、マーセラです」

マーセラ?

「ジェリーから、わたしのことを聞いているはずですが」

彼女は、ミラーのガールフレンドのマーセラだった。マーセラ! 「もちろんです、マーセラ。はじめまして」

「こちらこそ」

「では、公式の訪問ではないのですね?」

「ちがいます。ああ、わかりました。制服を着ているからですね。わたしは今夜勤で、仕事の帰りにここによったのです」

「ようやく事情がわかってきました」

「勤務時間が終わる直前に逮捕された容疑者がいて、帰るのが遅くなったのです。時間どおりに勤務が終わっていたら、ここにくることはなかったでしょう。だれもが、朝八時に起きているとはかぎりませんから。あなたも、ときどき遅くまで寝ていることがあるとジェリーから聞いています」

「ええ、そんなこともあります」

「お聞きしてもいいかしら? その手はどうなさったのですか?」

「踏まれたのです」

「まあ!」彼女は眉をひそめた。

「すぐに治るはずです。腫れは、もうひいていますから」そういったとき、今日包帯を交換しなくてはならないことを思い出した。まあ、いいさ。

「では」マーセラは、椅子の上ですわり直した。

「なんですか?」

「なぜわたしがここにきたのか、不審に思っているでしょうね」

「いいですか、あなたとポーカーをする気はありませんよ」

「なんですって?」

「いや、つまり……あなたのいうとおりだということです。あなたの勝ちです。あなたがなぜここにきたのか、見当もつきません」

「あなたは冗談の好きなひとだと、ジェリーからも聞いています」

ミラーから聞いているのは、彼女がこれまで会ったことのないほど素晴らしい女性だということだけだった。優しく、親切で、彼女とともにいると、どんなに心がくつろぐか。彼女はとびきりの美人だとはいわなかった。だが、相手が美人かどうかなど、問題ではない。特に、歯ぎしりをしただけでキャンプファイアの火をつけられるような女、ジェイニーと長年暮らしたあとでは。

それに、ミラーはマーセラが警官であることも話していなかった。「では」彼女がここにきた用件と別の話ができることにほっとしながら、わたしはいった。「ジェリーとはどこで会ったのですか?」

「わたしは事務職員として採用され、臨時に殺人課に配属されました。教育を受けてからはじめての任務だったので、いろいろな失敗をしたものです。ジェリーは課のなかでただひとり、わたしに優しく接し、失敗など気にすることはないといってくれたので、すぐに彼のことを意識するようになりました」

「殺人課が品のいい部署ではないことは、だれもが知っていることです」そういってから、わたしはすぐに後悔した。

「そのあと、制服勤務になったのですね」

「ええ。ある日、デスクに縛られているのが退屈で、できれば現場で活動したいと訴えると、ジェリーはそのために努力すべきだと励ましてくれました。彼は手を尽くしてわたしを支援してくれましたが、これまで男性がこんな態度で接してくれたのははじめてのことでした」

「制服勤務になったのは、どのくらい前からですか？」

「来週で、警察学校を卒業してから四カ月になります」

「おめでとう。よく、最初の四カ月がいちばんつらいといいますからね」

「そうですか。はじめて聞きました」

　わたしも聞いたことはなかった。神よ、このささやかな嘘を許したまえ。「ジェリーと話したとき、彼は心からあなたを褒めそやしていました。彼はあなたを深く愛し、会えないことを悲しんでいました」

「それは、わたしも同じ気持ちです。それで、彼は……」

「それで？」

「彼は元気ですか？」

「処理しなくてはならないたくさんの問題を抱え、きわめてきびしい状況です」

「娘さんの問題のようなことですね。それは聞いています」

「娘のこと……仕事のこと……奥さんのことも……」

「よほど愚かな人間にちがいないわ」マーセラ・ガーリックは熱のこもった声でいった。「ジェリーの良さを理解できないなんて」

「同感です」

「彼はとても親切で、素晴らしいひとです」

「あなたも、ご主人とのあいだに問題があったのでしょう？」

「ええ、そのとおりです《ユー・キャン・セイ・ザット・アゲイン》（原義は「もう一度いってもいい」）」

　ほかの相手だったら、くりかえしていたかもしれない。だが、わたしは親切でもないし、素晴らしい人間でもない。

　マーセラがいった。「別れたのはもう三年も前なのに、ハリーはボーイフレンドができたことに腹を立てているんです。三年も……ふつうなら、もう忘れるはずでしょう。

でも、ハリーはそんな男じゃないの」

「彼と離婚したのは、IPDで働くようになる前ですか」

「ええ。でも、内部の人間と知り合いでしたから、IPDの職を得るのにも役に立ちました」

「IPDに知り合いがいるのですか?」

「ええ、ハリーです。彼も警官です。主任刑事で、ウエストサイド分署に勤務しています」

「そうか」

「結婚しているあいだ、彼はわたしが働くことを認めませんでした。口に出しただけでも、腹を立てました」

「そういっただけで?」

「ええ……つまり……」彼女は眼をそらしたが、その態度は彼女の内心の気持ちを強くあらわしていた。

「同情します」わたしはいった。

「でも、彼と別れたあと、知り合いの奥さんたちと会いました。そして、警官と結婚したことがあって、警察に関する知識があれば、市民対策の分野で仕事を見つけやすいかもしれないと教えられたのです」

「そうでしょうね」

「それと同時に、もうひとつ幸運なことがありました。当時、警察が少数民族の女性を増員しようとしていたことです。ですから、わたしには好都合でした」

「少数民族?」

「そう見えないことは承知していますが、祖父は中国人で、母はサルヴァドル人なのです。つまり、わたしは〈虹の連合(政治運動などの分野における、さまざまな民族的・政治的・宗教的背景の人びとからなる集団)〉のひとりというわけです」彼女は魅力的な笑みを浮かべた。

わたしも、笑顔で応じた。「では、結婚したとき、こんなことになるとは予想もしていなかったでしょうね」

「そのとおりです。でも、ハリーは安定した職についていました——だって、警官が必要でなくなることなんかないでしょう? 彼は伴侶を求めていました。それに、わたしが家を出れば母も楽になるでしょう?」

「当時は、それが結婚のための好条件と思えたのですね?」

「実際には、判断をまちがえたことがわかりましたが。でも、おっしゃるとおりです。ジョークをいっていないときには、あなたは鋭敏なひとだと、ジェリーがいっていました」

「どうやら、あなたにはすべてを知られているようだ。結婚はどのくらいつづいたのですか？」

「長すぎるくらいでした。十二年間です。わたしが自由になれたのはオプラのおかげです。彼女はわたしの人生の救い主です。彼女の番組がなかったら、今こうしていることはなかったでしょう。すべて、オプラのおかげです」

「最高の賛辞ですね」

「わたしだけではありません。彼女は、たくさんの女性たちの力になっています。わたしは、毎月彼女に感謝の手紙を送っています。番組にEメールを送れることは知っているでしょう？」

「知らなかった」

「ええ、できるんです」

彼女が何度かうなずくのを見ながら、わたしはいった。

「ハリーとのあいだに、子どもはいなかったのですか？」

「ええ、幸いにも。彼はとても子どもをほしがっていましたが、彼はわたしになにか欠陥があるといっていましたが、わたしは欠陥があるのは彼のほうだと考えています」彼女は眼を伏せ、視線をそらした。

子どもの問題も、ハリーの苛立ちの原因だったのだろう。たとえ薄汚れたカバンをもったミラーがマーセラの家にやってきても、ハリー・ガーリックよりはましだったと思えたにちがいない。

わたしはいった。「少なくとも、子どもがいないほうが離婚するのは楽だったでしょう」

「楽な離婚なんてないわ、アル。断言します」

前にマーセラのことを話したとき、彼は〝離婚したはずの女〟といった。「わたしの記憶が正しければ、あなたとジェリーのことをジェイニー・ミラーに知らせたのはハリーだったはずですね」

「ええ」

「彼はどのようにして、あなたたちふたりのことを探りだしたのですか」

「わたしを尾行したのです」

「尾行？」

「彼はまだ、わたしを自分のものと考えています。どうかしていると思いませんか？ わたしは彼に何度もいいました。〝新しい女を見つけて、結婚して、わたしのことなんか忘れなさい〟って」

「彼に直接そういったのですか？」

「そうするしかなかったのです。でなければ、深夜に電話がかかってきて、わたしが出るまで切ろうとしないのです。受話器をはずしておいても、家にきて、まわりのひとたちが起きるまで騒ぎ立てるのですから」

「そんな行為を止める法律があるはずですよ」

「ええ。でも、そんなことをすれば、彼がほかに職を見つけるのがむずかしくなるでしょう」

「彼は辞職するつもりなのですか？」

「ええ、警察の状況が以前と変わってしまったことはわかっていて、必要な金を貯めることができたら、ほかの仕事を見つけて出直したいといっています」

「だが、まだその金はできていない。そうでしょう？」

「ええ、まだ今は。でも、そのために努力しています。わたしは、そう信じています」

マーセラがまだハリー・ガーリックのいうことを信じているのなら、オプラの働きは成功したとはいえない。本当の意味で出直すことがあるとすれば、それはミラーとマーセラ以外にはありえない。

マーセラがなにかいいかけたとき、電話が鳴った。

カール・ベントンかもしれないと考え、わたしは少しためらった。だが、サム、母、あるいはプロフィットかもしれない。わたしは受話器をとった。「アルバート・サムスンです」

ミラーの声だった。「問題の若い女は、老人ホームに行ったのか？」

「ああ、ふたりの友人と一緒に。ジェリー、今来客中で——」

「あいつらはなんで老人ホームになんかいくんだ？」

「もう少したてば、事情がわかるはずだ」ジェリーの名を聞きつけ、マーセラは身を乗りだした。

ミラーがいった。「なんという場所だったたっけ？」

「サンシャイン・ブリッジだ。ノースイースト地区にある」

「その友人というのは何者だ、アル」

「わからない。男と女だ」

「あいつはどこでそのふたりをひろったんだ？　住所はわかるか？」

「家ではなかった」

「じゃあ、どこだ？」

「バーの外だった」

「あいつの年齢では……」少し間をおいてから、彼はいった。「バーの名前は？」

「ありきたりのバーだ。彼女はなかにはいったのは数分だけで、すぐに三人でサンシャイン・ブリッジに向かった。彼女が老人ホームで三時間もすごした理由に、なにか思いあたることは？」

「〈ミルウォーキー〉か？」

「聞かれたことにこたえろ？　これがいちばん重要な問題だろう」

「〈ミルウォーキー〉なんだな。畜生」

努力はしたが、ジェリーには通用しなかった。

「畜生、なんてこった」

「いっとくが、今ここにきているのは警官だ」

「くだらん仕事はやめて、帰れとそいつにいってやれ。今すぐ仕事をやめて、新聞配達でもしろといえ」

「彼女に自分でいったらどうだ？」

少し間をおいてから、ミラーはいった。「彼女？」

「制服警官だ」

「ハーイ、ジェリー！」わたしの背後でマーセラが叫び、手をふった。

電話口のミラーは少し沈黙した。周囲を見まわし、ジェイニーを探している彼の姿が眼に見えるようだった。わたしは、電話が盗聴されていることを思い出した。彼はいった。「彼女を電話に出してくれ」

わたしはマーセラに受話器をわたし、部屋を出た。長い会話になるとは思えなかったが、ふたりきりで話させてやりたかった。

ベッドに腰をおろし、この先の行動について考えた。パーキンズ・ベイカー・ピンカス&レスターヴィック法律事務所に行き、ベントンとホロウェイとの関係を修復しなくてはならない。わたしは殺人の被害者を発見した……この事件についてはまだ、大がかりな捜査がつづけられている。もちろん、現在の段階では、捜査をしているのはわたしではないが、リーロイ・パウダーの調べたことを報告するのはわたしだ。だから、このアルバートを激励してくれてもいいだろう。努力を認めてやってくれ。

あるいは、依頼人と会う前にパウダーと会って、成果を確かめてみてもいい。

それに、車をとりに行かなくてはならない。

それに――

マーセラがドアをノックして、話が終わったことを知らせた。マーセラ・ミラー……とてもいい響きだった。だが、オフィスにもどると、彼女は動揺しているようだった。

「気分でも悪いのかね?」

「いいえ。大丈夫」

「本当かい?」わたしの眼から見ても、ひどく顔色が悪いのがはっきりとわかった。

「ただ……ひどく込みいった話なの。もう行かなくては、アル」

「いいか、マーセラ、まだ今日あなたがきた用件を聞いていないんだぞ」

「わたしはただ……あなたはジェリーの古い友人だから、なにか助言してもらえるかもしれないと思っただけ。でも、もうその必要もなくなったわ」

「喜んで話を聞こう」

「行かなくては。外に出るのはこのドア?」彼女は外に出るドアを指さした。

「ああ、階段を降りれば、外の通りに出られる」

「わかったわ。ありがとう、アル。お会いできてうれしかったわ」

「なにか力になれることがあったら、電話するか、またここにきてくれ」

だが、彼女はそれ以上なにもいわずに出ていった。

37

車を引き取りに行かなくてはならなかった。なによりも早く。これが最優先の課題だった。体調のととのった意欲にあふれる私立探偵には、車は必要だ。

電話でタクシーを呼んでから、ボリスの状態を聞くために母と少し話をすることにした。今日は、必ず彼の状態を聞いておきたかった。

だが、母の姿はなかった。ノーマンはひとりでカウンターの奥にすわって、料理をせずに、スツールにすわっていた。彼がノートのようなものを読んでいるのを見て、彼がすわっているのをほとんど見たことがないと気づいた。性格はどうであれ、勤勉であることは事実だった。それだけは、認めなければならない。

今日、わたしは彼のいい面を見ることになるのだろうか？

礼儀正しく話しかけてみようか？　彼がそれにこたえたら……親友になることはないだろうが、彼と会うたびに不快な思いを味わわないようになるならば悪いことではない。それに、彼は母のことを心から気づかっている。だったら、努力してみるべきではないだろうか？　彼の興味をもちそうな話をもちかけることもできる。新型のハーレーダビッドソンの話では……？

だが、なにか読んでいる相手の邪魔をするのは礼儀に反する。

わたしは彼に背を向けて、ピンボール・マシンに近づいたが、なぜかそんな気分ではなくなっていた。外に出て、タクシーを待つことにした。

「小銭がなくなったのか？」背後から、ノーマンが呼びかけた。

嫌なやつだ。
三、四分ほど、ランチョネットの外で立っているうちに、ヴァージニア街を走ってきた緑の車がUターンし、わたしの立っていた歩道わきに停止した。わたしは後部のドアを開けて、車に乗りこんだ。「五十四丁目通りとカレッジ通りの交差点までいってくれ」わたしはいった。
運転手は笑い声をあげ、ふりかえった。卵形の、ジミー・ウィルスンの笑顔がわたしに向けられていた。「おい、野良犬みたいに通りに立っているのはだれかと思ったら、アルバート・ゲイターじゃないか。まだ、ネオンを直していないようだな」

「タクシーだと思ったんだ、ジミー。すまん」体をずらしてドアを開けようとしたが、負傷したほうの手をつかってしまった。「畜生！」

「手をケガしたのか？　自分でネオンを直そうとしたのか？」

わたしは、傷を負っていないほうの手をのばした。

「降りることはない。五十四丁目とカレッジ通りの交差点に行きたいんだろう？　乗せていってやる。そのぐらいの時間はある」

「タクシーを呼んだんだ。昨夜、あそこに車をおいてきたんでな」

「ああ、車がなかったな。事故でも起こしたのかと思っていた」

「ありがとう」

「包帯を巻いているな。おれは眼ざといほうなんだ」

たしかに、こいつは眼ざといようだ。なぜタクシーでないとわかっていながら、この車に乗ってしまったのだろう？

ジミーがいった。「五十四丁目通りには〈モー&ジョニー〉があるな」

「そうだったっけ」

彼は含み笑いし、車は通りに出た。「なんて会社だ？」

彼は携帯電話をもちあげた。「あんたはおれの車に乗せたと、連絡しておこう」

また、それはいいと断わろうとしてから、その必要はないと考え直した。

ジミーがタクシー会社に電話しているあいだ、わたしはウィンドウの外をながめた。州間道路の陸橋をわたる前に、ティモシー・バトルの教会に行く道の前を通りすぎた。その道を見ると、これまでわたしが考えたことのない——あるいは、その答を知っているだれかに質問したことのない——疑問が浮かんできた。教会の放火犯人がなぜ、エイムズ・ケント・ハーディックのような大きな法律事務所に所属するトーマスの弁護を受けることになったのだろう？トーマス自身は知らなかったが、エイムズ・ケント・ハーディックは一流の法律事務所だった。

「これでいい」少し電話で話をしてから、ジミーはいった。「きちんと、手配しておいたぞ」

その言葉を聞くと、それほど重要ではないが、すませなくてはならない別の疑問を思い出した。

わたしはいった。「一体どうして、あんたは毎日ヴァージニア街を走りまわってるんだ？」

「ほかの場所にも行く」彼は肩をすくめた。「いろいろな連中を乗せる。物をはこぶこともある。物をとりに行くこともある。雑用だ。それが仕事なんだ」

「客はどんな人間だ？」

「客はたくさんいる。ひとに知られることを望まない人間たちだ」

「だから、ネオンに気がついたのか？　本当は宣伝したいが、できないからか？」

彼は、ルームミラーでわたしのこわばった顔を見た。

「なあ、あんたはおかしな男だな」

「だが、毎日ヴァージニア街を走っているんだろう？」

「ああ、そうだ」

「ファウンテン・スクエアのほかの場所にも行くんだろう？」

「ああ、走っている。あそこは渋滞がひどい」

「それなら、最近あそこで落書きや破壊行為が起きていることは知っているはずだ」

彼は黙りこんでいた。

「あんたも、それに気づいているだろう？」

「そうだな」

わたしは、それまで控えていた質問をした……「ジミー、先週の金曜日にわたしのオフィスにきたのはなぜだ？」

「通りがかりに、ふと気づいて——」

「ネオンを見たなんていうのはよせよ」

「いや、あのネオンのせいだ。ついてはいたが、意味が理解できなかった」

「壊れた看板はほかにもある。そこでも、車を停めて、なかの人間に注意するのか？」

また、彼は黙りこんだ。

わたしはいった。「調べれば、すぐにわかることなんだぞ」

彼は鼻を鳴らした。

「金曜は、免許をとりもどした日の翌日だった」

「それで？」

「それに、オフィスにきたとき、あんたは母のことを知っていた。素晴らしい女性だといった」

「あなたのお母さんは素晴らしい女性だからな」

「どうして母のことを知っていたんだ、ジミー？」

「彼女は〈バッドのダッグアウト〉の主人だからな。みんな、彼女のことを知っている」

「では、ときどき食事したことがあるんだね？　この近くにきたときには」

「ああ。ときたまだが」

「いつから店にくるようになったんだね？」

「少し前からだ」

「一年ぐらいか？」

「そんなところかな。ああ、一年くらい前からだ」

「一年よりもっと前から、母は店に出ていないんだぞ、ジミー。最近では、カウンターの奥にいることもほとんどない」

「店に出ていない？」

「それに、あんたは母のファーストネームを知っていた。そして、会ったことはないが、ぜひ会いたいといった。母に会いたいなら、わたしのオフィスにこないで、なぜランチョネットに行かなかったんだ、ジミー？」

「あんたは記憶力がいいな。そのために、大学にでも行っているのか？」

「ああ、修士課程で疑問追及学を学んでいるんだ。さあ、二十二丁目通りを過ぎたぞ、ジミー。フォール・クリーク通りに着く前に正直にこたえなければ、座席を乗り越えて、ハンドルをつかんで車を木にぶつけてやる」

「おい、まさかそんな——」

「信じたほうがいい」

彼はまた、黙りこんだ。わたしの言葉を信じたようだった。これでいい。わたしの我慢も限界に近づいていた。彼だけではない。あいつぐ破壊行為、腕のいい弁護士がついている放火犯、汚職の疑いをかけられている廉直な警官、家の裏庭で老いた女を殴り殺した少年たち、住んでいる地区の平和な日常生活を守るために自警団をつくらねばならなかった老人たちのことも。

手が激しく痛んでいた。ジミーが抵抗しなかったのは幸いだった。わたしはかろうじて自制心を保っている状態だった。

ジミーはいった。「なぜ依頼人があんたに仕事を頼むかわかった。つまり、あんたに仕事を頼む人間がいるなら、意味のないネオンなんか問題じゃないだろう。あんたはしぶとい男だ。まるで……なんというか、骨を前にしたテリアみたいだ。どんなテリアか、わかるだろう?」

「〝狩猟《ボーン》用テリア〟とかいうやつだろう。おい、どういうつもりなんだ? フォール・クリーク橋が見えてきたぞ」

「待ってくれ。どういえばいいかな?」

「事実をありのまましゃべればいい」

「つまり、こういうことだ。そいつの名前は知らない。いつもこの車に乗せているわけじゃないが、何度か乗せたことがある。こいつはいつも、電話で話をしていた。弁護士ってやつがどんなものか、わかるだろう? この車に乗せた弁護士は、ずっと電話で話しつづけている。まるで、おれなんかいないみたいに。なかには、おれがいるっていうのに、ガールフレンドと聞くに耐えないような話をするやつもいる。それも、ひどくきわどい話だ。おれの耳が悪くて、口がきけないとでもいうように。おれは、やつらの眼に見えない人間なんだ」

母もよく、年寄りは眼に見えない人間だといっている。物事がよく見えるようになったおかげで、見えない人間が眼にはいるようになったのだろうか?

　わたしはいった。「とりあえず、その男の名は知らないことにしておこう。そいつはどんなことをいったんだ、ジミー?」

「あんた、戦争に行ったことがあるか? 国外に出て、前線で戦ったことは?」

「ない」

「戦争は人がいっているようなものじゃない。思い出すと、夜も眠れなくなる」

「おい、ジミー……」

「ああ、わかってる。さっきいったように、そいつは弁護士で、前にも乗せたことがあった。こいつは、いつも電話でしゃべっていた。だから、いろいろな話をするのを聞いたんだが、最近何度かあんたの母親の名前が出てきた。もちろん、その名前は知っていた。あんたの母親の名を口にするときは、いつもトゲのあるいい方だった。先週の木曜にもそいつを乗せたんだが、そのときはあんたが免許をとりもどしたから、厄介なことになるかもしれないといっていた。あんたの母親はただの老いぼれだが、あんたがくわわれば、なにか手を打つことが必要になるかもしれない。〝なにか手を打つ〟こいつはそういった」

「手を打つというのは、どういうことだろう？」

「知るもんか。だから、戦争に行ったことはあるかと聞いたんだ。戦争では、よくそんないい方をするんだ。それも、不気味ないい方でな。はっきりいっとくが、ゾッとするようないい方だった。だから、あんたのオフィスに行ったんだ。こんなことで仕事をなくすのはごめんだが、どういうことなのか、様子を見ておいたほうがいいと思ってな。あんたが愛想よく応対してくれたんで、行ってよかったと思った」

「木曜のあと、その男を乗せたことは？」

「それが最後だ」

「あんたの話にまちがいはないんだな、ジミー？　すべて、あんたのいったとおりなんだな？」

「もちろんだ。なあ、いいか、おれには副牧師《キューラット》をしている英国人の叔父だっているんだぞ」

「なんだって？」

「教会の関係の仕事だ」

　わたしは、ルームミラーのなかの彼の顔を見た。その顔には笑みが浮かび、わたしは最初に会ったときからこの男に好感をもっていたことに気づいた。

　彼はいった。「おれはこれまで、かぞえきれないくらいの人間を乗せているからな」

「客はみな、あんたのことを無視するのか？」

「おれは、車の一部みたいなもんさ」彼はダッシュボードをたたいた。「だが、あんたはコーヒーを奢ってくれた」

「もう一杯奢らなくてはな。五十四丁目通りの角に、〈キャス〉というカフェがあるんだが」

「いいとも。のませてもらおうか」

〈キャス〉のソファは〈ロザンヌ〉のように深くもなく、すわり心地もよくなかったが、ここはノースサイド地区で、ここの住民は生活を楽しむような人間たちではなかった。

だが、コーヒーはまずまずの味だった。ジミーは、わたしの勧めたブルーベリー・マフィンを注文した。

「その手はどうしたんだ?」ソファに腰をおろすと、彼はたずねた。

「ある男がひとを殺したあと、この手を踏んづけたんだ」

「本当か?」

「今日の《スター》を読んでみろ」わたしはコーヒーをのんだ。

彼はわたしの顔を見つめた。「よく、砂糖をいれないでこんなものがのめるな」

「母親とおれのことを話していたのはだれなんだ、ジミー?」

彼は首をふった。「向こうはおれの名を知ってるが、おれはこいつらの名前を知らない」

「知っているのは、どこでひろって、どこで降ろしたかだけか?」

「あいつを乗せるのは、ほかの連中と同じところだ。おれはあのビル全部の仕事を引き受けている。呼ばれれば、すぐに駆けつける」彼はまた、携帯電話を見せた。「電話一本で駆けつけるんだ」

「おれも、買うつもりなんだ」

「その前にネオンを直すんだな」

「そのビルはどこにあるんだ、ジミー?」

彼は首をふった。

「一日じゅう尾けていれば、わかることなんだぞ」

彼はコーヒーをのみ、また砂糖をいれた。

「そして、なかにはいって、法律事務所を探すだけだ」わたしもコーヒーをのんだ。「いっとくが、その法律事務所はたぶんおれの知っているところだろう。答がイエスなら、うなずくだけでいい」

彼は、ブルーベリー・マフィンをとりあげた。

「エイムズ・ケント&ハーディック法律事務所だろう」

もちあげたマフィンが口の下でとまった。

「うまいマフィンだろう? だったら、うなずけばいい」

彼はマフィンを皿の上においた。「あんた、おれを尾行していたのか?」

「昨日、エイムズ・ケント・ハーディック法律事務所のトム・トーマスという弁護士から電話があった。破壊され、放火された近所の教会に力を貸すのをやめなければ、仕事に支障が起きると警告してきた」

「州間道路の近くにある教会のことか？」

「知っているのか？　あんたの乗せた客のなかに、その教会の話をしていたものはいなかったか？」

「おい、おれは世間の出来事に通じた人間だぞ。あんた、なぜ戦車が〝タンク〟と呼ばれているのか知ってるか？　そんなことを考えたことはあるか？」

「いや」

「そうか、あんたが戦争に行っていないことを忘れていた」

「おれは今、戦争のような状態なんだ、ジミー」

少し考えてから、ジミーはいった。「おれは、できるかぎりあんたの力になろうとしてきたつもりだが」

「教会の放火、ペットの殺害、ひとの家の破壊……悪いことばかりがつづいている」

「ブッシュは最初は次点だったが、選挙人投票で辛勝し、大統領の地位についた（二〇〇一年の一般投票では、アルバート・ゴアがブッシュを五十万票上まわったが、選挙人投票では少差で勝利した）。おかしなことだが、世の中なんてそんなものさ」

「あんた、恐がっているのか？　そうだろう？」

「おれの家には車椅子に乗っている女房がいて、おれが養わなくてはならないんだ」

これは、無視できるような問題ではなかった。わたしはいった。「わかった。今日のところは、ここまでにしておこう。だが、またあんたと会うことになるかもしれない。わかっているな？」

「タダのマフィンなんてないことぐらい、わかっているはずだった」

「先週の金曜にきてくれてありがとう。あんたは、欲で頭がいっぱいの連中のなかでは、ただひとり人間らしい男だ」これは心からの言葉だった。彼と話すことで、暗い気持ちだったわたしの心は軽くなった。

　彼は、乾杯するようにコーヒーカップをあげた。「なあに、些細なことさ」

ウィンストン・チャーチルがはじめて戦闘に戦車を使用したのは、第一次大戦中のことだった。それまで、この兵器は極秘扱いとなっていた。戦車を製作している工場では、公式指令にもとづいて〝メソポタミア用の水上輸送船〟と呼ぶように指示されていた。だが、工場の労働者たちはこれを〝水槽《ウォーター・タンク》〟と呼び、そのうちにただタンクと呼ばれることになった。

コーヒーをのみおえるあいだに、彼はこの話、そしてもっと多くの知識をあたえてくれた。「あんたの車のところまで行って、エンジンがかかるかどうか見てやろうか？」

〈キャス〉を出ると、彼はいった。

「エンジンがかからなかったことはない」

「だが、今度はどうかわからないだろう？」

わたしは〈キャス〉の駐車場で、走りだすジミーを見送った。それから、カレッジ通りをわたり、五十四丁目通りの〈モー＆ジョニー〉の向かい側に駐めてある車のところにもどった。〈各種自慢料理〉という看板がかかっていた。前夜のメアリーとわたしの感想はそれとは別のものだったが、これはモーの責任ではない。あるいは、ジョニーの責任でも。

今、メアリーはなにをしているだろう？　携帯電話があれば、すぐに連絡がとれるのだが。〈キャス〉のとなりのスーパーマーケットに公衆電話があったが、それよりは車のほうが先決問題だった。

メアリーはまだ若く、わたしのような歳ではない。だから、首にギプスをはめていても、わたしよりも元気でいるはずだ。

まだメアリーのことが頭に浮かび、彼女の買った宝クジは当たっただろうかと考えながら、車のドアにキーをさしこんだ。このとき、車が傾いていることに気づいた。路面の穴の上に車を駐めてしまったのだろうか？

前にまわってみると、前の右側のタイヤがパンクしていた。ただのパンクではなかった――タイヤは切り裂かれていた。その上のフェンダーの塗装が傷つけられ、舌を突きだした顔と〝ナンバー・ナイン〟という悪戯描きがのこされていた。

「畜生」わたしは罵った。そして、スペア・タイヤはまだ車につけたままで、トランクにはパンクしたままのタイヤしかはいっていないことを思い出した。

わたしはひとを馬鹿にしたような顔とならんで、縁石に腰をおろした。「ああ、畜生」

免許をとりもどして以来、わたしの気分は高揚していた。勢いに乗っていた。今、わたしは突然、また長いあいだとらえられていた暗い気分に落ちこんでしまった。まるで、世界じゅうの攻撃を受けているような気分だった。どの方向に進んでも、黒い壁が立ちふさがっているようだった。なぜわたしの車に傷をつけられなくてはならないのか？

心の底では、冷静になれという声が呼びかけていた。ただ、タイヤに傷をつけられただけだ。些細なことだ。

いや、これは些細な問題とはいえない。一歩進むたびに、なにかがわたしの前に立ちふさがり、動くのを邪魔しているように思われた。まるで、手をのばして、なにか、あるいはだれかをつかまえようとしているのに、両腕が体に縛りつけられているような……

耐えがたい思いにとらえられた。

ただじっと耐えるつもりはなかった。二度と、こんな思いを味わいたくなかった。なぜ、事態はこんなに早く一変してしまうのか？

しっかりしろ、アルバート。頭の底から冷静な声が呼びかけた。大人になれ。だれかに電話しろ。だが、だれに？メアリーには仕事があるし、むち打ち症に悩まされている。サムは仕事に出かけてしまった。母は？

ノーマンの名前が頭に浮かんだとき、わたしは車だけでなく自分も打撃を負ったことを受けいれた。そして、それが〈ナイン〉という署名をのこした、暇をもてあました若い男、あるいは若い女の気晴らしがひき起こした打撃であることを。

立ちあがり、負傷していないほうの手で腹立ちまぎれに車のルーフをたたいた。そして、怒りはつのり、両手でルーフをたたいた。ああ、畜生、畜生。

わたしはまた、縁石にすわりこんだ。右手の痛みは激しかった。わたしにできるのは、その手を左手にのせることだけだった。そして、なだめるように呼びかけるしかなかった。なぜそんなことをしたのか、自分でもわからなかった。

理由はわからなかったが、気分は少し落ちついてきた。今の気分が、免許を奪われた暗い日々にわたしをとらえ、悩ませたような、最悪のものとはちがっていることに気づいた。あのころのわたしは、すべてから切りはなされ、朝起きること、夜寝ること、そしてなにをするにも価値を見いだすことができない状態だった。あのころ、わたしは感覚が麻痺したような状態で生きていた。

今わたしを襲っているのは、単なる苦痛にすぎない。あのころのわたしは、鬱状態にとらえられていた。今わたしをとらえているのは怒りだった。純粋な、個人的な怒りだった。

あの〈ナイン〉という落書きをのこした男が切り裂いたタイヤから、空気ではなく、わたしの血が流れだしたような気がした。あの顔がわたしの皮膚に刻みこまれたようだった。あの〈ナイン〉という言葉をのこした男に返礼することはできなくても、こんなことを見すごしにはできない。長いあいだ、わたしはただじっとすわりこみ、なにもいえず、なにも見ずにすごしてきた。長すぎるほど。

わたしは立ちあがった。トランクを開けて、パンクしたタイヤをとりだした。タイヤをころがして、通りを横切り、公衆電話へと向かった。電話でタクシーを呼んだ。

抽象的な概念であるかぎり、破壊行為はそれほど恐ろしいものではない。理性的に考えれば理解することができる。だが、これは抽象的なものではなかった。わたしの身に起きたことだった。

38

パンクしたタイヤをもっている客を見ても、タクシーの運転手は驚いたような様子はなかった。驚きの表情を見せたのは、メアリーランド通りに行ってくれといったときだった。「あのあたりには修理工場はないはずですが」彼はいった。

「法律事務所に行くんだ」

「わかりました」彼はいった。「タイヤをもちましょう。トランクにいれますから」

わたしはためらった。「降りるとき、忘れたくないんだ」

「大丈夫です。わたしが覚えておきますから」

わたしは彼にタイヤをわたした。

ダウンタウンに向かううちに、落ちつきをとりもどし、これからすべきことに精神を集中した。この先の行動を決めると、自信がよみがえってきた。

メアリーランド通りにはいると、運転手が番地をたずねた。「どこでもいい、このあたりに停めてくれ」番地は覚えていなかった。通りの名を覚えていただけでも幸いだった。この街のすべての法律事務所を調べたとき、頭にあるのは電話番号だけだった。

「ここでいいんですね？」

「ああ、ここでいい」

金を払い、タイヤを受けとって歩道を歩いていくと、通りの向かい側にエイムズ・ケント&ハーディック法律事務所という看板が見えた。ネオンはついていなかった。

通りをわたる途中、近づいた車がクラクションを鳴らした。わたしはその車に中指を突きだした。乗り心地のよさそうな大型車に乗った男が、タイヤをころがしながら歩いているわたしにクラクションを鳴らそうというのか？　嫌なやつだ。

ビルの四つのドアは安全ガラスでできていた。大きなハンマーでなければ割れないようなガラスだった。あるいは、猛スピードで車をぶつけなければ。

なかにはいると、エレベーターに通じる短い廊下があった。標示板には、会社の名がならんでいた。エイムズ・ケント・ハーディック法律事務所は、二階のすべてを占領していた。

エレベーターのドアがひらくと、ここにもガラスのドアがならび、エイムズ・ケント&ハーディック法律事務所という表示があった。この階のドアは、入口のドアほど頑丈なつくりではなかった。小さなハンマーでも割れそうなくらいだった。

受付のデスクにはイヤホンをつけた若い女性がすわり、コンピューターのキーボードをたたいていた。わたしに気づくと、笑いかけ、イヤホンをはずした。

わたしはいった。「フェイスだね？」

「ええ。お会いしたことがあったかしら？」

わたしはタイヤを床においた。「こんなに重いとは思わなかった。きみとは、先週電話で話したことがある」

「ご用件は、ミスター……？」

「忙しそうだな、フェイス。ミスター・トーマスのオフィスがどこか、教えてくれ。面会の約束があるし、どこか教えてくれれば、自分で行ける」

フェイスは右に眼を走らせてから、こたえた。「お名前を聞かせていただければ、あなたがきているとミスター・トーマスにつたえます」

言葉の途中で、わたしはタイヤをもちあげていた。

ドアには、大きな文字でトム・トーマスと書かれていた。豪華なオフィスだった。傷を負ったほうの手でノブをまわし、タイヤをぶつけてドアを開けた。ドアは勢いよく開いて、内側の壁にぶつかってはねかえった。

なかにはいり、足で蹴ってドアを閉めた。

トーマスは受話器をもって、デスクの横に立っていた――フェイスから連絡を受けたのだろう。筋肉質か肥満しているかはわからなかったが、大柄な男だった。スーツの上からはわからなかった。「やあ、トム」わたしはいった。

「おまえはだれだ？」

彼の背後には、メアリーランド通りを見わたす大きな窓があった。昔、わたしもメアリーランド通りにオフィスをもっていたことがある。だが、家主の要求で立ち退くことになった。貪欲な家主が、わたしのような人間たちに貸すよりもっと高い金をとる方法を思いついたからだ。

「アルバート・サムスンだ、トム。ポジーの息子で、ファウンテン・スクエアの近くの教会であんたの邪魔をしたサムスンだ」わたしは、もちあげたタイヤをデスクに落とした。

「気でも狂ったのか？」

「あんたからは、無料で助言をもらった。そのお礼にやってきた」

「出ていけ。今は、おまえと会っている暇はない」

「ああ、そうだろうな」わたしは電話のプラグを引き抜いた。「すわれ、トム。いうとおりにすわれば、ケガをすることはない。いっておくが、これは脅しではない」

彼はためらった。

「畜生、すわれといっただろう」

脅しを武器にしているものは、脅されるのに弱い。彼はデスクに腰をおろした。

わたしは、デスクにすわった彼に近づいた。彼は椅子を後ろにひいたが、彼の前のデスクのはしに腰かけるだけのスペースしかなかった。「このタイヤを見ろ」わたしはいった。「ファウンテン・スクエアから一マイル以内でタイヤが切り裂かれたら、あんたのタイヤも切り裂かれることになる」

「なんだと？」

「窓ガラスが割られたら、あんたの家の窓も割られる」

「なんだと？」

「英語が理解できないのか、トム？　英語はあんたの母語だろう？」

「わたしを脅すつもりか？　もしも——」

「それは脅しか？　はっきりと、明確にいったつもりだ。だが、もっと具体的に、そしてわかりやすくいおう。これから先、ファウンテン・スクエアから一マイル以内でなにか起きれば、すべてあんたにも同じことが起きる。あんたの身に。あんたが考えた計画の仲間たちのことじゃない。トム・トーマス、あんたの身に起きるんだ。いいたいことはわかったか？　そこで起きたことはすべて、あんたの身にふりかかる」

「これは脅迫だ」

「あんたにわかりやすくパズルの謎解きをしているだけだ、トム。事態を説明してやろう。よく考えてくれ。わたしは私立探偵だ。あんたの車を見つけることもできるし、家を見つけることもできる。あんたの母親を見つけることもできる――母親がいるとしてだが。あんたが出席するパーティも探りだせる。ゴミを捨てる場所もわかる。そして、それを前提に計画を立てることができる。今考えている計画どおりになれば、あんたの悪夢になるかもしれない。止められるなんて思うなよ。わたしの仲間はたくさんいる。ほんの一例だが、あの放火犯を留置場に送りこんだ写真を撮ったのはわたしじゃない。別の人間だ。あんたが見たことのない人間だ。あんたのような人間には、彼らは見えない存在だ」

彼は、わたしの言葉に動揺しているようだった。わたしの観察力はとぎすまされていた。

「だが、そんな事態は避けることができる。悪夢に悩まされることもない。安らかに眠ることができる。そのためには、ファウンテン・スクエアから一マイル以内での、破壊行為と悪意にもとづく危害、それに放火をやめさせればいい」

「例の教会のことだな？」

「問題は、あんたの身にふりかかることだ。話を聞いていなかったのか？」

「彼らが取引を求めれば、おまえにはそれを止めることはできない」

「取引をやめさせることなんか、どうでもいい」

「では、一体――」

「だが、取引のやり方については関心がある。住民が死んだペットを見つけ、壁に落書きされ、壁に穴の開いた教会で賛美歌を歌う。それには関心がある。これはみな、所有権とか開発というような抽象的なものではない。自分の身に降りかかる人間たちにとっては、具体的なものだ。これから彼らに起きることは、あんたの身にも起きることになる」

「それを証明することはできないだろう――」

「証明する必要はない。これは交渉ではない。断言しているのだ。この状態がつづけば、どんなことが起きるか話した。さあ、ファウンテン・スクエアでのビジネスをつづけたまえ。なにか買収したいものがあるんだろう？　だったら、値をつけろ。だが、ファウンテン・スクエアの住民に、持ち物を売る、もしくは安く売るような工作はするな。脅しを受けるのがどんな気持ちを味わうものか、知るべきだ。それを自分で体験することを考えてみろ」

わたしは立ちあがった。ここにきた目的は達した。タイヤをもちあげ、オフィスを出た。

39

メアリーランド通りに出たときのわたしは、もうだれかの悪夢とは無縁な人間になっていた。今のわたしは、傷ついた手でインディアナポリスのダウンタウンをパンクしたタイヤを押しながら歩いて行く、ひとりの私立探偵にすぎない。

まだ、怒りは静まっていなかった。だが、精神は高揚していた。曖昧で、正体不明だったものの正体が明らかになったのだ。

まだ、ファウンテン・スクエアで起きている事態、そしてその背後にだれがいるかわかっていなかった。だが、それに手を貸した男に自分の考えを明らかにし、この先なにをするか明言した。わたしが一度口にしたことを実行する人間であることを、トム・トーマスが理解すればいいのだが。でなければ、厄介なことになるだろう。

自分ひとりで、トーマスと仲間たちがしようとしていることを阻止するつもりはなかった。この問題を気にかけ、腹を立ててはいても、わたしはひとつの意見をもった住民のひとりにすぎない。ほかの人間たちがそれを気にかけるかどうか、意見を明らかにするかどうかは、彼らの問題だ。ポジーの自警団は地域住民の意見を動かすことになるかもしれない。もう、すでにそうしているかもしれない。この数年間、わたしは彼らの活動についてなにも知らなかった。今になっても、すべてを知っているとはいえない。

わたしたちが生きている世界では、人間はなにかを買い、なにかを売り、建設し、破壊することができる。今、わたしの心のなかにあるのは、そのプロセスが正しいものでなければならないということだった。だれかがなにかをほしいと求め、その結果自分のものになるかどうかが決まる。だが、脅しという手段をつかうことが許されることがあってはならない。特に、弱者、貧しいもの、老いたものに対しては。

このような脅しに抵抗するのは、資本主義アメリカではは革命的な行為と見なされるだろうか？　仮にそうだとしても、わたしの革命はファウンテン・スクエア地域だけに限定される。都市は成長することがあっても、地域は成長することはない。

手がひどく痛んだ。本当に、骨折した手で車のルーフをたたいたのだろうか？　正常な意識を失ったとき、人間が異常な精神状態に陥るのはおかしなことだ。アドレナリンは最高の鎮痛剤だ。

だが、真っ昼間にパンクしたタイヤを押して歩いているとき、手には耐えがたい痛みが襲いかかった。

エイムズ・ケント＆ハーディック法律事務所を出ると、東に向かって歩きだした。どこに行こうか考えてはいなかった。一刻も早く、トム・トーマスからはなれたかった。だが、気がつくと、市郡庁舎合同ビルが見えるところにいた。このなかには、ＩＰＤがある。潜在意識がわたしをここに導いたのかもしれない。潜在意識を無視できるものがいるだろうか？　多くの場合、わたしは無意識のままで行動している。

正面玄関からなかにはいり、プロフィットに会いたいと告げた。彼は自分から降りてきて、上階へと案内した。エレベーターのなかで、彼はいった。「今朝、ロバート・ヒクスンを逮捕した」

「ロバート・ヒクスン？」

「ローシェル・ヴィンセントの甥だ」わたしがその言葉の意味を理解するまで待って、彼は説明した。「オートバイの持ち主も、今日じゅうに逮捕できるだろう」そうか、見事な手ぎわだ。

「では、わたしは英雄になったってわけだな？」

「あんたの協力に免じて、犯罪現場をはなれたことは不問にしよう」

「感謝の言葉もないくらいだ、プロフィット。あんた、女性に対するときの魅力的な態度はどこにいったんだ？」

「尋問のあいだ、ヒクスンはふるえあがっていた」

「友人の名をいう前か、それともあとか？」

「権利を読みあげる前に、白状したよ。家のドアを開けたときから、ふるえあがっていた。すぐに、仲間の名をしゃべった。伯母に危害をくわえるつもりはなかった。突然、友人が興奮してあんなことになったといっている」

「下手ないいわけだな」

エレベーターを降り、前につかったと同じ取調室へと向かった。わたしはいった。「ホーマー、なぜここにきたのか聞かないのか？」

「事情を話すためだろう。ほかに理由があるか？」取調室のドアの前で、彼は足をとめた。「メッセージをのこしたはずだ」

「ずっと家に帰っていないんだ」わたしは腕時計を見た。家を出てから、まだ二時間もたっていなかった。

「なぜここにきたんだ？」

「あんたは肺活量が大きいようだから、パンクしたタイヤを直してくれるかもしれないと思ったからだ」

「タイヤをもっているのは、見ればわかる」

「どんな小さなことでも、あんたの鋭い眼を逃れることはできないようだな」

「なぜそんなものをもち歩いているんだ？　部品を集めて新車でも作ろうというのか？」

取調室にはいると、彼は証人用の調書をとりだした。わたしはいった。「まだ、昨夜のことは話したくない」

「ふざけるな、アルバート。冗談なんか、聞いているような気分じゃないんだ。昨夜も、ほとんど寝ていないいんだ」

「アデルは情熱的な女性だからな」

彼は立ちあがった。「おまえの事情聴取はほかの人間にまかせよう」

「あんたと話したいんだ、ホーマー。ほかの人間じゃダメだ。だが、過去のことを話す前に、この先の話をしよう」

「あんた、一体なにがいいたいんだ？」彼はわたしを見おろした。

「ファウンテン・スクエアの破壊行為が突然中断したことだ」

「なんだって？」

「おれは昨夜の殺人事件を解決してやった。だから、今日はほかの問題について考える余裕ができた。このところ、おれはツイてるんだ、ホーマー」パンクしたタイヤをもっている男がツイているというのは馬鹿げたことだろうか？

深い吐息をつき、彼は椅子にすわった。「簡潔に話してくれ。事実だけにかぎって」

「ある男と話してきたところだ。彼自身が破壊行為の糸をひいていないまでも、こいつはだれがやったか知っている」

「おいおい、アルバート、もしも証拠があるなら――」

「そいつの首根っこをつかまえるような証拠はない。だが、さまざまな、そして論理的説得と適切な推理から、こいつがファウンテン・スクエアの周囲で起きた破壊行為を中止すると判断した」

プロフィットはゆっくりと首をふった。

「だが、この破壊行為が本当に終わったかどうか知りたいんだ。ここにきたのは、この地区でなにか事件があれば知らせてもらうためだ。これは重要な問題だ。だから、タイヤを直す前にここにきたんだ。このタイヤを見ろ。パンクしているだろう？」

わたしは昨夜の状況を説明し、書類に署名した。調書をとる警官は、内容を明快なものにするために、わたしのいった言葉を変えることがある。その結果、わたしがいっていない言葉がつかわれることもある。これはわたしの調書だ。だから、わたしのいった言葉どおりに記録する必要がある。だが、今日のわたしはプロフィットのつくった調書に従順に署名した。ほかにも、彼に頼みたいことがあったからだ。「あんたに頼みがある」彼にペンを返し、わたしはいった。

「それはジョークかなにかか？」

「おれに借りがあるはずだ。ふたりの殺人犯の逮捕に協力したんだから」

「どうせ、いつかは逮捕できた」

「だが、こんなに早くはなかったはずだ。昨夜、あんたの鼻は別の方向に向いていた」

彼は苛立ったような表情を浮かべ、椅子の背によりかかった。祈りを捧げるものの過去を調べるときの神、彼、もしくは彼女の表情もこんなものなのだろうか？　「どんな頼みだ？」

「ローシェル・ヴィンセントが死んで、母はひどく動揺している。母に電話して、犯人のひとりを逮捕し、もうひとりの身元も判明したとつたえてくれないか？」

「それがあんたの頼みか？」

「そうだ」

「いいだろう」

「ありがとう」わたしたちは立ちあがった。わたしはタイヤをとりあげた。「この附近に修理工場があるかどうか知らないか？」

40

外出しているあいだにプロフィットがメッセージをのこしたなら、メアリー、パウダー、あるいはサムもそうしているかもしれない。わたしは、IPDのロビーにある公衆電話をつかうことにした。受話器をとったとき、クリストファー・P・ホロウェイのことを思い出した。

ホロウェイがひとつ以上のメッセージをのこしている可能性は高い。彼の声は聞きたくなかったから、メアリーの携帯電話にかけることにした。「やあ、メアリー」彼女が出ると、わたしはいった。

「あら、アルバート」

「今朝出かけたあと、電話したかもしれないと思って、かけてみたんだ。まだ、外にいるんだ」

「電話していないわ」

少し間をおいてから、わたしはいった。「それだけか？ジョークも、温かい言葉もないのか？」

「首の痛みがひどいのよ、アルバート」

「そうか。同情する。きみを轢いた男のひとりが逮捕された。今日じゅうに、もうひとりも逮捕されるはずだ」

「聞いたわ」

「聞いた？」

「あなたの知り合いの警部補が事情聴取のことで電話してきたとき、知らせてくれたの。事情聴取は、明日になるはずよ。今日じゃなくてもいいって。明日でよかったわ」

「首が痛むだけじゃなくて、疲れているようだね」

「あなたのような敏腕の探偵には、なにも隠せないようね。それで、いまどこにいるの？」

「IPDだ。背後の音が聞こえるだろう？ 尋問のために連行された、凶悪犯と軽罪で逮捕された連中の声だ」

「あなたも逮捕されたの？」

「そうじゃない。別の用件でプロフィットに会いにきたんだ」

「彼とは仲が悪かったと思っていたけど」

「仕事は仕事だからな。世間話をしにきたんじゃない」

「わたしには、いいひとみたいに見えたけど。それに、彼のポニーテールの髪を見た？」彼女は笑いだしたが、すぐにそれは咳に変わった。

「いつか、煙草のせいで死んでしまうぞ」わたしはいった。

「その前に、あなたと一緒に出歩いているとき殺されなければね」

「まっとうな意見だな」

「それはそうと、あなたのネオンの作業にかかる準備ができたの。午前中に、社員が古いネオンをとりはずして、ここにもってきたわ。文字は、〝サムスン探偵事務所〟でいいのね？」

「そんなことといったっけ？」

「サムが仕事にくわわる場合を考えて、名前を変えたいと思っているようだったけど」

「サムもそれを望んでいると思わないか？　サムは、ヘレン・ミラーの仕事を喜んで引き受けた。今も、あの老人ホームにいて、昨夜ヘレンがなにをしていたか聞いているはずだ。それに、コンピューターをつかって、見事に母親を探しだした。あの子は、この仕事に関心をもっている。だから、〈サムスン父子探偵事務所〉にすべきかもしれないな」

　かなり長く間をおいてから、メアリーはいった。「その考えをもとにしてネオンを作る前に、サムに聞いてみるべきじゃないかしら、アルバート」

「きみは本当によく気がつく。どこでそんなことを学んだんだい？」

「『クローン一〇一（女性のための情報、生活の知恵、実用ガイド）』で学んだのよ」

　二十分かけて、三人の人間にたずね、ようやく修理工場を見つけた。工場から出てきたのはマディだった。緑のオーバーオールを着た、タイヤ修理の熟練工マディはいった。

「パンクしたんだな。直すんだろう？」

　もちろんだ、マディ！「ああ、そうしてくれ」

「わかった」

マディは、頼りになる男だった。一時間もたたないうちに、修理したタイヤは車にとりつけられた。切り裂かれたタイヤは、マディのピックアップ・トラックで工場にはこばれた。あとで、新しいスペア・タイヤを買わなくてはならない。そのときは、必ずマディから買おう。

わたしは運転席につき、エンジンをかけた。いい気分だった。フェンダーに描かれたひとを馬鹿にしたような顔など、だれが気にかけるだろう？　わたしには問題ではなかった。

家にもどった。プロフィットに頼んだように、近所でひきつづいて破壊行為が起きた場合、知らせるようにつたえるつもりだった。だが、ランチョネットには母の姿はなかった。

ふつうなら、母の部屋をのぞいていただろうが、そんな暇はなかった。しなくてはならない仕事はたくさんあった。そして、行かなくてはならないところも。わたしは息を吸いこんでから、ノーマンに声をかけた。「母さんはいるかい？」

「少し前に出かけた。もどってきたら、あんたが探していたとつたえよう」

彼は皮肉めいたことをいわなかった。その声には感情は混じっていなかった。これまでにも、彼は何度か愛想よく応対したことがあった。今日のこの態度はなんのためだろう？

「ありがとう」わたしは、慎重に言葉をえらんでいった。そして、家とオフィスに通じるカーテンに近づいた。

「アルバート？」

「なんだ？」

「ローシェル・ヴィンセントを殺した犯人が逮捕されたのは、あんたの力があったからだろう。あの警官からポジーに電話があったんだ。彼はポジーに、あんたが犯人の逮捕について重要なヒントを提供したといっていた」

「そんなことをいったのか？」

「あんたのおかげで、捜査の手間もはぶけ、早く逮捕できたといっていた。よくやったな」

「ありがとう」わたしたちは、一瞬たがいの眼を見つめた。

そして、ノーマンはまた仕事にもどった。

プロフィットは母に電話するという約束を守っただけでなく、頼んだ以上のことまでしてくれた……ノーマンは愛想よく応対した……すべて、わたしには意外なことだった。

これからも、嫌っていた人間すべてのいい面をみることになるのだろうか？　それとも、これはわたしが大人になったということだろうか？


留守番電話のメッセージの表示は、せわしげに点滅していた。わたしはデスクの上に手帳をひらき、腰をおろした。

再生ボタンに手をのばしたちょうどそのとき、電話が鳴った。


少しためらってから、大人らしく対応しろと自分にいい聞かせ、受話器をとった。「サムスン父子探偵事務所です」この名前の響きを試してみたかった。

「とうとう、つかまえたか」クリストファー・P・ホロウェイだった。「なぜ携帯電話か、せめてポケットベルくらいもたないんだ？」

「注文しているところです。午前中に行くことになっていたのはわかっていますが、警官がやってきて――」

「どうしてこんなことができるのか、まったく理解できない。なぜこんなことができるんだ？」

なんのことだろう？「どういうことでしょう？」

「きみは、約束した報告書も提出していない。指示どおりにオフィスにもこない。きみは貴重な時間――われわれの時間――をつかって死体を見つけている。われわれのためには、きみはなんの成果もあげていない。だが、きみからとどいた……」

なにをとどけたというのだろう？「わたしは、変わったやり方が好きなのです」

「そのやり方に少し自信をもちすぎてはいないか？」

「だが、あなたのいったとおり、とどけたでしょう」

「そのとおりだ」

「今あなたのいっているのは、どの書類のことでしょう？」

「もちろん、ミラーの辞職についての報告だ」

「ミラーの辞職についての報告？」

「きみも知ってのとおりだ」

「たしかに……時間の問題でしたが……」

「わたしも、少し前に聞いたところだ。彼は、正午ごろ辞職願いを提出したようだ。そして、デスクを整理して、帰宅した」

ミラーがＩＰＤを辞職した？　少し咳ばらいして、少し考える時間を稼いだ。「あなたにとっては、喜ぶべきニュースでしょうね？」

「彼はわれわれの依頼人を逮捕し、汚職の疑いをかけられ、辞職したんだぞ。当然のことだろう」

「彼にかけられた疑いは報奨金のことで、依頼人の逮捕とは無関係です」

「断言しておくが、カールの弁論が終わったら、陪審員にはその区別はつかなくなっているだろう」

なんといえばいいのか、わからなかった。クリストファー・Ｐ・ホロウェイではなく、ジェリーと話したかった。わたしはいった。「わかりました」

「こんな状況できみをせきたてる気はないが、まだ別の警官の友人から新しい知らせはないのか？　トランク詰め殺人の真犯人を探している警官のことだが？」

「メッセージがはいっているかもしれません。少し前に、オフィスにもどったところなのです」

「きみはそんなに警官と会っていることが多いのか？」

最初はマーセラ、そして最後に会ったのはプロフィットだった。「ええ、少なくはありませんね」

「いいか、なにか新しい事態が起きたら……」

「必ず、知らせます」

受話器をもったまま、すわりつづけた。息は荒く、心臓の動悸は激しかった。ミラーが警察を辞職した……？

41

ミラーは大学に行かずに、ＩＰＤに就職した。ハイスクール時代から、彼は警官という仕事と法律についてくわしい知識をもっていた。軽微な、そしてもっと重い犯罪行為にわたしたちが手を染めたとき、彼はわたしたちが犯した法規、そして有罪宣告を受けた場合の刑期を指摘することができた。

彼には、警察に係累はいなかった。彼の家族は法律の執行が適正なものだとは信じていなかった。彼は、家族からはなれる手段として警察の仕事に関心をいだいたのかもしれない。あるいは、警官になることはひとを助けることだと信じ、よい仕事だと考えたのかもしれない。

理由はどうであれ、彼は警官になった。そして、入署当時まだ根強かった人種的偏見と腐敗にもかかわらず、勤勉に働きつづけ、ＩＰＤの地位をのぼっていった。組織の改革によって、正直な警官とまだ経験の浅い警官が正当な待遇を受けるようになると、ミラーもその恩恵を受けた。彼のもつ力から考えれば時間はかかったが、彼は着実に昇進し、警部の地位についた。ＩＰＤに黒人署長が生まれるとしたら自分だろう、と考えたこともあった。それは実現してはいないが、わたしの知るかぎりでは、彼は市警の最高位につく望みを捨てていないはずだった。

だが、そのミラーが警察を辞職した。

わたしは、彼の携帯に電話した。すぐに、この電話はつながりませんというメッセージが流れた。彼の辞職を望んでいるジェイニーの明るい声を予想しながら、わたしは彼の自宅に電話した。だが、ウィンデールの自宅でもすぐに留守番電話のメッセージが流れだした。

マスコミの攻撃にそなえて、はね橋をひきあげているのかもしれない。

マスコミのことを考えたとき、出っ歯のテレビ・レポーター、ヴェロニカ・メイトランドのことを思い出した。彼女はわたしより前に、ジェリーが辞職したことを知っていただろう。彼女は、警察内部に信頼できる情報源をもっているはずだ。

だが、彼女と連絡をとる方法は思いつかなかった。

もっと簡単なのは、マーセラに電話することだろう。彼女がオフィスにやってきたのは、遠い昔のことのような気がした。「なぜここにきたか不審に思っているでしょうね？」マーセラはそういった。だが、その理由をたずねる前に、わたしはほかの話をもちだした。そして、ジェリーから電話がかかってきたため、その話題にもどることはなかった。

ジェリーと話したあと、マーセラは急いでオフィスから出ていった。

なぜあんなにあわてて帰っていったのか？　あのとき、ジェリーはヘレンが〈ミルウォーキー・タヴァーン〉に行ったことを知った。それを聞いたジェリーは、借金を背負ったヘレンが、報奨金の分け前を目当てにカーロ・サドラーに情報を知らせたと考えたのだろうか？　わたしはサドラーが電話してきた男からウィリガーの名を聞いたことを知っているが、ジェリーはそのことを知らない。これが辞職の原因だろうか？　ジェリーはヘレンを守るために辞職したのだろうか？

電話が鳴った。「サムスン父子探偵事務所です」

「ここにいたのね、パパ」

「いるさ。当然だろう」

「なぜ返事をくれなかったの？」

「今もどってきたばかりで、まだメッセージを聞いていなかったんだ」

「ねえ、電話に出たときなんといったの？」

「響きを試してみただけだ。気にいったかい？　人生をもっと有益につかうべきだといったことがあるし、今もそう思っているが、わたしの仕事を手伝う気があるなら……」

「そうね……」

「考えてみてくれ、サム。ところで、今どこにいるんだ？　なにをしてるんだ？」

「わたし……ヘレンと別れて、ミラーおじさんの家を出たところなの」

「ヘレンと会っていたのか？　尾けていることは、知らせないはずだっただろう？」

「話すと、長くなるわ」

「それを話す前に教えてくれ。ジェリーもそこにいたのか？」

「いいえ。ヘレンだけ」

「ジェリーがどこにいるか、ヘレンは知っているか？」

「午前中に家を出て、ダウンタウンに行ったといっていたわ」

ダウンタウンか。当然だ。辞表を提出するためにＩＰＤに行ったのだ。警察に電話することなど、考えもしなかった。

「パパ、わたしが探りだしたこと、聞きたくないの？」

「話してくれ」

「昨夜、ふたりの男女が〈ミルウォーキー〉から出てきて、ヘレンと一緒にサンシャイン・ブリッジに行ったことは知っているわね？」

「ああ、知っている」

「男のほうの名前はマーヴィン・ハッダー、女はロレイン・ブリックマンよ。ヘレンとマーヴィンとロレインは、ミラー一家がウィンデールに引っ越す前からの知り合いで、この三人は週一度サンシャイン・ブリッジでボランティアをしているの」

「ボランティア？」

「入居者と話をして、ベッドに寝かせるのを手伝い、軽食がほしいといえばつくってあげて、一緒にゲームをしているの。いろいろな老人たちの世話をしているのよ。所長のミセス・スウィーニーが話してくれたの。彼らが手伝ってくれてとても助かるし、信頼できるひとたちだといっていたわ。それにね、パパ」

驚きのあまり、こういうのがやっとだった。「なんだい？」

「ヘレンがほかの夜どこに行っているかもわかったわ。いろいろな施設でボランティアをしているの。そのひとつは老人ホームだけど——サンシャイン・ブリッジのことよ——

―ほかにも、精神病院、小児科病院、障害者保護施設、ユースクラブ（十四から二十一歳の若者のためのクラブ。教会やコミュニティ・センターなどとつながりがあり、社会活動やスポーツ・娯楽を企画する）、薬物リハビリ・センター、仮釈放者のための更正訓練センターにも行っているわ。みな、週に一度ボランティアをしているの」

「だが……なぜなんだ？」

「わたしは知っているけど、両親にはいわないと約束してくれる？」

「約束はできない。ジェリーはヘレンのことが心配で、気が狂いそうになっている。だから、おまえにこの仕事を頼んだんだ」

「わかっているわ。ヘレンがサンシャイン・ブリッジで悪いことをしていないとわかったあと、できるだけ早くジェリーおじさんに知らせるべきだと思って。だから、パパ――それに、ジェリーおじさんが――電話に出なかったので、ヘレンの家に行くことにしたの。家にはヘレンがいて、そう、彼女と話をすることになったのよ」

「なぜボランティアをしているのか、ヘレンから聞いたんだな」

「彼女が話してくれたのは、ふさわしいと判断したときに両親にいいたいといって、わたしがそれを認めたからよ。でも、そんなに先のことではないと思うわ。ヘレンは、毎晩外出しているのを両親が心配していることを知らなかったのよ。ふたりとも、なにもいわなかったから」

「その理由を聞かせてくれ、サム」

「パパを信頼したほうがいいようね」

「もちろんだ」

「ヘレンは、大学にもどったら、専攻を社会福祉事業に変えたいと思っているの。ボランティアをしていれば、実地に体験することにもなるし、学校にも本気だと証明できるといっていたわ」

「ヘレンが……ソーシャルワーカーになりたいというのか？」

「パパがそんなことをいうなんて。両親がそういうとヘレンが思っているのと同じいい方よ」

「ソーシャルワーカーとはいろいろ問題があったからな。

だが、なぜヘレンは両親が反対すると思うんだろう?」
「特に、母親のほうが問題ね。ヘレンのような優秀な子どもが、教師やソーシャルワーカーのような仕事につくのは才能のムダづかいだと思っているの。才能のあるアフリカ系アメリカ人は、弁護士や医者や学者になるべきだという の。でも、わたしには理解できないわ。ソーシャルワーカーは、ひとを助ける仕事でしょ?」
「ジェイニー・ミラーは、娘が自立した職業についてほしいと思ってるんだろう」
「でも、それはヘレンが決めることよ。両親が望んでいるからといって、その職業につくことはできないでしょ、パパ? あなたの両親は、私立探偵になることを望んだかしら? そうは思えないわ。重要なのは、子どもが自分の人生を建設的だと思うことにつかうことでしょ? 本当に満足できるような、建設的な仕事につくことよ」

家に帰るようにサムにいってから、留守番電話を調べた。最初のメッセージは、免許をとりもどすために尽力してくれた弁護士ドン・キャノンからのものだった。わたしにできる仕事がありそうだという内容だった。順調にやっていることを祈っている。ところで、あの《スター》の記事は本当か、と彼は最後にたずねた。

つぎのメッセージはホロウェイからのものだった。一体どこにいるんだ、と彼はいっていた。

それに、電話してほしいというサムからの伝言。

そして、またホロウェイからのメッセージで、苛立たしげな声で名前だけをいいのこしていた。

五つ目の電話は、ブレンダと名乗る女からだった。浮気をしている夫のことで会いたいといっていた。新聞でわたしの名を見て、なにか怒りを解決するための手段をとりたいと訴え、わたしがつぎに藪から見つけるのが夫のオーティスであればいいといいのこしていた。

そしてまた、ホロウェイからの伝言。

それに、サムからの伝言。「パパ、どうして留守番電話を確認しないの? うんざりよ。電話してちょうだい」

メッセージはこれだけだった。

ミラーからの伝言はなかった。そして、パウダーからも。

キャノンに電話した。彼の伝言にあった仕事は、彼の事務所の共同経営者が担当している企業内窃盗事件だった。彼の説明によれば、アムトラックの社員が窃盗を犯しているということだった。アムトラックは、この事実に腹を立てていた。インディアナポリスのサウスサイド地区に、全米で最大の汽車修理工場があるのを知っているか？　社員として潜入する気はあるか？　ところで、殺された女性を見つけたというのは本当なのか、と彼はたずねた。

キャノンと話すと、気分がやわらいだ。わたしは落ちつきをとりもどした。少し切実な問題とは別の話をするうちに、頭はすっきりし、焦点が定まった。パウダーと話したかった。そうすれば、ミラーを探す方法も思いつくだろう。わたしは、計画的にものごとを進めるタイプの人間だ。

パウダーは家にはいなかったが、携帯電話にかけるとすぐに彼が出た。「ああ。おまえか」

「そうだ。話があるんだが――」

「あと、そうだな……三十分くらいで家にもどる。それでダメなら、またあとにしてくれ。行くところがあるんだ」

彼は電話を切った。いつもどおりの態度だった。

今すぐパウダーに会いに行けば、いつもの時間にメアリーと会えるだろう――もちろん、会うとすればだが。メアリーに電話しようとしたとき、電話が鳴った。わたしは人気者だ。「サムスン父子探偵事務所です」

「まだ、そこにいるのか？」クリストファー・P・ホロウェイだった。

「ええ。ですが、例の警察の情報源と会うことになりました。彼との話が終わったら、すぐに電話しますが、彼と一緒にどこかに行く場合にそなえて、勤務時間後につかえる電話番号を教えてください」

「その必要はない」ホロウェイはいった。

「申しわけありませんが、おっしゃる意味がわかりません。明日の朝、電話しましょうか？」

「電話する必要はない」

「まだ、理解できません。〝必要がない〟とは、どういうことですか？」

「きみのこの事件に関する調査を打ち切る」

「打ち切る？」

「きみの仕事には不満はない。わたしも、この事件から手をひくことになった」

「まだ、よく理解できません。なにかあったのですか？ それとも、有罪を認めたとでも？」

ロニー・ウィリガーが自殺したというのですか？ それとも、有罪を認めたとでも？」

「少し前にカールから連絡があって、ウィリガーの弁護費用を出していた人間たちが手をひいたといってきた」

「手をひいた？」

「そうだ。電話を受けたばかりだといっていた。きみと同様に、わたしもこの指示を快く思ってはいない。いや、むしろ腹立たしく思っている。わたしは、この事件に真剣に取り組んできた。それに……」いいかけて、彼は黙りこんだ。「だが、抵抗しても無意味なことだ。世の中とはこうしたものだ。いったん決まったら、きみにはなにもできない。わたしにも、変える力はない」

「手をひいたというのはどんな人間ですか？」

彼はためらった。彼の怒りは分別を超えるのだろうか？

彼はいった。「きみにはいえない」

「わたしは、情報源を明かすことを拒んで、免許を奪われた人間ですよ」

「だが……いや、ダメだ。なにもいえない」

「では、なにがいえないのか、いっていただけませんか？」

「いえないこと？」彼は鼻を鳴らした。「このような問題のためにつくられた実業家と職業人の集団があることはいえない。それに……」

「それに？」

「カールがその一員であることも」

「彼らの会合で、していないことは？」

「彼らは……このような問題のために資金を提供してはいない」

「彼らが手を出していないのは、どんな問題ですか？」

「それは……この人間たちは自分たちを……世の中のあるべき姿を求める、守護者だと思っている。彼らは……インディアナポリスのある……集団が注目の的となることを快く思っていない」

「それは秘密結社のようなものですか?」インディアナポリスは、秘密結社の天国だ。

「ちがう」

「では、どんな集団ですか?」

「政治的集団だ。いや、これ以上はいえない。これだけでも、口にはできないことだった」

「そうでしょう。あなたはまだ、なにもいっていません。聖書、小切手帳、それにすべての聖なるものにかけて誓います。だが、あなたのいわなかったことの意味を理解したいのです、ミスター・ホロウェイ。この問題はジェラルド・ミラーと関係があるのですか?」

「もちろんだ。きみに仕事を依頼したときにもいったはずだ」

「つまり、彼がアフリカ系アメリカ人だということですね」

「だから、彼が標的になったのだ」不安げな笑い声が聞こえてきた。

「では、問題は人種なのですね?」

「それには、こたえられない」

「わかっています。あなたはなにもいっていない」

「彼らは、黒人——あるいは、ほかの民族が——大きな成功をおさめることを好まない。ああ、とうとういってしまったな」

「いや、なにもいってはいません」

「そうだ、なにもいってはいない。きみのいうとおりだ」

少し間をおいてから、彼はいった。「この電話は録音してはいないな?」

「もちろんです。録音していません。盗聴されてもいません。トランスポンダー（適切な質問を受けると、自動的にある信号を伝送する受信 - 送信デバイス）をつかってもいません。録音など、考える余裕もありません。ただ、必死にあなたの話を理解することしかできません」

「この街には大きな力をもつ実業家と職業人の集団があって、少数民族の職業人が大きな業績をあげ、広く名を知られるようになったとき、彼らをひそかに傷つけるための資金を用意している。きみの友人のミラーは、ここ数年なかったような、マスコミが注目し大々的にとりあげるような大きな事件を解決した。彼は多くの白人警官が解決できなかった事件の犯人を逮捕し、彼の笑顔はすべての新聞とテレビを飾ることになった。こうして、きみとわたしは多額の報酬とひきかえに、ウィリガーを弁護し、きみの友人を破滅させるために活動することになった。今朝、非難と疑惑のなかで、ミラーは辞職した。弁護団に多額の報酬を支払っていたこのグループは、目的は達成されたと判断し、これ以上金を支払いつづけることは無意味だという結論に達した。こうして、きみは仕事を失った。わたしに一片の自尊心があれば、わたしも辞職していただろう。わかってほしい。もう二度と、この問題について話すことはないだろう」

「ありがとう、ミスター・ホロウェイ。あなたのいわなかったことに、深く感謝します」

「わたしも、きみに礼がいいたい」

「この集団には名前があるのですか」

「彼らが自分たちを〈男たち《ザ・ガイズ》〉と呼んでいることはいえない。どう思う？〈男たち《ザ・ガイズ》〉だ。それに、彼らが憎悪しているのは黒人や黄色人種、それにインディアンだけではない。女性も彼らの対象だ。それに、ユダヤ人とゲイ。それに、障害者も」彼は、ひきつった含み笑いを洩らした。「ありていにいえば、彼らは自分以外のすべての人間を憎悪している」

「それは世の常でしょう？」

「そのとおりだ」

「彼らはどのようにして、その相手をえらぶのですか？会合をひらくのですか？」

「わからん。このことを知っているのは、カールがある程度までわたしを信頼して、話してくれたからだ」

「カールは忌まわしい人間ですね」

「わたしには、それをはっきりと認めることはできない」

「ミスター・ホロウェイ、あなたはなぜ彼らの下で働いているのですか？」

「きみはなぜ、友人に打撃をあたえるような仕事を引き受

「わたしには、妻と子ども、それに生活もある。わたしは、ここで、ほかよりもよい仕事をあたえられている。わたしは一流の弁護士ではない。幸運に恵まれて、この事務所に職を得ただけだ」

彼は笑い声をあげたが、明るい声ではなかった。「サムスン、きみにわたした小切手を銀行に預金していることを祈る。彼らは、預金されていない小切手をすべて支払い停止にするだろう」

「預金済みです」

「よかったな」

「あなた方が事件から手をひけば、ロニー・ウィリガーの弁護は国選弁護人が担当することになるのですか？」

「そんなことはない。カールは彼の弁護をつづける。ただ、まったく金をかけないだけだ。できれば、カールはあの哀れな男のために司法取引をするかもしれないし、それができなければ、処刑の立会人になるようにわたしに指示するだろう」

「それは、ウィリガーが本当の犯人だったということですか？」

「わたしには推測すらできない。きみはどうかね？」

42

停止したアニメのように、わたしは受話器をもったまま、ただじっとすわりつづけた。まるで、体を動かせば、今新たに得た事実と知識が頭から消えてしまうというように。

白人優位社会を守るための秘密結社……

本当に、そんなものがあるのだろうか？

ないといいきれるだろうか？

もっとくわしくホロウェイに聞くべきだった——そして、ベントンにも。ロニー・ウィリガーのような社会から孤立した男が、なぜ莫大な金のかかる弁護士の依頼を受けることができたのか？　質問はしたが、執拗に答を聞きだそうとはしなかった。わたしは巨額の小切手を受けとった。その先に待っている大きな仕事に興奮していたからだ。

わたしは自分に落胆した。

わたしは、事実を話してくれたホロウェイに感謝していた——心から感謝していた。わたしは彼に同情していた。この先、彼は辞職するだけの人間としての尊厳をもつことができるだろうか？

立ちあがり、寝室にはいり、洗面台の前に立った。手と顔を洗った。

〈男たち《ザ・ガイズ》〉とは何者だろう？　彼らはいつから活動していたのだろう？　ほかのどんな〝状況〟で、彼らはこのような力を行使したのだろう？　これまで、彼らはどのような人間たちを傷つけてきたのか？

これは事実なのだろうか？

根も葉もない嘘だといいきれるだろうか？

もう一度、手と顔を洗った。

ウィリガーについて、どう考えればいいだろう？　ミラーは辞表を提出し、パーキンズ・ベイカー・ピンカス＆レスターヴィック法律事務所は彼から手をひいた。寝室に忌まわしい〝記念品〟のはいった箱をおいていた男に同情できるだろうか？　ロニー・ウィリガーの犯罪がでっちあげという可能性はあるだろうか？

パウダーが調べあげた事実を知ることができれば、気持ちもすっきりするかもしれない。わたしは手と顔をふいた。衰えかけた気分をひき締めた。

特定の人間を傷つけるために力を蓄えている有力者たち……そんなものを想像すれば、だれでも偏執状態《パラノイア》になる。ほんのわずかでも、ジェリーはこのことを知っているのだろうか？

ＩＰＤの彼の番号に電話をかけてみた。だれも出なかった。つづいて、自宅に電話した。留守番電話になっていたので、電話してくれとメッセージをのこした。

もちろん、彼はなにも知ってはいないだろう。彼はＩＰＤの内部の事態で頭がいっぱいで、彼を攻撃する外部の力のことなど考える余裕はないだろう。

だが、彼らの計画は成功した。

苛立ちがつのった。何年もつづいた長い眠りから覚めたような気分だった。一度に、あまりにもたくさんの出来事が起きた。そのなかで、唯一心が安らぐのは……

メアリーに電話した。「やあ」わたしはいった。「今夜のことだが」

「わたしに当てさせて。長くつきあいすぎたんで、飽きてきたんでしょう」

「それは、真実からかけはなれている」

「わたしに気をつかうことなんてないのよ」

「今夜会うかどうか、話していなかった」

「あなた、わたしに会いたい？」

「もちろんだ」

「いいわ。でも、今夜だけは強姦魔や殺人者は抜きにしてくれる？」

「今夜は、そんなものと出会わないように努力する」

「それで、わたしへの気持ちが冷めることもないのね」

「そんなことはないさ。そうだな、食べ放題の店に行ってもいい。どこでも立入禁止になっていなければ」

わたしたちはダウンタウンのバーをえらんだ。時間も決めた。

ヴァージニア街を通って、パウダーの家に行くことにした。ティモシー・バトルの教会に通じる曲がり角にさしかかったとき、彼と話す必要があることを思い出した。わたしは聖職者が日曜日以外をともにすごす資格のあるような人間ではないが、暇を見つけて電話してみることにした。こんなとき、携帯電話があれば便利なのだが……

腕時計を確かめ、わたしの救い主、タイヤ修理工のマディのところによって、新しいスペア・タイヤをとっていく時間があることを確認した。

だがこの計算には、マディの仕事についての話、新しいタイヤのとりつけ方、ローテーション、それにホイールバランスについての長話までは含まれていなかった。彼はタイヤに関しては真剣な男だが——だから、この男に好感をもっていたのだ——ただ作業の代償を払うだけの時間しかなかった。

約束の時間から七分遅れて、パウダーの家に着いた。このつむじ曲がりの老いぼれが出かけていても、驚くことはなかっただろう。それが、このパウダーという男だった。

彼は極端な変わり者だった。だが、家のドライブウェイに車を駐めたとき、彼はドアの前に立っていた。わたしは、予想がはずれたことを喜んだ。

「時間がないんだ、私立探偵」小道を通って近づくと、彼はいった。「行くところがあるんだ」

「説明しなくてもいい。メキシコ系の女と会って、朝鮮料理を食べに行くんだろう」

「くだらん冗談はよせ」

「そうか。わかった」

彼につづいて、わたしはキッチンにはいった。テーブルには、手帳と広げたフォルダーがのっていた。「その包帯はどうしたんだ?」椅子に腰をおろすと、パウダーはたずねた。

「指を少し骨折したんだ」

「爪を嚙むのはよしたほうがいいな」彼は片手をあげた。「ただの冗談だ。昨夜のことは聞いた」

「免許をとりもどしたばかりの探偵は忙しいんだ」

「おれなら、現場をはなれたら逮捕していただろう」

パウダーのこのさりげない攻撃的な言葉は、わたしの疲労をかきたてた――それでなくても、わたしは疲れはてていた。わたしは、彼が本題にはいるのを待った。

彼は手帳をとりあげた。「そうだな。おまえの頼みは、このリストのなかの人間で警察の内部と接触がある人間を探してくれということだったな」

「そうだ」

「おまえの質問はまちがっていた」

「質問をまちがえていた？」

「考えてみろ。だれか通りにいる人間を見たとき、そいつの友人を見つけるまでどのくらいかかる？　数日、それとも数週間か……おまえは通りに立っている四人のリストをわたしたようなものだ。そんな人間が簡単に見つかるはずがない。それに、おまえの質問もおまえの知りたいこととは無関係だった」

「では、なんといえばよかったんだ？」

「おれは、おまえをもっといい私立探偵にしてやろうとしてるんだ。もっと、感謝してもいいだろう」

「感謝している」

「おまえが本当に知りたいのは、ミラーのリストを見ることができる人間だろう？　わかるか？　その人間を確認してから、リストのなかの人間との関わりを探す」

わたしは、それにつづく彼の言葉を待った。

「それに、リストに近づける人間がだれか、聞くべきだった」彼は顔をこすった。「おまえのような警察の外部の人間は、警官が入手できる情報を過大に評価しすぎている。街に立っている人間の友人についていえば、おれの知っていることはおまえと同じくらいだろう」ここで、ようやく彼は手帳をとりあげた。「もちろん、おれも可能なかぎりは調べてはみたい。問題は、ＩＰＤ部内の記録を調べる場合だが――」

「リストを見ることができたのはだれだ？」

「どうだ、わかったか？　もっとよく考えて、正しい質問をしていれば――」

「リストを見ることができたのは？」

「――もっといい探偵になれただろう。おれは、おまえの力になろうとしてるんだぞ」

「今日はつらい一日だったんだ、パウダー。いや、ここしばらくつらい日がつづいている。リストを見ることができたのはだれなんだ？」

「だれもいない」

「どういうことだ？」

「報告書がとどいたのは、金曜の午後だった。宅配業者がとどけてきたんだ。応対した秘書は、直接ミラーにとどけたいといわれている。彼らはソーダ・ファウンテンのところにいるミラーを見つけ、彼は報告書を受けとった。秘書の話では、ミラーが報告書を受けとったのは四時ごろだった。そして、ミラーがそれをブリーフケースにいれ、鍵をかけるのを見ている。一時間後に署を出るのを見たとき、彼はブリーフケースをもっていた。報告書がとどけられてからミラーが署を出るまでのあいだ、ミラーのオフィスにはいったものはいない。この秘書はおれとは親しい。この件については、彼女は信頼できる」

「つまり、報告書に近づけるものはいなかったということだな」

「いいか、よく聞け。おれは、ＩＰＤの人間には報告書に近づけた人間はいないといってるんだ」

報告書に近づけるものが、ＩＰＤにいないとすれば……

パウダーは椅子の背によりかかった。「ミラーは、報告書をもって家に帰り、月曜に署に出勤するまで家に置いていたといっている。おまえがつぎにたずねるべき質問は、週末のあいだにブリーフケースに近づけたのはだれかだろうし、それを聞く相手は元警部だろう」

「それなら、おれたちはどうすればいいんだろう？」

「おれたち？　おれたちだと？　ＩＰＤ内部の人間の協力にもとづいて、ロニー・ウィリガーは犯人に仕立てあげられたという仮説をもって、おまえはおれのところにきた。おれはおまえの仮説にもとづいて調べてみたが、結果はゼロだった。もう、これ以上できることはない。できるのは、おまえが一刻も早く車にもどって、おれがもっと重要なこと、たとえば爪の手入れをすることぐらいだ。いっとくが、おれには足の指が七本しかないんだぞ。知っていたか？」

立ちあがったパウダーをのこして、わたしは家を出た。わたしにとっては、自分の指のほうが問題だった。指はずきずきと痛み、熱をもち、耐えがたいほどだった。

あの報告書についてのパウダーの言葉は正しかった。直接、ジェリーに聞くべきだった。当然、思いつくべきだった。勢いに乗っているはずのわたしが、過ちを犯してしまった。ジェリーに会うことができれば、この過ちを償うことができるだろう。

だが、まだ彼に電話する気はなかった。

頭には別の考えがあった。今しなければ、ずっと先までのばすことになるだろう。

43

インディアナポリスで被疑者となったものが拘禁される場所は、ＩＰＤの南どなりにある、マリオン郡保安官事務所のなかにある。二階から四階までが監房になっていて、基本的には、設備は良好とはいえない。そのことはわかっていた。ここで夜をすごしたことがあるからだ。それも、一夜ではない。

今度は、ＩＰＤとをつなぐ通路ではなく、保安官事務所の入口からなかにはいった。わたしは、被疑者の訪問を担当する受付の警官の前に立った。その女性警官は、〈Ｘ・オーバウム〉という名札をつけていた。彼女のすわっているデスクの上には、鉢植えの植物と子どもたちの写真がのっていた。「ご用件は？」女性警官はたずねた。

「わたしは私立探偵で、ロニー・ウィリガーの弁護団のために働いています。ミスター・ウィリガーと面会したいのですが」わたしは、身分を証明する、パーキンズ・ベイカー・ピンカス&レスターヴィック法律事務所のレターヘッドのはいった手紙をさしだした。

X・オーバウムは注意深く手紙に眼をとおした。「たしかに、ここには私立探偵と書いてありますね」

「ええ」

「免許証を見せてください」

わたしは、古い免許証をとりだした。「しばらく、免許を停止されていたのですが、先週の木曜日にその処分は取り消しになりました。まだ、新しい免許証は受けとっていませんが、正式な免許をもっていることはまちがいありません」

「しかし、それでは面会は無理ですね。正式な免許証が必要です」彼女は古い免許証を突きかえした。

「正規の私立探偵の資格をもっていなければ、パーキンズ・ベイカー・ピンカス&レスターヴィック法律事務所は仕事を依頼するはずがない」女性警官は、うんざりしたような眼でわたしを見た。「あなたのせいで、この裁判が審理無効になることは望まないでしょう?」

「わたしの責任ではありません。正規の書類をもたないものの面会を拒否するのは当然のことですから」

ホロウェイに電話してくれということはできなかった。思いつくことは、ひとつしかなかった。「IPDのホーマー・プロフィット警部補に電話してください。彼が保証してくれるはずです。緊急の事態なのです」

女性警官は、諦めて、出ていこうかと思うほど長く、身動きせずにわたしを見つめた。だが、やがて沈黙を破り、彼女はいった。「そこにすわってください」彼女は、デスクの前にならんだ椅子を指さした。

わたしは椅子に腰をおろした。

彼女は受話器をとった。そして、電話に出た相手にパーキンズ・ベイカー・ピンカス&レスターヴィック法律事務所からの手紙を読みあげた。彼女はちらりとわたしを見て、笑いをこらえるような表情になった。彼女が受話器をおくと、わたしは立ちあがったが、彼女は片手をあげて制止し、また電話をかけた。その電話が終わると、彼女はわたしを手招きした。

このときのわたしは、骨を前にした犬のようだっただろう。

彼女はドアを指さした。「あのドアをノックしてから、なかにはいってください。ジャーレット巡査が持ち物を調べてから、どこに行くか指示してくれます」

「ありがとう」わたしは振り返ってから、少しためらった。「ところで、〝X〟がなんの略称か、聞いてかまいませんか?」

「場所のXよ」

「場所?」

「そのずっと奥に心臓があるところのこと」

X・オーバウムはユーモアに富んだ女性だった。だが、ジャーレット巡査はそんな男ではなかった。彼は大柄で、態度もきびしく、身体検査も入念だった。彼はじっくり時間をかけて持ち物を調べた。それが終わると、すべてがさらけだされたような気分になった。

弁護士――そして、弁護士の代理人――が依頼人と会うのは、IPDの面会室と似た狭い部屋である。テーブルと椅子があった。ドアには、ガラスのパネルがはまっていた。

ロニー・ウィリガーがはいってきたら見える椅子をえらんで、腰をおろした。ここにくる前から、どうしても彼と直接会う必要があると考えていた。IPDには、トランク詰め殺人とレイプ事件の犯人が彼ではないかもしれないと考えているものはいない。わたしは、直接彼に会ってみたかった。自分の眼で彼を見たかった。新しい眼で事実を見たかった。多くの人間が彼を見捨てた今、彼の立場から事実を見てやりたかった。彼らと同じ判断をくだす前に、どうしても彼に会っておきたかった。

だが、待っているあいだに、ひどく落ちつかない気分になってきた。この男は、五人の女性を殺害している可能性がある……少なくとも、五人以上を。わたしは、ふたりきりでこの男と会おうとしている……なぜだろう?

警官に連れられて、手錠をかけられたウィリガーがはいってきた。わたしと同じくらいの身長だが、やせて、無精ひげをはやし、短く黒い髪をぴったりと後ろになでつけていた。囚人服のサイズは大きすぎたが、動きはスポーツ選手のように軽快だった。彼は、わたしの向かい側の椅子にすわった。

「おれは外にいる」ジャーレットがいった。「面会は三十分以内だ。早く終わるようなら、ノックしてくれ」彼は部屋を出て、ドアを閉めた。

ウィリガーは、出ていったジャーレットのほうに顎をしゃくった。「あいつはおれを嫌っている」

「本当か？」

「口には出さないが、おれにはわかる」

「そうか」

「あんたにいっておきたいことがあるんだ」彼はテーブルの上に身を乗りだした。

わたしは、身をひき、ドアに向かって走りだしたい衝動をこらえた。「どんなことだ？」

「おれも、あいつが嫌いだ」

「そうか」

ロニー・ウィリガーは、わたしの顔をはなそうとはしなかった。彼は少し顔を伏せただけで、明るい褐色の眼でわたしを見つめていた。「あいつは心の底に秘密をかかえている」ウィリガーはいった。「なにか、暗い秘密だ」彼は、内緒の話を打ち明けるように片眼をつぶった。

「あんたには、そう見えるんだな？」

「おれには、わかるんだ。おれは人間の心が読める。心の底に隠した秘密がすぐにわかるんだ。天性の才能だ」彼はうなずいた。そして、にんまりと笑いかけてきた。「隠したいことを知られてしまうから、みんなに嫌がられる。相手の眼を見るだけで、すべてがわかるんだ」

「きっとみな……当惑するだろうな」慎重に言葉をえらんで、わたしはいった。わたしも、当惑していた。

「生まれつきなんだ。だが、心配することはない。あんたのなかには悪いものは見えない。ふつうの意味での、悪いものは見えない」

「なにも見えない？」わたしは首をふった。

「ああ、見えない」彼はいった。「まちがいない」

だが、首をふったのは、彼の答を疑ったからではなかった。気を静めたかったからだ。会話の主導権をとりたかった。わたしは、彼が本当に人を殺害し、レイプしたかどうか知りたかった――それがどうしても必要だった。わたしはいった。「聞きたいことがある」

彼は、人差し指で顎の下をかいた。「いってみろ」

「鏡を見たとき、なにが見えるか教えてくれ?」ミラーがレイプし、殺害したものの罪の意識を見ただろうか? 罪の意識? ウィリガーの眼のなかに見たものだろうか?

だが、これにはこたえず、彼は椅子の背によりかかり、短く、大きな笑い声をあげた。わたしはぎょっとした。

そして、彼はまたテーブルに身をのりだした。テーブルに両肘をついた。椅子から落ちそうなほどだった。「どうだ、これでわかっただろう?」

「わかった」わたしはうなずいた。

「おれには、なにもいえない」

「なぜだ?」

「それにこたえたら、秘密ではなくなるだろう?」

「では、もうひとつ聞かせてくれ」わたしはいった。「女の眼を見るとき、心のなかの秘密も見えるのか?」

一瞬、彼の顔から表情が消えた。わたしの心のなかで、彼は無実かもしれないと疑う気持ちが完全に消えたのはこのときだっただろうか? 彼はこたえた。「ときどき、そんなこともある」

「その秘密はよい種類のものか、それともつねに悪いものか?」

「ほとんどの秘密は悪いものだ」彼は椅子の上で体をよじったが、眼はわたしを見つめたままだった。

「はじめて聞いた」

「それが通例だ。ほとんどの場合は」

ウィリガーとわたしは見つめあった。彼もミラーも、他人の眼のなかに真実を見ることができると信じている。このふたりは同じ種類の人間だといえるのだろうか?

ウィリガーの顔に笑みが浮かんだ。

そんなはずがない。彼らはまったくちがう人間だ。ジェリーは正常だが、ウィリガーの精神は歪んでいる。現実の世界では、これは大きな問題だ。

　ウィリガーは首の後ろを掻き、彼のわたしを見る眼にはっきりと変化があらわれた。わたしの頭のなかをのぞきこむのをやめて、眼の前の人間に精神を集中しているように見えた。「あんた、一体なんなんだ?」彼はたずねた。

「弁護士だといわれていたが、あんたはクリスでもカールでもない」

「わたしは私立探偵だ。クリスとカールのために仕事をしてきた」

「だが、今はそうではないんだな?」

　なぜそんなことがわかったのだろう?　わたしは沈黙を守った。

「では、おれをここから出してくれる気なんかないんだろう?」また、彼は身を乗りだした。「どうなんだ?　そうなんだろう?」

44

　陽光の下に出ると、そのブロックの角まで歩いていった。そこは小さな公園になっていて、低い縁石にかこまれた花壇があった。陽光を浴びて、しばらくすわっていたかった。ロニー・ウィリガーの心の暗闇から逃れるために。太陽の下で花壇の縁石にすわって考えるうちに、ウィリガーの運命は大きな問題とは思われなくなってきた。

　わたしは顔をあげ、太陽に向けた。わたしの眼がなにも見ていなかったことは明白だった。何年、いやもっと以前から、わたしは眼の前にあるものを見すごしてきた。これは、最近になってはじめて起きたことではない。〈男たち《ザ・ガイズ》〉のことも、その一例だ。今度の事件にかぎっていえば驚くべきことだった。だが、これは生まれてこの方、ずっとインディアナポリスを強力に支配してきた精神的風土のあらわれともいえる。わたしが、ずっと眼をそらそうとしてきた風潮。そして、わたしがずっと眼をそむけてきたものだ。

だが、今のわたしには〈男たち《ザ・ガイズ》〉の存在が見えている。それに、トム・トーマスと仲間たちの姿が。彼らのあいだにどんなちがいがあるというのだろう?

わたしは、彼らとは別種類の人間だ。

わたしが私立探偵になったのは偶然からだった。きびしい状況に追いこまれ、当時はそれがいい選択だと思えたのだ。生きていくための金を稼ぎ、問題をかかえた人間たちを助けることができるだけでなく、ある程度独立した職業でもあった。

華々しい成功をおさめたことはないが、この職業で生活することができた。免許を失うまで気づいていなかったが、わたしはこの仕事に満足していた。免許を失うことは、きびしい生活を意味していた。今、免許をとりもどしたわたしは陽光のもとにすわり、活動を再開しようとしている。今度は、正当な方法でやるべきことを遂行しなくては。

だが、〝正当な〟、そして〝やるべきこと〟とはなんだろう? 金を稼ぐことか? それをすることで、カール・ベントンのような連中の命令に従わなくてはならないとしても? いや、そんなはずはない。

すわりこんでいるあいだに、不実な夫をもったブレンダに電話したくなった。このような仕事のほうが、わたしに合っているのかもしれない。ほかの人間を見るだけでなく、自分自身を見直すことが必要かもしれない。

薄い雲が太陽にかかったのをきっかけにして、動きだすことにした。わたしは立ちあがり、インディアナポリスのダウンタウンを大きく変えたモールへと向かった。わたしも、自分を変えたかった。携帯電話を買うことにした。

店員のエイミールは、スイッチのいれ方を説明してくれた。それから、電話をかけるためになにが必要か教えてくれた。彼の見守る前で、わたしはいわれたとおりに練習してみた。自宅に電話した。だれも出なかったので、メッセージをのこした。「おれだ、このハイテク狂いの悪魔め」

「完璧です」まるではじめてこの言葉を口にするように、エイミールはいった。彼は、分厚い取り扱い説明書をビニール袋にいれた。わたしの頭をたたかんばかりの勢いで、彼はわたしを送りだした。

歩道に出ると、わたしは立ちどまり、忘れないうちに電話してみることにした。ブレンダの番号はわからなかったが、ティモシー・バトルの番号はわかっていた。

数度発信音が鳴ったあとで、人工合成された声が流れてきた。「この電話は転送されます」バトルは説教の文句を書いているか、妊娠による強制結婚の司会を務めるため、悪魔祓いのため、もしくは犯した罪に悩むものの最後の儀式に立ち会うために教会をはなれたのだろうか？　すぐに、大きな雑音が混じり、エコーがかかったバトルの声が聞こえてきた。「ソニアか？」

「ソニアじゃない。アルバート・サムスンです」

少し間をおいてから、彼はいった。「ジョー・エリスンの知り合いの私立探偵だな？」

また雑音が高くなり、バトルの声が聞こえた。「きみのことはよく覚えている、ミスター・サムスン」

「あなたと話したいのですが。少し時間を割いていただけませんか？」

少し間をおいてから、彼はいった。「いつ会いたいか、希望はあるかね？」

「できれば、今すぐお会いしたいのですが」

彼は、また少し沈黙した。「今すぐは無理だ、ミスター・サムスン。わたしは今、地上から二千フィート以上はなれたところにいる」

「司祭が麻薬《ゲット・ハイ》なんかやるとは思わなかった」

「飛行機に乗っているんだ、サムスン。自家用機に。着陸したあと、よりたいところがあるから、教会にもどるのは七時か七時半ごろになる。そのときでもいいが、緊急の用件なら、空港で会ってもいい。あと二十分ほどで着陸する。着陸がそれより早くならなければいいのだが」

これこそ、まさしく緊急の場合だった。「空港までの道すじを教えてほしい」わたしはいった。

グリーンウッド市営空港は、市の中心部からおよそ十マイルほど南南東にあった。トウモロコシ畑のまん中にあって、新興住宅地と病院とゴルフ場にかこまれている。

バトルはラウンジで待っていた。ならんだ自動販売機の前のテーブルにすわっていた彼は、わたしが近づくと立ちあがった。「コーヒーでものむかね？　それとも、サンドイッチか、スープは？」

「なにも注文していないようですね」わたしは腰をおろした。「前に、ここでなにか食べたことは？」

「ここには、ソウル・フードはないようだからな」

「ありがとう、遠慮しておきましょう」

彼はテーブルの上に散らばった書類を集め、革のバッグにいれてから、また腰をおろした。「緊急の用件というのはどんなことだね？」

「最近、いくつかの出来事が起きました」トム・トーマスと対決したのは、本当に今日の朝だっただろうか？　遠い昔の出来事のように思われた。

「きみについての新聞記事は読んだ。問題はそのことかね？　この地区であんな無惨な殺人が起きるなんて、恐ろしいことだ」

「わたしが話したいのは、破壊行為のことです」

「あのあと、教会ではなにも起きていない」

「なにか起きたら、すぐにわたしに知らせてください」

バトルはわたしの顔を凝視した。「なぜだね？」

「話せば長くなります、この地区とあなたの教会に起きた破壊行為はなんらかの意図にもとづいて行なわれた、とわたしは信じています」

「ものごとはすべて、なんらかの意図にもとづいて行なわれるものだよ、ミスター・サムスン」

「神学的な議論はあなたにおまかせします。わたしのいっていることは、もっと特殊なことです。あなたの教会に破壊行為が行なわれたのは、建物と土地を売却させるためだ、とわたしは考えています」

「なるほど」彼の表情は変わらなかった。

「教会のとなりは空き地ですね。あのブロックには、所有者がいて、つかわれていない土地もあるのですか？」

「その質問にはこたえられない」

「しかし、教会の土地だけでもかなりの広さがありますね。舗装されている駐車場以外にも、土地があるはずです」

「教会の土地はかなり広い。われわれはそれを、地域の行事のためにつかっている」

「バトル司祭、これまで教会と土地を買いたいという申し出はありましたか？」

「わたしが赴任してからはない、ミスター・サムスン」

「わたしの記憶が正しければ、赴任したのは一年半前でしたね」

　彼はうなずいた。「そうですね」

「今朝、ある弁護士と話をしたのですが」わたしはいった。「教会に放火した犯人を担当する弁護士です。彼から、興味深い話を聞きました。〝ある人間《ザ・ガイ》が取引を求めれば、断わることはできないだろう〟というのです」

「どんな取引だね、ミスター・サムスン？」

「あなたの教会と土地を買うことでしょう」

　すわりこんだまま、わたしとバトルは見つめあった。わたしは彼のポーカーフェイスを見たことがあった。だが、彼はわたしのポーカーフェイスを見ていない。彼の眼差しはきびしかったが、ロニー・ウィリガーとはくらべものにならなかった。

　最初に口をひらいたのは彼だった。「売却するかどうかは、わたしの決めることではない。そのような問題の決定をくだすのは、信徒会の役目だ」

「あなたは売却に反対ですか？」

「条件しだいだ」

「信徒会はどうでしょう？」

　少し間をおいてから、彼はこたえた。「現在の信徒の多くは、二十八年前に資金を集め、この聖なる建物をつくった。巨大な労力だっただろう。讃えられるべき偉業だ」

「では、彼らはこの場所に深い愛着と思いいれをもっていて、売却を認めることはないでしょうね」わたしはいった。「ただし……」ようやく、事態がわかりかけてきた。「あなたは野心的なひとのようですね」

「わたしの野心はきみとは無関係だろう、ミスター・サムスン」

「この教会に赴任して以来、信徒の数は増えていますか？」

彼はこれにはこたえなかったが、このときはじめて彼の顔には不安の色があらわれたようだった。

「そうなのでしょう？ そして、あなたは教会をもっと大きなものにしたいと考えている」

「われわれの活動が現在の建物の大きさと構造によって制約されていることは事実だ」

「州間道路とも近い現在の教会を企業に売れば、どこかほかの場所にもっと大きなものを建てられるでしょうね」

「もっと広く、多くの信徒を集め、活動を拡大し、信仰を広めることができるだろう」

「この一連の破壊行為の背後にいるのはだれか、知っているのでしょう？」

「どういうことだね？」

「あなたは、彼らと手を結んでいる。信徒たちにこの教会を売ることを認めさせる唯一の方法は、この一帯の雰囲気を悪くさせることしかないと、あんたが教えたのだ。そうなれば、教会の売却の申し入れがあれば、彼らはその話に飛びつくだろう。天からあたえられた解決のようなものだ」

バトルはこたえなかった。

もうひとつ、考えがひらめいた。「気づいて当然だった」わたしはいった。

「なんのことだね？」

「自家用機をもつのは金がかかるだろうな？ あんたはこの計画にくわわって、報酬を受けとっていたんだ」

45

都心にもどる途中、わたしは動揺している自分に驚いていた。聖職についているものが犯人とつながりをもっていたとしても、そんなに意外なことだろうか？　教会という仕事が世の中のビジネスの世界とはまったく無縁だなどと、本気で考えていたのだろうか？

　わたしがそんな先入観にとらえられたのは、ジョー・エリスンやジュース・ジャクスンのような人間たちから、バトルのような地位につくものはもっと高潔な人間だろうと考えたからだろう。

　だが、バトルが成功して、名をあげることになれば、〈男たち《ザ・ガイズ》〉は彼を地上にひきもどす《ダウン・トゥー・ジ・アース》だろう。

　これは、パイロットにとっては最悪のジョークだろう。

　わたしは笑いだしたが、その笑いは長くはつづかなかった。

　このとき、わたしは本当に〈男たち《ザ・ガイズ》〉のような人間たちのことを知らなかっただろうか、という疑問が頭に浮かんできた。彼らは特定の人間たちを傷つけるために金を集めている、とホロウェイはいった。これだけではなく、ほかにももっと積極的な行動をとっているのだろうか？

　これは、恐ろしい考えだった。このような事態に対して、どんな行動をとるべきなのだろうか？　出っ歯のテレビ記者ヴェロニカ・メイトランドと会って、〈男たち《ザ・ガイズ》〉のことを知らせようか？　ヴェロニカは男ではない……考えてみるべきだろう。時間の余裕ができたら。

　新しい携帯電話のことを思い出したのは、家につく直前だった。これをつかえば、出かけているあいだにはいったメッセージを聞くことができる。だが、家まではもうすぐだった。

　点滅する電話の前を通りすぎたときにも、メッセージを聞かなかった。その前に、母に会いたかった。

母は、テレビのある、狭いほうの部屋にいた。母は、ノーマンとスクラッブルをしていた。「ノーマンは、わたしのことを気づかってくれるの」母はいった。「気分がめいってしまって。死んでいるローシェルを見つけて……葬儀の手配をして……」

わたしは、カウチにすわった母のそばに近づいた。そして、その体に腕をまわした。「友人を失ったことには、同情しているよ」

腕のなかの母の体は、縮こまったようだった。「ええ、本当に悲しいことだわ」

「ポジー」ノーマンがいった。「アルバートにいうことがあっただろう」

母は身を起こした。「そうだったかしら？　ああ、そうだったわね。おまえがあの人殺しにしてくれたことを、誇りに思っているわ」

母から誇りに思うなどという言葉を聞いたのは、遠い昔のことだった。「ありがとう。そういってくれて、うれしいよ」

「あの警官から、おまえが力になってくれたと聞いたの。名前は……だれのことだかわかるでしょ」

「プロフィットだね」

「ええ、その人よ。ホーマー・プロフィット。アデルが結婚したひとだったわね。名前をすっかり忘れてしまって」

ひとの名を忘れるなんて、母らしくないことだった。だが、友人が殺害されたのは、大きな衝撃だったのだろう。わたしにも、母にいうべきことがあった。「わたしも、母さんのことを誇りに思っているよ」

「わたしを？」

「いろいろな人間たちを集めたことさ。それに、あんたのしたことも。素晴らしいことだった」

「ああ……ありがとう、アルバート」

この言葉を聞いて、思い出した……「ボリスの状態は？」

「ボリス？　ああ、元気だよ。退院したわ」

「放浪者《ヴェイグラント》」そういって、ノーマンは〝rant〟に三文字をくわえた。「十五点か」そういって、彼はタイルのはいった袋のなかを探った。

「ちょっと見せて」母は点数盤を見た。「今日は調子がよくないようね」

わたしは声をかけた。「ゲームをつづけてもいいけど、ひとつ頼みがあるんだ」

母は顔をあげた。「頼み？」

「またこのあたりで破壊行為が起きたら、知らせてほしいんだ」

「いいけど……どうして？」すわりこんだ母は、めっきり老けこんで見えた。

ノーマンと眼が合った。わたしは彼に顔を向けた。彼はいった。「必ず、知らせよう」

「ありがとう」わたしはいった。彼に礼をいったのはこれがはじめてだろう。

彼はうなずいた。「ポジー？　あんた、勝ってるだろう？」

「えっ？　そうね。でも、ほんの少しだけど」母は四つのタイルをとりだし、ノーマンの〝V〟にくわえて、〝放浪《ローヴァ》者〟という単語をつくった。「これで何点？」

「かなりになる。まだまだ、あんたのほうがずっと上だよ」

「本当？　そんな気はしないけど」母は手で髪をすいた。そして、また顔をあげ、わたしを見た。「サムのことでいい知らせがあったんだろう、アルバート？　家族にその血が流れているのに、わたしだけが気づいていなかったようね」

「どんな知らせだい、母さん？」

母は恥じらったように手で口を押さえた。「まずいこと、いってしまったかしら？」

母のいる部屋を出て、ランチョネットに降りた。そのいい知らせについては、サムが話してくれるだろう。

だが、サムはそこにはいなかった。いつもは昼食時だけ働いているマーサが掃除をしていた。「こんにちは、ミスター・サムスン」

「サムを探しているんだが」

「なにか仕事で出かけたはずよ」マーサは首をふり、なにも知らないことを示した。「店を閉めてくれとノーマンからいわれたの」

「わかった。ありがとう」

わたしは階段をのぼって、二階のオフィスにはいった。メアリーに会うために出かけるまで、メッセージを聞くだけの時間があった。サムからのメッセージはなく、最初の三件は聞かずに早送りした——キャノンの共同経営者、ブレンダ、そして《ヌーヴォー》紙の記者フロッシー・マッカードルだった。

最後のメッセージはじっくり聞いた。二度聞きなおした。「ふん、留守か」ミラーの声だった。「おれも、もうすぐここを出る。どこにいるか……わからない……携帯に電話してくれ」

わたしは彼の携帯電話の番号を押した。発信音が鳴りつづけ、応答サービスに変わった。「ジェリー、この番号に電話してくれ……」新しい携帯電話の番号をしるした紙片をとりだし、読みあげた。「いつでもかまわない」


待ち合わせの場所に着くと、メアリーはそこにいて、コーヒーをのんでいた。カップの横には、ほとんど食べつくされた手羽先料理ののった皿があった。

「それは本当のコーヒーかい？」彼女のテーブルの横にすわりながら、わたしはたずねた。「それとも、なにかアルコールがはいっているのか？」

「今日きたのは、連夜つづいたデートの記録を破りたかったからよ、アルバート。本当なら、家で寝ていたほうがよかったんだけど」彼女は人差し指を突きだした。「いいのよ、もうなにもいわないで」

わたしは、メアリーの言葉に従った。「今日一日、こんなにいろいろなことが起こらなかったら、五度くらい倒れていただろうな」わたしは負傷していないほうの手で彼女の手をとった。「アドレナリンだけで、かろうじて体が動いているようだ」

メアリーはメニューをとりあげた。「わたしも、アドレナリンを補充してもいいかしら？」

わたしは、買ったばかりの携帯電話をテーブルにおいた。

「この紫色の、薄気味悪いものはなんなの?」

「色はよくないが、機能は最高だ。エイミールがそう保証した」

「これ、あなたの?」

わたしはうなずいた。

「ああら」メアリーはわたしを見つめた。「大変な一日だったようね。でも、正直にいうと、今夜はもうこれ以上驚かされたくないの。わかるでしょ?」

「わかった」わたしはいった。「ギプスはどうしたんだい?」

「包帯はとりかえたの、ママ?」

「カウンターに行って、新しい包帯があるかどうか聞いてみよう。なにか注文するものは?」

「コーヒーのおかわりとなにか食べ物を注文して」

「ここで食べるのか?」

「だって、ずっとここにいるんでしょ?」

わたしは、コーヒーとビールをもってテーブルにもどった。

メアリーはいった。「大変な一日だったといったわね?」

「ああ、そうだ」

「なにかそのうちのひとつをえらんで、話してくれる?」

ひとつだけえらぶのはむずかしかったが、わたしは少し考えてからこたえた。「なかでも最悪なのは、ジェリー・ミラーがIPDを辞職して以来、連絡がとれないことだ」

「ミラーが辞職したの?」

「ああ、今朝辞職した」

「理由は?」

「わからない。家を出る前にメッセージを聞いたんだが、かなり動揺しているようだった。これの電話の番号を教えて、電話してくれと伝言しておいた」わたしは、新しい携帯電話をたたいた。

このとき、電話が鳴った。

「なにかしてしまったかな?」

「電話がかかってきたのよ、アルバート」

わたしはパニック状態になった。「おい……待ってくれ……どうすればいいのか、忘れてしまった」

メアリーは携帯電話をとりあげ、ボタンを押した。「こちらは、アルバート・サムスンの新しい携帯電話です。少々、お待ちください」彼女は電話をさしだした。

「ジェリーか？」

「おいおい、どうなってるんだ？」

「新しい秘書なんだ。携帯電話を買うと、おまけについてくる。販売競争がどんなに激しいか、わかるだろう？」

少し間をおいてから、ジェリーはいった。「もう、聞いていると思うんだが」

「ああ、聞いている。会って話せないか？」

「話すって、どんなことだ？」

「いろいろある。今どこにいるんだ？」

「家にいる。荷物をまとめているところだ」

「家を出るのか？」

「ああ、そうだ」

「ジェリー、これはヘレンのことと関係があるのか？」

「ヘレン？　なぜヘレンと……そうか、例のソーシャルワーカーのことか？　ふん、あの娘が幸せになるなら、おれたちの口出しするようなことじゃない」

彼が辞職したのはヘレンのためではなかった。「どこに行くんだ？　マーセラのところか？」

「まだ、マーセラのところに行くのは早すぎる。どこか別のところに行く。泊まるところぐらい、どうにかなるさ」

「当てはあるのか？」

「泊まるところぐらい、どこにでもあるさ」

「おれの家に泊まれよ」彼はすぐにはこたえなかった。わたしの家なら、そこにいるとわかるものはいないだろう。

また、沈黙がつづいた。「荷物をまとめろ。それから、なにか食べるものを買え。そうだな、おれの家にくるなら……」わたしは腕時計をのぞいた。「九時？　そうだな、九時半ではどうだ？」

「いいのか？　これまでの問題もあるだろう？」

「これまでのこと？　ここしばらくのことか……もちろん、問題じゃない」わたしはいった。

「ありがとう、アル」そういって、彼は電話を切った。

メアリーがなんというだろうかと考えているあいだに、メアリーはわたしの手から電話をとり、またボタンを押した。

「ねえ、アルバート、わたしの許しをえないで友人に泊まれというなんて、どういうこと?」


食事をすませ、八時半少しすぎに家にもどった。ジェリーもしくはわたしが眠れるように、空いた部屋を片づけておきたかった。メアリーは、デザートも注文せずにわたしについてきた。

それぞれの車に乗って家に向かったが、車を停めると、ジェリーは横にガーメントバッグをおいて、わたしの部屋の階段にすわっていた。

「おい、ジェリー」通りをわたり、わたしは呼びかけた。

彼は立ちあがった。「ありがとう。心から感謝している」わたしが階段をのぼれるように、彼は一歩しりぞいた。

「ちょっと待ってくれ」わたしはいった。すぐに、メアリーがやってきた。「ジェリー、メアリーだ。メアリー、こいつがジェリーだ。携帯電話についてきた秘書だ。挨拶したまえ、メアリー」

「はじめまして」

「こちらこそ」

わたしは階段をのぼった。オフィスにはいると、サムがコンピューターの前にすわっていた。

「パーティだとは知らなかった」ミラーがいった。

「サムのことは覚えているだろう?」

「これがあのサムか? 驚いたな」

「こんにちは、ジェリーおじさん」

わたしはいった。「となりの部屋に荷物をおいてこいよ」

「本当にいいのかな、アル?」彼はメアリーをうかがった。

「わたしは泊まってはいかないわ」メアリーがいった。

「彼が携帯電話の電源を切れるようになったら、家に帰るわ」

「なにか食べたか?」わたしはたずねた。

「いや。まだ……食欲がない」

「バッグをおいてこい。この通りの先の〈ペピー〉に行こう。女たちには、煙草を喫いながらコンピューターゲームでもさせておけばいい」

「おいていかれたとき、女がどんなに恨むか、見くびっちゃダメよ、パパ」サムがいった。

ふたりの女をのこして、わたしとミラーはオフィスを出た。

七時から二十四時まで営業しているこの〈ペピー・グリル〉には、街じゅうの人間たちがやってくる。この店の客は、母のランチョネットの朝食と昼食にやってくる客とはまったくちがう人間たちだった。ミラーをここに連れていくのに唯一抵抗があったのは、ここが警官の集まる店だったことである。あるとき強盗をもくろんだ男がレジの前で拳銃を向けると、冗談だという暇もなく、首すじに三挺の拳銃を突きつけられたことがあった。

わたしはミラーとともに、別棟にあるポーチのテーブルにすわった。ここなら、ほかの客がくることはないだろう。

「まだ、腹はへっていない」テーブルにつくと、彼はいった。

「とにかく食えよ。ストレス状態のときには、血糖値をあげたほうがいい」

「コレステロールをさげるんだろう。それに、両手をいつも横にのばすようにするとか」

「ここのチリはおふくろの店ほどじゃないが、まあまあだ」彼が肩をすくめたとき、ウェートレスがテーブルに近づいた。「この友人にチリ、それにコーヒーをふたつ頼む」

「わかりました」彼女はいった。

ミラーがいった。「サムも、すっかり大人になったな」

「結婚したし、離婚もして、いろいろな経験をしたようだ。最後に会ってから、どのくらいになる？」

ミラーは首をふった。

「一緒に仕事をすることになるかもしれない」

「ランチョネットの？」

「探偵業のほうだ」

彼は眼を見ひらいたが、これはジョークではなかった。

わたしはいった。「サムは探偵の仕事に興味をもっている。わかるだろう。ネオンも、サムスン父子探偵事務所にするつもりだ。ヘレンが夜なにをしていたか、探りだしたのもサムだった」

ミラーは財布をとりだした。「まだ、その報酬を払っていなかったな。おまえかサムか、どっちに払えばいいんだ？」

「金はいらない」

わたしたちは見つめあった。彼は財布をポケットにいれた。

ウェートレスがコーヒーをもってきた。

ふたりきりになると、わたしは重要な質問をした。「ジェリー、なぜ辞職したんだ？」

彼はコーヒーをふいてから、口をつけた。「職業倫理に反する行動をとったからだ」

「どういうことだ？」

「おれは、トランク詰め殺人事件の報告書を家にもちかえって読んだ」彼は深く息を吸いこんだ。「それによって、たまたまそのなかの書類、特に主要容疑者のリストをコピーされてしまった」

「コピーしたのはだれだ？」

「マーセラだ。彼女はそのなかの名前をコピーして、別れた夫にわたした」

「夫に？」

「別れた夫のことは聞いただろう？　あのクソったれ野郎、ハリー・ガーリックのことだ？」

「それは聞いたが……」

「ハリーのやつは、金さえ充分にあれば、おれたちの邪魔をせずに、アラスカに行くと、あの馬鹿な女に信じこませた」

「おれにも、同じようなことをいっていた」

「だから、この十一万ドルの報奨金のことがわかると、こいつはしつこくマーセラを責めたて、おれから内部情報を入手させようとした」

「だが、そいつは警官だろう。警官は報奨金を受けとれないはずだ」

「だれかかわりの人間をつかえばいい。それがカーロ・サドラーだ」

「サドラーとは、おれも話した。彼にウィリガーの情報を提供した人間は、報奨金の分配のことはなにもいわなかったといっていた」

「ガーリックは、金が支払われたところで取引しようと考えたのかもしれない。もちろん、報奨金が支払われたとしてだが」

「支払われない可能性もあるのか？」

「支払いには、いろいろな条件がある。だが、この場合については おれはなにも知らん」彼は両手をあげた。「おれの知ったことじゃない。おれはこんなことになってしまった」

「だが、ガーリックがマーセラをつかって情報を得たことはまちがいないんだろう？」

「ああ、マーセラはこいつにリストのコピーをわたした。ガーリックはそのなかの連中の家に侵入し、ウィリガーのもっていた箱を見つけたんだろう」

「おまえがマーセラと会っていないことがジェイニーにわかるように、その週末報告書をもって家に帰ったと思っていたんだが」

「家に帰る途中、マーセラの家によったんだ」彼は吐息をついた。「何週間も前から、報告書がとどいたら、手がかりがつかめるかもしれないと話していた。それに昇進につながることも」彼は首をふった。「すべてはおれのしでかしたことだ。おれの責任だ」

「ガーリックはどうやってカーロ・サドラーをえらんだんだろう？」

「この阿呆を以前に逮捕したことがあって、こいつを知っていた、とマーセラはいっている。ガーリックはおれを尾行して〈ミルウォーキー〉に行き、サドラーがカウンターにいるのを見て――」

「ガーリックが尾行していたのはマーセラじゃなかったのか？」

「おれも尾行していたこともあった。サドラーを見つけて、報奨金を手にいれると同時に、〈ミルウォーキー〉の関係でおれの足をひっぱろうとしたんだろう。内部告発委員会に電話して、おれの調査をさせたのもこいつだ、とマーセラはいっている」

「ひどいもんだな」

「まったくだ」

「わかった」わたしはいった。「では、情報の提供者はマーセラだったというんだな。だが、なぜ辞職したんだ？　サドラーの口を割らせて、ガーリックをやめさせればいい――たぶん、投獄されることになるだろう」

「それはできない」ミラーはいった。「おれがなにかすれば、マーセラにまで迷惑がおよぶことになる」

　チリがはこばれた。「フライドポテトとなにかパイをやってくれ」わたしはウェートレスにいった。「こいつは体力をつける必要があるんだ」

「パイはなににしましょうか？」

「こいつはジェリーだから、韻を踏んでチェリーにしよう」

　また、わたしたちはふたりきりになった。

　わたしはたずねた。「マーセラはガーリックに不利な事実を証言するだろうか？」

「あいつが証言するのは、リストをわたしたことだけだろう。それ以外の証言が信じられないと判断されたら？　詐欺の従犯として起訴されたら？」

　ミラーは首をふった。「警官に対する調べがきついことはわかっているはずだ。少なくとも、上層部とのコネがあるものでなければ」

「最近の警察は、ずい分公明正大《ホワイター・ザン・ホワイト》になっているようだな」

「冗談なんかいってるときじゃない」

　このとき、わたしは〈男たち《ザ・ガイズ》〉のことを思い出した。ミラーに、この連中のことを聞いてみようか？　いや、それは別の機会にしよう。ミラーには、考えるべきもっと重要なことがある。〈男たち《ザ・ガイズ》〉のことを考えるのはもっとあとでいい。いつかは、ふたりでこいつらを追うことになるかもしれない。そして、探偵事務所のネオンを、〃サムスン父子と良き友人〃に変えることもできる。

「どうしたんだ？」彼はたずねた。

「なんでもない。さあ、食えよ」

彼は食べ物に手をつけた。すぐにまた、手がのびた。

「悪くない。だが――」

「おふくろの店ほどじゃない」

「母さんはどうしてる？」そこまでいって、彼は少しためらった。「まだ……」

「生きているのかと聞きたいのか？　もちろん、元気でやっている」

「そうか。そう聞いてうれしい」フライドポテトがはこばれた。

ミラーはポテトに塩をかけ、さらにケチャップをかけてから、わたしたちのあいだに押しだした。わたしたちはふたりでポテトを食べた。子どものころ、かぞえきれないほどのポテトをこうして分けあって食べたものだった。当時のわたしたちには、二皿注文する金もなかった。

ミラーがいった。「ハリーのクソ野郎のしたことをマーセラが知ったのは昨夜のことだった」

「それで？」

「だから、今朝おまえに会いに行ったんだ。おまえの助言を求めるためだ。頼りにならない男だが、おれの親友だからな」

「だったら、おまえも同じってことになるぞ」

「そんなことはどうでもいい」ミラーは口をぬぐった。「おまえに助言を求めるのはおれかもしれない」

「……助言？」

「あいつのこと。マーセラのことだ。あいつのしたことについて」

マーセラのこと、彼女の行為について考えてみた。「彼女は過ちを犯した」わたしはいった。

「ただの〝過ち〟じゃない」彼の苦しげな声はIPDを辞職することがどんなに大きなことかを示していた――それを口に出さずにはいられないようだった。

「小さな過ちとはいわないが、マーセラとしてはふたりのためを思ってしたことだった。長年彼女を動かしてきた男に欺されただけだ」

　ミラーはチリを見つめた。

「だれだってまちがいはするものさ、ジェリー」わたしはいった。「たとえおまえでも」

　わたしたちの視線は交錯した。彼には、わたしのいいたいことはよくわかっていた。彼はいった。「免許をとりあげたのを、まちがいとは思っていない。おれは後悔していない。同じことが起きたら、もう一度そうするだろう」

「それなら、おれの助言は、ハリー・ガーリックを撃ち殺して、精神異常で罪を逃れることだろうな」

「拳銃を貸してもらえるか？　おれの拳銃は署においてきた」

「おふくろがもっている。頼めば、貸してくれるだろう」

「母さんが銃をもっているのか？」

「射撃場に通っているんだ。免許ももっているし、たぶん表彰状ももっているだろう」

「おまえのおふくろは、すごい女性だな」

「ああ」わたしはいった。「そのとおりだ」だが、ここでは〈男たち《ザ・ガイズ》〉のことはもちろん、ポジーの自警団のことを話している暇もなかった。

　このとき突然、わたしはポジーの自警団と〈男たち《ザ・ガイズ》〉がしていることがよく似ていることに気づいた。両方とも、彼らが悪くなっていると考える世界を再生させるために、志を同じくするものを集めている。だが、このふたつにはちがいがある。絶対に。

「アル？」

　わたしはトム・トーマスになにをしただろう？　個人的にだが、同じことをしたのではないか？　だが、そこにはなにかちがいがあるはずだ。わたしのしたこと、母のしたこと、そして〈男たち《ザ・ガイズ》〉のしたことには、ちがいがある。われわれのしたのはよいことで、彼らのしたのは悪いことだ。当然のことだ。

「アル？」

「なんだ？　いや、すまん」これでまた、時間の余裕があるときに考えてみることができた。「ジェイニーのことはどうするんだ？」

「ヘレンの借金を返さなくてはならない――家を売ることになるかもしれない。だが、そのあとは……まったくわからない。なにも《ナーダ》。なにも考えられない《カプート》」

「家を売った金は手にはいるのか？」

「ジェイニーの思いどおりになれば、おれのものにはならない」

「だが、年金があるだろう？」

「それも、半分はあいつのものになる」

「その半分を競馬に賭けるって手もあるさ」このとき、メアリーの宝クジのことを思い出した。あれは水曜の夜のことだった。

「アル？」

「なんだ？」

「あれはただのまちがいだったと思うか？　正直にいってくれ」

「マーセラの善意は疑っていないだろう？」

「ああ」

「それなら、重要なのはマーセラのことをどう思っているかだ」

「そうだな」彼は溜息をついた。彼は携帯電話をとりだした。

「勘定を払ってくる。そのパイを食っちまえ」

「パイは食いたくない」

「それを食ってくれる人間を知っている」

46

階段の上にメアリーがすわっているとは思ってもいなかった。煙草をふかしてもいなかった。「なにかして、外に出ろとでもいわれたのかい?」わたしはたずねた。

「遠慮して、席をはずしたのよ」

「遠慮した?」

「サムがしていることを見て、そばにいると邪魔だと思ったの」

「きみがいると邪魔だというのか? よし、見てみよう」

わたしは彼女を立たせ、ふたりでオフィスにはいった。

ミラーは寝室にはいり、ガーメントバッグをとりあげた。メアリーは先に立って、コンピューターの前にすわったサムに近づいた。

「なにをしてるんだ?」

「ママとチャットしているの」サムがこたえた。

「そうか」

バッグをもって、ミラーが寝室から出てきた。わたしは女たちをのこして、ドアに近づく彼に従った。「大丈夫なのか?」

「そういえるときが、いつくるかな」わたしたちは、抱擁が主流となる前の世代の挨拶をした——握手をした。彼はオフィスを出ていった。

わたしは階段を降りていく彼を見送った。彼はこれからどうなるのだろう? 彼とマーセラは?

それはふたりの問題だ。わたしはコンピューターのところにもどった。メアリーは肩ごしにのぞきこんでいた。わたしも、反対側からモニターをのぞきこんだ。画面には、〝レックス・ギャル〟と〝わたし〟という名前のあいだに、奇妙な略語をまじえた文章がならんでいた。

サムがいった。「ママは、あなたと結婚していたころの話をしているの」

「覚えているだけでも驚きだな」

メアリーが口をはさんだ。「別れた奥さん、頭のいいひとのようね」

「ああ、馬鹿じゃない」わたしはいった。「ただし、男のことを除いてだが。きみたちはここにいてくれ。わたしはとなりの部屋で、このチェリー・パイを食べる」

「チェリー・パイですって?」メアリーは身を起こした。「ねえ、アルバート」

わたしたちは寝室にはいり、ベッドに腰をおろした。

「不作法な真似をしてごめんなさい」そういって、メアリーは指をなめた。パイの一片が消えた。「あなたの友だちはどうして帰ってしまったの?」

「今夜一緒にすごすもっといい相手を思いついたんだろう」

「そうなの」

「気分はどうだ?」

「アドレナリンが噴出してきたわ。娘さんのおかげよ」

「それはよかった」

「お母さんと連絡がとれて、とても喜んでいたわ」

「あの女《ヴァシェ》がなぜ連絡を絶ったのか聞いてみよう。わたしにはどうでもいいことだが、サムのためにはうれしいことだ」

「もう、パソコンは切ったわ。ほかに、あなたにいいたいことがあるようよ」

「いいたいこと? どんなことだろう?」

メアリーは首をふった。

「内緒ってわけか。そいつはいい。ここ数日、いい話はなかったからな」

「優しくしてあげてね、アルバート。あなたの娘でしょ。あんないい子どもをもって、あなたは幸せよ」

わたしはその顔を見つめた。

「わたしには、まだあなたの知らないことがたくさんあるのよ、アルバート」

わたしは彼女の片手をとったが、いいかけたとき、メアリーはチェリーを口に押しこんだ。「おたがいのことをよく知るまで、時間は充分にあるわ」メアリーはいった。

「わたしの処女を奪ったあとで、人間が変わって最低の男になったりしなければ」

「初体験って、何度あるんだい？」

「もちろん、必要なだけあるわ」

「ひとつ、聞きたいことがあるんだが」

少し間をおいてから、メアリーはいった。「どんなこと？」

「宝クジの結果を調べたかい？」

「はずれだったわ」

「だが、もしも当たっていたら、賞金は分けてくれただろう？」

「でも、わたしが買ったのよ」

「数字を教えた《ゲイヴ》のはわたしだった」

「今、〃教えた《ゲイヴ》（原義は〃あげた〃）〃といったでしょ」わたしたちは見つめあった。メアリーの眼のなかには、なんの表情も読みとれなかった。

ドアが開いて、そこにはサムが立っていた。「パパ、少し話したいことがあるんだけど？」

「いいとも」

「話を聞いてあげなさい」メアリーがいった。そして、またパイの一片をちぎった。

サムは依頼人用の椅子にすわった。わたしはデスクに腰をおろした。

「パパ、わたしが将来なにをしたいか話したいの。だから、ママと連絡をとったの。ママにも話しておきたかったから」

サムスン父子探偵事務所が現実のものになるのだろうか？「なんといっていた？」

「馬鹿げた考えだといったけど、あなたが望むなら……」

「おまえも、もう世間をよく知っているからな」

「ええ」

「だから、自分で進路を決めることができる」

「では、いいのね？」

「わたしに聞いているのか？もちろんだ」少し間をおいてから、わたしはたずねた。「今、ふたりとも同じことを考えてるのだろうな？」

「わたしの将来。仕事のことよ。今朝、手紙がとどいたの」

「手紙？」

「お祖母ちゃまから聞いたと思っていたけど。申請が認められたの。公式の免許よ。これで、私立探偵になれるのよ」

47

メアリーはベッドに寝そべっていた。

「疲れたのか？」わたしは声をかけ、その横に腰をおろした。

「気分はいかが、アルバート？」

「知っていたんだな」

「免許を申請したこと？　あなたとジェリーが出かけたあと、話してくれたの。あなたは知っているだろうと思ったし、話をする暇もなかったでしょ」

「知らなかった。いつも、わたしが最後に聞かされるんだ」

「そんなことはないわ」

「母も知っていた。それに、きみも。レキシントンに住んでいる別れた妻も。賭けてもいいが、ノーマンのやつも知っているにちがいない」

「でも、ボリスとダン・クエールよりは先だったわ。バフィー（TV《聖少女バフィー》シリーズの主役）よりもね」

「ありがとう」

「明るい要素を見てほしいと思っているのよ」

「ネオンみたいに?」このとき、考えがひらめいた。「〈サムスン父子私立探偵事務所〉にしようといったとき、サムに聞いたほうがいいといったね。あのとき、知っていたんだな」

「免許を申請したことは聞いていたわ」

「なるほど」

「サムは私立探偵になることを望んでいるのよ。これで、父親のことをどう思っているかはわかるでしょ」

「わかった。サムは父親を誇りにしている」

「もちろんよ。だから、もっと前向きに考えて、〈サムスン父子私立探偵事務所〉にするべきだと思うの」

「〈サムスン父子私立探偵事務所／娘は不在〉では?」

「〈サムスン父子私立探偵事務所〉なら、仕事を依頼することを考えている客は、ここなら若い探偵と経験豊富な探偵、それに男と女の両方の見方をえらべると思うはずよ。事務所の前には行列ができるわ」

「ただ、わたしには若い娘の役割はできそうもないが」

「サムが私立探偵の仕事を休みたくなることだってあるでしょ。そのときは、あなたが代わって仕事ができるはずよ。でなければ、適当な人間を雇うこともできるわ」

「娘の役をする人間を雇うのか?」

「ヴォーカル・グループではよくあることよ。まさか、エヴァリー・ブラザース（一九六〇年代から七〇年代にかけて活躍したフォークロック・デュオ）が本当の兄弟だなんて思っていないでしょ」

「あのふたりは、本当の兄弟だ」

「とにかく、わたしのいいたいことはわかるでしょ。それに、依頼人がやってきたら、もちまえの魅力を存分に発揮して、仕事を頼む気にさせられるはずよ」メアリーはわたしの頬をなでた。

　これにこたえようとすると、メアリーはいった。「もう、なにもいわないで」

48

深夜、眼を覚ました。わたしの横では、メアリーが安らかな寝息を立てていた。それを見ると、気分が安らいだ。

だが、頭のなかに浮かんだロニー・ウィリガーの顔がその安らぎを乱した。わたしの頭に浮かんだのは、最初のデートでバーをまわったとき、そこで見た写真だった。逮捕されたとき警察が撮影したものよりも、免許証の写真に近い、きわだった特徴のない写真だった。本当のウィリガーの内面をとらえてはいなかった。そのなかの彼は、ごくありきたりの人間のように見えた。恐るべき犯罪をおかした殺人鬼には見えなかった。

わたしはロニー・ウィリガーと向かいあってテーブルにすわった。そして、会話をかわした。悪夢のような体験だった。

死刑に直面している無実の男を見るような思いではなかった――わたしは彼の有罪を確信していた。罪を犯した男が社会にもどることに対する恐怖でもなかった。

この悪夢のような思いは、そんなこととはまったく別のものだった。わたしのひとり娘は、ロニー・ウィリガーのような男たちと対決していく道をえらんだ。危険と脅しと死があふれる道を。

娘を思う父親の悪夢。

ランチョネットのカウンターの奥で人生をすごしていけない理由があるだろうか？　サムはノーマンと結婚するかもしれない。わたしはふたりを祝福することになるかもしれない。

少しずつそっと手足を動かして、ベッドから出た。足音を忍ばせて、オフィスにはいった。そして、デスクに腰をおろした。

そうだ、名前は〈サムスン父子私立探偵事務所〉である必要はないかもしれない。こんなことは、考えるだけでも無意味なことだろうか？

わたしは、そこにあるはずの手帳を探した。部屋は暗く、書きつけた文字は読みにくかったが、どうしてもこの手帳にふれていたかった。

そのなかのひとつは、ジョー・エリスンについてわたしが書きとめたメモだった。彼と会って、話したかった。なんといえばいいのかわからなかった。だが、彼には司祭のことを聞く権利がある。当然のことだ。

それに、ドン・キャノンの共同経営者に電話するというメモもあった。彼が望むなら、アムトラックに潜入して、不正行為についての調査を引き受けよう。彼がわたしの魂を買おうとするのでなければ、どんなことでもしよう。

最後は、ブレンダについてのメモだった。彼女のために、オーティスについて調査することになるだろう。それがどんな問題であろうと……

人間たちの物語。それがわたしの仕事だ。それがわたしという人間だ。わたしは、人々がかかえる問題について調査する。そして、それを解決するのに手を貸す。わたしは人々を助ける……

「ベッドにもどっていらっしゃい」ドアの前に立ったメアリーがいった。

「きみは寝ていると思っていた」

「あなたは大人で、子どもは自分の望む道を進むってことくらい知っていると思っていたわ。サムのことは、心配する必要はないわ、アルバート。自分に可能なことに精神を集中しなさい」

分別に満ちた言葉だ。わたしにも、もっと分別に富んだ行動をすべきときがきたのだろうか？　わたしは立ちあがり、メアリーにつづいて寝室にはいった。

訳者あとがき

本書『眼を開く』は、マイクル・Z・リューインの待望久しい最新長篇である。

また同時に、前作『豹の呼ぶ声』（ハヤカワ・ミステリ版は一九九三年、ハヤカワ・ミステリ文庫化は一九九八年）の刊行以後、十数年ぶりの〈アルバート・サムスン・シリーズ〉最新作である。

このシリーズの刊行を待ちかねた読者（訳者自身を含めて）にとって、長く刊行を待ち、いや、本当に書かれるのだろうかと危惧し、なかば記憶からも薄れかけていた待望の最新作なのである。


この間、リューインは『負け犬』（一九九五年ハヤカワ・ミステリ）、『のら犬ローヴァー町を行く』（一九九四年ハヤカワ・ノヴェルズ）、新シリーズの『探偵家族』（一九九七年ハヤカワ・ミステリ）や『探偵家族／冬の事件簿』（二〇〇〇年ハヤカワ・ミステリ）などを執筆するかたわら、ピーター・ラヴゼイ、リザ・コディとともに演奏活動をはじめ、ＣＤまで出しているという（作者のホームページによる）。ぜひ一度聴くチャンスがあればと思う。

少しだけ、ここで訳者の感想をしるしておこう。

デビュー作『A型の女』（本国では一九七一年、ハヤカワ・ミステリ版は、一九七八年だった!!）当時はロス・マクドナルドの強い影響を受けた作風という印象がのこっている。

だが、優れたユーモアの要素、巧妙なプロット、一見単純だが奥行きの深い会話など、しだいに作者独特の世界をつくりあげていった。ぼくは個人的に、『沈黙のセールスマン』、『消えた女』、『刑事の誇り』（パウダー警部補シリーズ）、『そして赤ん坊が落ちる』などで、作家としての一度目のピークを迎えたと考えている。

さて、この新作だが、『豹の呼ぶ声』『負け犬』そして『探偵家族』にいたって徐々に顕著になってきた、現在のリューインともいうべき要素がより強くなっている。

前面に押しだされたユーモア、独特のひねりの利いたプロット、（強引にいえば）飛躍を多用した展開……これ以上書くと、長文のリューイン論になりかねない。

長年待っただけの価値は充分にある、期待どおりの最新作であるといってよいだろう。


いささか話はそれるが、すでに原書に眼をとおしているある人物は、「これは、サムスン・シリーズの最終作となるのではないか？」という感想を述べ、訳者を驚かせた。リューインのサムスン・シリーズはあとしばらくはつづいていくものと漠然と考えていたぼくには、いささかショッキングな指摘だった。

本書を手にとられた読者は、一体どのような感想をいだかれるだろうか？

そのような意味でも、あくまでも未来を推測する（ひょっとしたら、リューイン自身も含めた）ことはできないのだが、本書は未来のある時点で、記念碑的な作品となるかもしれない。

本書の翻訳を終えたぼく個人は今、このあとも、サムスン、サム、ジェリー・ミラー、ポジー、アデル、パウダーなどが活躍し、ぼくの期待を十二分に満たしてくれる作品が登場することを待ち望んでいる。

二〇〇六年九月

HAYAKAWA POCKET MYSTERY BOOKS No. 1792

石《いし》 田《だ》 善《よし》 彦《ひこ》

1970年早稲田大学法学部卒
英米文学翻訳家
訳書
『スパイの誇り』ギャビン・ライアル
『負け犬』マイクル・Z・リューイン
(以上早川書房刊) 他多数

この本の型は，縦18.4センチ，横10.6センチのポケット・ブック判です.

検印
廃止

〔眼《め》を開《ひら》く〕

2006年10月10日印刷　2006年10月15日発行

著者　マイクル・Z・リューイン
訳者　石田善彦
発行者　早川浩
印刷所　星野精版印刷株式会社
表紙印刷　大平舎美術印刷
製本所　株式会社川島製本所

発行所　株式会社　早川書房
東京都千代田区神田多町2ノ2
電話　03-3252-3111(大代表)
振替　00160-3-47799
http://www.hayakawa-online.co.jp

〔乱丁・落丁本は小社制作部宛お送り下さい
送料小社負担にてお取りかえいたします〕

ISBN4-15-001792-1 C0297
Printed and bound in Japan